Klett-Cotta im Ullstein Taschenbuch

Klett-Cotta im Ullstein Taschenbuch
Ullstein-Buch Nr. 39081
im Verlag Ullstein GmbH,
Frankfurt/Main - Berlin - Wien.
Ungekürzte Ausgabe
Umschlagentwurf:
Hansbernd Lindemann

Lizenzausgabe mit freundlicher Genehmigung
der Verlagsgemeinschaft
Ernst Klett - J. G. Cotta'sche Buchhandlung
Nachfolger GmbH, Stuttgart.
Die Originalausgabe erschien 1979
unter dem Titel ›The Drowning Season‹
bei E. P. Dutton, New York

Printed in Germany 1984
Druck und Verarbeitung:
Elsnerdruck GmbH, Berlin
ISBN 3-548-39081-1

April 1984

CIP-Kurztitelaufnahme
der Deutschen Bibliothek

Hoffman, Alice:
Ertrinkenstage: Roman/Alice Hoffman.
Aus d. amerikan. übers.
von Wolfgang Krege. -
Ungekürzte Ausg. - Frankfurt/Main;
Berlin; Wien: Ullstein, 1984.
(Ullstein-Buch; Nr. 39081:
Klett-Cotta im Ullstein-Taschenbuch)
Einheitssacht.: The Drowning Season [dt.]
ISBN 3-548-39081-1

NE: GT

Alice Hoffman

Ertrinkenstage

Roman

Aus dem Amerikanischen
übersetzt von
Wolfgang Krege

Klett-Cotta im Ullstein Taschenbuch

Für Lillie

I Esther und Esther

1 Einmal, als Esther die Schwarze achtzehn war, saß sie auf der Veranda vor dem Haus ihrer Großmutter und rührte mit den Zehen im Staub, bis sie mit einer dunklen Schicht bedeckt waren. Sie hatte immer nur auf dem Hofe gelebt, zwischen den Mauern der Häuser, die ihren Großeltern gehörten, aber sie gab sich das Versprechen, daß es dieses Jahr anders werden sollte. Esther entzündete am Geländer ein blauköpfiges Streichholz, sie steckte sich eine Zigarette an und schob die Jeansmütze schief über ihr dunkles Haar. Obwohl Esther die Schwarze in dem gleichen Alter war, in dem ihre Großmutter ihr einziges Kind, Phillip, geboren hatte, sah sie sehr jung aus. Sie sah aus wie nur irgendein verdrossen in der Sonne lümmelndes Waisenkind. Die Mütze beschirmte ihre Augen, aber auf die Haut fiel das weißglühende Licht. Es war die Zeit im Jahr, die man die »Ertrinkenstage« nannte, und bald würde es so heiß werden, daß man tagsüber nicht mehr draußen sitzen könnte; jetzt schon stieg die Hitze in hektischen Schüben aus dem Gras und dem Staub auf.

Von ihrem Platz konnte Esther die Schwarze den Hafen und den Sund dahinter sehen. Zwischen den Häusern war eine große runde Rasenfläche mit gefiederten Mimosenbäumchen ringsum. Und ein Stück weiter auf der Veranda, in einem Schaukelstuhl aus weißem Korbgeflecht, träumte die Großmutter in der Sonne, Esther die Weiße, das lange Haar aufgesteckt mit kleinen silbernen Nadeln.

Esther die Schwarze mochte ihre Großmutter nicht ansehen; also schaute sie auf die Sammlungen, die sie als Kind begonnen hatte und die nun die Veranda ihrer Großeltern und alle anderen Veranden auf dem Hofe schmückten. Seeigelschalen, Strandkrabben und Seesterne waren an den hölzernen Geländern aufgereiht, und Esther streifte mit dem Fuß durch die staubigen Schatten ihrer Skelette. Es war der erste Sommer, in dem sie hatte frei sein wollen; sie hatte die Schule abgeschlossen, sie hatte reisen wollen, weit fort vom Hofe. Jetzt aber, wo die Luft sich herandrängte und die Feuerlilien so nahe wuchsen, als hätten sie zwischen ihren Zehen Wurzeln geschlagen, war es ein Sommer wie alle andern in ihrem Leben.

»Wenn du noch länger auf dieser Veranda herumsitzt«, rief Esther die Weiße ihrer Enkelin zu, »schlafen dir die Muskeln ein, die Glieder werden lahm, und du kannst nie mehr gehen. Das kommt von der Faulheit.«

Esther die Schwarze achtete nicht auf ihre Großmutter; sie schaute auf den Rasen, wo ihr Vater Phillip in einem Liegestuhl saß. Hinter der Seemauer lag regungslos der Hafen.

»Natürlich denkst du, ich habe keine Ahnung«, sagte Esther die Weiße und wiegte sich in ihrem weißen Korbstuhl. »Natürlich holst du dir lieber die Pest, als daß du auf mich hörst.«

Esther die Schwarze zog die Stirn kraus. Die Abneigung gegen Esther die Weiße war ein Familienmerkmal, und ihr verdankte das Mädchen auch seinen Namen. An einem heißen Augusttag hatte Phillip seiner Tochter den Namen gegeben, aus uralter Feindschaft, mit einem Lächeln. Denn obwohl Esther die Weiße und Mischa jede Verbindung zum jüdischen Glauben abgebrochen und sogar den Familiennamen geändert hatten, als sie in Frankreich lebten, wußte Phillip doch, daß man Kinder nur nach Verstorbenen, nie nach Lebenden benennen durfte. Er hatte eine Zeitlang an ihrer verleugneten Religion ein wenig Interesse gehabt, er hatte sogar einmal versucht, Hebräisch zu lernen, bis ihn sein damaliger Analytiker vom regressiven Charakter dieses Verhaltens überzeugte. Immerhin wußte er genug, um sehr genau achtzugeben, als er den Namen seiner neugeborenen Tochter mitteilte, und er war sich dessen sicher, gesehen zu haben, wie der Körper seiner Mutter sich plötzlich spannte.

»Ich geb es ja zu, daß ich dich nicht beachte«, sagte Esther die Schwarze zu ihrer Großmutter. Und was hieß das schon; sie hatte sie doch jahrelang nicht beachtet. Wenn ihre Mutter Rose zu sehr an ihrem Kater, ihren Launen oder ihrer Trübsal krankte, hatte Esther die Weiße sich um das Kind gekümmert. Und daher war Esther die Schwarze streng erzogen worden – obwohl sie sich auflehnte. Sie hatte ihre gestärkten weißen Blusen gegen die T-Shirts der Schulkameradinnen eingetauscht, alle Rüschenkleider zerrissen und Suppe auf die seidenen Halstücher verschüttet, die Esther die Weiße ihr umband. Und als Esther die Weiße anordnete, das Mädchen sei in dem blutroten Cadillac des Großvaters zur Schule zu fahren, wartete Esther die Schwarze trotzdem auf den Schulbus und drückte sich hinein wie eine Piratin mit Schulmappe.

»Natürlich, du beachtest mich nicht.« Esther die Weiße nickte in der Sonne. »Sonst wärest du nicht jung und blöd.«

Soweit sie zurückdenken konnte, hatte Esther der Schwarzen immer alles an ihrer Großmutter mißfallen: Wie sie sprach, die unbewegte, aufrechte Haltung und sogar die Art, wie sie bei Tisch mit ihrer blassen, schmalen Hand nach dem silbernen Salzstreuer griff.

»An deiner Stelle«, fuhr Esther die Weiße fort, »wäre ich jetzt am Strand, mir Bewegung machen, das kalte Wasser um die Füße spüren.«

Das Mädchen hätte gern einmal die Großmutter, die auch an den heißesten Tagen in Seide und Leinen ging, über die Seemauer klettern sehen – jetzt, wo die Pforte wegen der Ertrinkenstage verschlossen war.

»Als junges Mädchen war ich auch verrückt, nur nicht so blöd wie du«, sagte Esther die Weiße.

Esther die Schwarze versuchte sich die Großmutter als verrücktes junges Mädchen vorzustellen, aber es gelang ihr nicht; sie konnte sich nur vorstellen, was sie seit eh und je kannte: strenge Befehle von blassen, faltigen Lippen. Im Laufe der Jahre war das Gefühl herangewachsen; von Abneigung war es zu Groll erblüht, und jetzt empfand sie es wie eine reine weiße Blume, die regungslos in der Hitze stand – einen Haß auf diese Frau, die sich nun so langsam hinter ihr wiegte, daß der Schaukelstuhl wie mit Pfoten auf dem hölzernen Fußboden scharrte.

»Du warst nie verrückt«, sagte Esther die Schwarze.

»Nein.« Esther die Weiße zuckte die Achseln. »Ich glaube nicht«, sagte sie.

Und obwohl Esther die Weiße selber nie verrückt gewesen war, hatte sie doch ein Talent, anderen das Gefühl zu bereiten, daß sie es seien. Unvermeidlich mußte Esther die Schwarze sich an den Tag erinnern, als sie elf gewesen und zum letzten Mal mit dem Schulbus entwischt war. Als der Bus an dem hohen Eisentor des Hofes vorüberfuhr, hatte sie sich in die Mitte des Wagens zwischen die einheimischen Kinder gesetzt, die sie aus der Klasse und aus den Pausen kannte, mit denen sie aber außerhalb der Schule niemals sprach, geschweige denn, daß sie zu ihr hätten nach Hause kommen dürfen.

»Schau einer, wer da heut mit dem Bus fährt«, sagte eine ältere Schülerin, »das Niggermädchen!«

»Ich weiß nicht, wovon sie redet«, erklärte Esther die Schwarze dem Kindergartenbuben neben ihr.

»Doch, du weißt es!« fuhr die Ältere fort. »Ich hab gehört, wie deine Großmutter zu dir sagt, letztes Wochenende in St. Fredrics: Esther die Schwarze! Ich weiß doch, daß sie dich zuhause in den Schrank sperren, damit dich niemand zu sehen kriegt.«

Esther die Schwarze hatte keine Ahnung, was das mit dem Niggermädchen heißen sollte, aber von den anderen Kindern starrten nun manche sie an, und dem Kleinen neben ihr kamen die Tränen.

»Hawaiianerin bin ich«, sagte Esther die Schwarze rasch.

»Ha!« sagte die Ältere. »Dann red doch mal hawaiianisch, du Großschnauze!«

Esther die Schwarze hielt den Mund. Schon seit einiger Zeit kam es ihr so vor, als ob etwas an ihr verkehrt wäre. Ihre Großmutter senkte immer die Stimme, wenn sie ihren Namen nannte, und sie nannte sie niemals bloß Esther, sondern immer Esther die Schwarze. Und nun in dem Schulbus, scharf beobachtet von den anderen Kindern, fragte sie sich, ob schwarz noch etwas anderes bedeute als ihre Haarfarbe; sie fragte sich, ob es wohl besser wäre, langes, weißseidenes Haar wie ihre Großmutter zu haben.

Bevor sie aber noch mehr Schimpfworte zu hören bekam, bevor sie zu weinen anfing, wurde der Schulbus an der Ecke Hauptstraße zum Stehen gebracht. Der Cadillac, den der Bedienstete Cohen fuhr, hatte den Bus geschnitten und sich davor quergestellt, und die Großmutter, mit ihren Ringen an allen Fingern, pochte an die Glastür. Dem Fahrer blieb keine Wahl; wer hätte die Tür nicht geöffnet, wenn Esther die Weiße ihr blaues Seidentuch über die Schulter zurückwarf und einen so kühl anblickte? Und als sie durch den Gang kam, kerzengrade, brachte sie die Schüler aller Klassen zum Verstummen.

»Komm!« sagte sie zu Esther der Schwarzen. »Der Wagen wartet.«

Esther die Schwarze schaute aus dem Fenster; sie gab vor, diese Frau nicht zu kennen. Der Kindergartenbub neben ihr zog Nasentränen hoch.

»Hast du gehört?« sagte Esther die Weiße. »Ich hätte als Kind alles darum gegeben, in einem schönen Wagen zur Schule gefahren zu werden und nicht in so etwas hier.« Sie zog die Nase kraus, als sie sich in dem Bus umsah. Kaugummi klebte an den Sohlen ihrer italienischen Schuhe; Erdnußbutter dünstete in der Luft.

Das Mädchen, das Esther die Schwarze gequält hatte, eines aus der Fünften, das eine Brille mit blauem Plastikrand trug, zupfte Esther die Weiße an ihrem seidenen Ärmel. Esther die Weiße drehte sich um, wie von einem üblen Geruch belästigt.

»Ist sie eine Hawaiianerin?« fragte das Mädchen und zeigte mit dem Finger auf Esther die Schwarze.

»Man zeigt nicht mit dem Finger!« sagte Esther die Weiße zu der Quälerin.

»Ist sie eine?« fragte das Mädchen aus der Fünften.

Esther die Schwarze sah zu ihrer Großmutter auf. Kein Muskel im Gesicht des Mädchens regte sich, keine Rüsche an ihrer Bluse. Esther die Weiße hatte keinen Blick für ihre Enkelin, deren Haut so sommerlich dunkel, deren Augen so groß waren, daß sie jeder Rasse hätte angehören, jedermanns Kind hätte sein können.

»Nein«, sagte Esther die Weiße und wandte sich zum Ausstieg, mit einem Wink für Esther die Schwarze, ihr zu folgen. »Sie ist keine Hawaiianerin, aber freilich ist sie eine Verrückte.«

Also stieg Esther die Schwarze, die entlarvte Lügnerin, die jedenfalls nicht aus Hawaii war, hinter ihrer Großmutter drein aus dem Schulbus. Sie drehte sich gar nicht um, als ihr im Gang jemand in die Rippen stieß. An diesem Tag hätte sie alles dafür getan, die Großmutter auf ihrer Seite, ihre Geschichte bestätigt und mit einem Lächeln anerkannt zu finden. Aber nichts von all dem fand sie, als sie hinter ihrer Großmutter aus dem Schulbus stieg; und sobald sie im Cadillac saßen und Cohen zur Grundschule in St. Fredrics fuhr, steckte Esther die Weiße sich eine Filterzigarette an und sagte: »Die sind nur neidisch, weil du in so einem schönen Wagen zur Schule kommst. Ich hoffe, das weißt du.«

Aber Esther die Schwarze wußte nichts dergleichen. Sie waren nicht neidisch, sie haßten sie, weil Esther sich scheute, Besuche zu machen, bei denen Cohen vor einem Mietshaus auf sie wartete, an den blanken Cadillac gelehnt und seine Fingernägel betrachtend. Sie haßten sie, weil sie nicht einmal die Entschuldigung hatte, Hawaiianerin zu sein. Aber Esther die Schwarze stimmte zu, nickte bejahend, weil die Großmutter sie mit großen, blassen Augen ansah, weil ihre Mutter Rose sie hatte schwören lassen, die Alte nicht zu erzürnen, weil die Familie auf sie angewiesen war, auf ihre Häuser und ihren Reichtum.

Und als sie an der Schule vorfuhren, lange bevor der Bus kam, reichte Esther die Weiße ihrer Enkelin einen Schildpattkamm. »Du solltest dir wegen deines Haars mehr Sorgen machen als wegen dieses Wagens«, sagte sie. »Dein Haar ist zottelig wie bei einem wilden Hund.«

Esther die Schwarze strich sich mit dem Kamm durch das kurze Haar, aber ihr zitterten die Hände; und was sie auch damit anstellen würde, nie könnte sie es zu langer, feiner Seide verweben.

Und jetzt, als Esther die Schwarze stirnrunzelnd in der Sonne saß und an diese eine von ihren paar Kindheitserinnerungen dachte, streckte Esther die Weiße einen langen, anklagenden Finger gegen sie aus.

»Ich hab schwer arbeiten müssen«, sagte Esther die Weiße. »Für Verrücktheiten hatte ich keine Zeit.«

Esther die Schwarze fragte sich, was ihre Großmutter wohl je für Arbeit geleistet haben mochte. Ihre Hände waren spiegelglatt, auch jetzt noch; sie kochte nur einmal die Woche, und auch dann kümmerte sie sich nie um den Abwasch. Als Arbeit konnte allenfalls die monatliche Fahrt nach Manhattan zu Solomon Rath gelten, dem Vermögensverwalter der Familie, und der hatte ein klimatisiertes Büro an der Madison Avenue, wo Raths Sekretärin der alten Dame mit schwarzem russischen Tee und Keksen aufwartete.

Über eine Arbeit hatte sich Esther die Schwarze, seit

sie von der Schule war, ziemlich viel nachgedacht. Wenn sie sich davonmachen wollte, mußte sie eine Stelle finden, aber ihre Qualifikationen beschränkten sich darauf, vom Rücksitz des rostigen Cadillacs Cohen die Fahrtrichtung angeben zu können. Wenn sie nicht auf der Hut war, wenn sie nicht schnell machte, wäre sie im Handumdrehen mit Ira Rath verheiratet, dem Sohn des Vermögensverwalters. Esther drückte im Staub ihre Zigarette aus. Ira Rath ging jetzt in Vermont aufs College, aber er war vom ersten Kennenlernen an als ihr Gatte in Aussicht genommen. In dem Sommer, als sie zwölf war, hatte die Familie ihn für sie auserwählt.

»Es wird deine Großmutter freuen«, hatte Rose zu Esther gesagt, »und nur darauf kommt's an. Seine Familie ist gut, und wir brauchen sowieso einen Buchhalter, wenn die Alte stirbt. Phillip weiß doch nicht, was Soll und was Haben ist.«

In diesem Sommer also, ehe Esther auch nur wußte, was Heiraten hieß, wurden die Raths zum Essen eingeladen, damit die beiden sich kennenlernten. Seidene Halstücher wehten und raschelten, als Rose der Familie Rath Canapés mit Huhn und saurer Sahne vorsetzte. »Wie findest du ihn?« flüsterte sie Esther der Schwarzen zu.

Esther die Schwarze putzte drei Canapés von ihrem Teller. »Scheußlich!« sagte sie.

»Ich bitt' dich!« sagte Rose und lugte durchs Zimmer zu ihrer Schwiegermutter, Esther der Weißen, hinüber. »Unsere Zukunft hängt von dieser Verbindung ab. Willst du denn enterbt werden? Willst du, daß dein Vater entmündigt wird und in eine Klinik kommt?«

Esther die Schwarze schlug unter der kratzigen Krinoline die Beine übereinander und war still, als ihr Großvater Mischa mit Solomon Rath über die Verlobung der Kinder sprach. Über die Canapés hinweg zwinkerte Ira ihr zu; er war noch keine vierzehn.

Jetzt, sechs Jahre später, blieb kein Zweifel, daß Esther die Schwarze auf nichts vorbereitet worden war, außer auf das Dasein einer Ehefrau. Was sie brauchte, war eine Stellung und ein Fluchtbehelf, und sie zuckte zusammen, als Esther die Weiße aus ihrem Schaukelstuhl rief: »Du lernst schon noch auf meinen Rat hören!«

Esther die Schwarze schirmte sich die Augen ab und blickte hoch. Ein Hubschrauber, der Touristen aus der New Yorker Innenstadt nach St. Fredrics flog, kreiste über dem Hof. Phillip, ihr Vater, stand aus dem Liegestuhl auf und winkte nach oben.

»Schau dir den an!« lächelte Esther die Schwarze, als ihr Vater den Hubschrauber grüßte, und sie sah ihm zu wie einem verspielten Kinde.

»Anschaun?« sagte Esther die Weiße. »Wenn es nur das wäre! Wir müssen auf ihn aufpassen.«

Als der Hubschrauber vorüber war, stellte sich Esther die Schwarze auf die Verandatreppe und reckte den Hals, um auf den grünen Steinstrand sehen zu können, wo Fischköpfe, Schuppen und Flossen verstreut lagen. Die Stranddiebe, ein Häufchen einheimischer Fischer, denen Mischa das Land für den Hof abgekauft hatte, als er vor zwanzig Jahren auf den Gedanken kam, die luxuriöseste Wohnsiedlung im ganzen Bundesstaat zu bauen, waren nach den Makrelenschwärmen ausgefahren gewesen. Die Fischer hatten den Hafen niemals verlassen, obwohl Cohen von Mischa dazu angestellt war, den Strand zu bewachen. Jetzt sah Esther die Schwarze von der Veranda aus zu, wie Cohen langsam über die Steine ging. Er setzte sich auf das letzte noch verbliebene Dock, das die Familie manchmal benutzte, und betrachtete die Abfälle, die die Fischer liegengelassen hatten. Er zog mit dem Fuß einen Kreis ins Wasser; dann tauchte der Fuß unter, dann ein Bein, und schließlich war Cohen nicht mehr zu sehen. Er war im Hafen verschwunden.

Und währenddessen kam Esthers Großtante Lisa von ihrem großen Haus her über den Rasen und lehnte sich ans Geländer. »So haben wir's gern!« sagte sie zu niemand Bestimmtem, mit ihrem kratzigen Wiener Akzent, den Esther die Weiße verabscheute. »Der Herr Cohen geht baden, und den Leuten erzählt er, er wär der Gärtner, der den Seetang pflanzt. Wenn mein lieber Mann das nur sehn könnt! Der Cohen würd auf der Stelle entlassen.«

Esther die Weiße runzelte die Stirn. Nicht Lisas lieber Mann, sondern ihrer, Mischa, zahlte Cohens Gehalt. »Wann hast du eigentlich zum letzten Mal für etwas bezahlt?« fragte sie ihre Schwägerin.

Lisa stieß durch die Nase Luft aus und war still. Ja, sie war seit Jahren auf dem Hofe zu Gast, ohne zu zahlen, aber dafür war sie verheiratet mit Mischas Bruder. Mit einem Bruder, der viel durchgemacht hatte. »Ich habe nur meine Meinung geäußert«, sagte sie zu Esther der Weißen.

Esther die Schwarze achtete nicht auf die beiden Frauen. Sie reckte den Hals, um Cohen zu sehen; seine Arme brachen durch das ruhige Wasser. Und obwohl er ein guter Schwimmer war – er hatte Esther der Schwarzen das Schmettern und die Rückenlage beigebracht –, wurde er doch langsam alt, und es war Sommer. Sogar die Fischer nannten den Sommer jetzt die Ertrinkenstage. Sie schwuren, Mischa und seine Familie hätten die Ertrinkenstage über den Hafen gebracht, und selbst der geübteste Schwimmer, der erfahrenste Fischer liefe jetzt auch bei ruhigster See Gefahr zu ertrinken. Nicht daß sie um dieses Aberglaubens willen mit der Fischwilderei aufgehört hätten. Sie fuhren nach wie vor mit ihren Ruderbooten weit auf den Sund hinaus; sie trugen nach wie vor ihre Netze, Transistorradios und Messer mit sich herum. Fluch blieb Fluch, aber sie mußten leben.

Und daher konnten die Bewohner des Hofes in den Sommernächten aus ihren Betten das Platschen der Kiemen und Arme hören. Morgens vor Sonnenaufgang, wenn die Geräusche der sterbenden Fische von der lauten Musik aus den Transistorradios abgelöst wurden, wechselten die Männer und Frauen zwischen den lackierten Booten Zurufe und zogen den geflochtenen Kreis ihrer Netze enger und enger zur Mitte zusammen.

Alle drei Frauen auf der Veranda beobachteten Cohen. Nicht eine von ihnen wäre überrascht gewesen, wäre er plötzlich wie ein Stein auf den Grund gesunken. Das Thermometer stieg höher und höher, über dreißig Grad. Die Luft war dick, und die Frösche begannen zu quaken.

»Scheiße!« sagte Lisa und warf ihr rot und blond eingesträhntes Haar zurück, als sie den Chor hörte. »In den Topf und gekocht gehören sie«, sagte sie von den Fröschen, die sich seit zwanzig Jahren an der Seemauer gesammelt hatten, als ob manche von ihnen durch die Sandsteinmauer auf ihren Wanderungen im Binnenland überrascht worden wären. Diese Frösche waren gefangen; seit Jahren vom Wasser abgeschnitten, hatten sie das Schwimmen verlernt und waren Landtiere geworden – jetzt, wo die Angeln der Pforte in der Seemauer vor Alter gerostet waren, jetzt, wo das Holz der Pforte dicht mit Kletten besetzt war. Und weil die Frösche weder fliegen noch am Stein emporklettern konnten, sangen sie zu den ausgefallensten Tageszeiten, einzeln oder im Chor.

»In Buttersoße kochen würd ich sie am liebsten«, sagte Lisa, »im größten Topf, den ich habe.« Sie betrachtete den großen Diamantring an ihrem Finger. »Ach, die Kopfschmerzen, die ich davon kriege!« sagte sie über den Froschgesang.

»Bloß nicht!« sagte Esther die Schwarze, denn Lisa kochte alle Mahlzeiten für die ganze Familie, außer freitagabends, wenn Esther die Weiße sich selbst dazu herabließ. »Wie kann man bloß Frösche essen!« sagte das Mädchen.

Lisa, die sich immer noch als Wienerin fühlte, obwohl sie schon vor vielen Jahren mit Max nach Amerika gekommen war, zog die Nase kraus und schniefte. »Da sieht man doch, was es alles nicht weiß, das Fräulein!« sagte sie. »Ist eine Delikatesse. In Europa weiß das jedes Kind. In Europa weiß jedes Kind, was man mit quakenden Fröschen macht.«

Esther die Weiße tupfte sich mit einem weißen leinenen Taschentuch die Stirn; sie mochte die kratzige Stimme ihrer Schwägerin nicht hören, jetzt, wo der Tag so heiß und der grüne Steinstrand mit Bohrmuschelschalen besät war und der Schmerz in ihrer Seite, der im letzten Winter angefangen hatte, hart angeschlagen wurde, wie ein gespannter Draht irgendwo unter ihrer Haut. »Hör auf davon!« sagte sie zu Lisa. »Deine Wasserfroschrezepte interessieren mich nicht.«

»Ah so!« Lisa blitzte sie an. »Verzeihung!«

»Was für ein Unsinn!« murmelte Esther die Weiße.

»Ich bitte um Verzeihung!« zischte Lisa.

»Reden, reden!« sagte Esther die Weiße und wünschte, sie hätte sich beim letzten Arztbesuch einen größeren Vorrat Kodein verschreiben lassen. »Weiter könnt ihr alle beide nichts.«

Esther drehte sich um, und als sie dachte, daß die Alte nicht hersah, kniff sie angewidert die Augen zusammen.

»Hab ich gesehn!« sagte Esther die Weiße. »Denkst du, ich hab nicht gesehn, was du für ein Gesicht geschnitten hast? Hältst dich wohl für sehr schlau!«

»Reizende Familie!« seufzte Lisa. »Aber du wirst entschuldigen, wenn ich für euren Zank keine Zeit mehr habe. Denn heute mache ich Pasteten, und euer Zank ist unnötig wie ein Kropf oder eine Fliege auf der Nase.« Sie ging zur Küchentür hinüber.

»Und du auch!« sagte Esther die Weiße, in der Hoffnung, sie würde die Treppe hinaufkommen bis in ihr Zimmer, im Gedanken, welche Lüge sie wohl vorbringen könnte, wenn jemand sie vor Schmerz zusammengekrümmt auf dem Treppenabsatz fände. »Los!« sagte sie zu ihrer Enkelin. »Scher dich fort! Ich hab keine Zeit für dich und deine dreckigen Fratzen, für deine Blasiertheit.«

Esther die Schwarze wich von den Verandastufen. Ihr Gesicht wurde heiß, ihre Adern kochten. »Was denkst du, mit wem du redest?« sagte sie zu ihrer Großmutter.

»Mit dir«, sagte Esther die Weiße. »Mit dir, Esther die Schwarze. Scher dich fort!«

Esther die Schwarze zog sich die Mütze über die Augen. »Ich wollte gerade gehen«, sagte sie, entschlossener denn je, sich eine Stellung zu suchen und sich davonzumachen. »Ich brauche dich nicht.«

»Gut!« Esther die Weiße zuckte die Achseln und sah zu, wie Esther die Schwarze die Füße durch den Staub schleifte.

Esther der Schwarzen bebten die Schultern noch vor Wut, als sie auf das Rasenrund kam. Das Gras unter ihren Fußsohlen war dicht, gut gepflegt von Cohen, der nicht nur als Wächter auf dem Hofe war, sondern auch als Landschaftsgärtner. Esther trug ein Paar Ledersandalen in der Hand; sie lächelte, als sie ihren Vater sah, obwohl er durch die flimmernde, aufsteigende Hitze ein gespenstisches Bild bot. Geißblattgeruch hatte sich verfangen und hing in der Luft. Phillip legte in seinem Liegestuhl den Kopf zurück, die Augen ruhig nach oben gerichtet. Er war Anfang vierzig, und der Bart, der fleckenweise auf seinen Wangen wuchs, war schon grau.

»Fort?« fragte er Esther die Schwarze, als sie in seine Nähe kam.

»Nur nach St. Fredrics«, antwortete Esther die Schwarze. Sie dachte, daß sie nicht einen Sommer mehr in dieser stummen Hitze ertragen könnte, unter den Befehlen und Ratschlägen Esthers der Weißen. Esther die Schwarze hatte beschlossen, sich in den Läden des Städtchens eine Stelle zu suchen; ebenso wie alle anderen auf dem Hofe, ausgenommen Mischa und Esther die Weiße, hatte sie kein eigenes Geld, nur ein wöchentliches Taschengeld. Erst wenn sie eigenes Geld hätte, könnte sie sich davonmachen von diesem Ort, wo das Geißblatt einfach die Macht ergriff, obwohl Phillip gewünscht hatte, Cohen solle nur weiße Blumen pflanzen. Die Gardenien mußten angepflockt werden und verkümmerten dennoch. Die Lilien gediehen wächsern, geruch- und regungslos. Spiersträucher, Begonien und kleine weiße Rosen mit gelben Blütenaugen wuchsen wie aus Pappe. Der Hof hatte nicht das rechte Klima.

»Verdammte Hitze!« sagte Phillip träg, obwohl er im Schatten einer Birke saß. Seine Hände lagen im Schoß wie ein Paar weiße Handschuhe. »Was meinst du?« lächelte Phillip, »gehn wir nachher noch ein Stück spazieren?« Er blinzelte seiner Tochter zu wie jemand, der sich von vornherein keine Hoffnungen macht.

Esther die Schwarze lehnte ab; sie scheute sich, die Regeln für die Ertrinkenstage zu durchbrechen, und die Familie hatte schon vor langer Zeit beschlossen, daß Spaziergänge für Phillip nicht in Frage kamen. Ein Spaziergang bedeutete für ihn nur eine Gelegenheit, über die Seemauer zu klettern, über die grünen Steine, an denen man sich so leicht die bloßen Füße zerschneiden konnte. Ein Gang ins Wasser, in ein Wasser, das sich so langsam bewegte, als kenne es keine Gezeiten. Eine Meereswüste, ein Hafen voller Luftspiegelungen.

Phillip nickte zu der Antwort seiner Tochter. Seine Augen schlossen sich. »Verdammte Hitze!« sagte er noch einmal über die Jahreszeit, die zu ihm gehörte, die nach demjenigen benannt war, was es auch sein mochte, das ihn zum Wasser hinzog. Näher und näher; jedes Hafenbecken, jeder Bach war ihm recht. Diesen Hang, diese Gewohnheit oder dieses absonderliche Bedürfnis hatte er seit dem Sommer seines sechzehnten Lebensjahrs. Phillip und seine Eltern lebten damals in London, von Haus zu Haus umziehend, obwohl Esther die Weiße darauf brannte, nach New York zu kommen. In jedem Haus oder jeder Wohnung blieben sie nur so lange, bis Mischa die alten Tapeten abgerissen, die Fußböden gebeizt und versiegelt und neue Leitungsrohre installiert hatte; und dann verkauften sie alles mit Gewinn.

Beim ersten Mal, als Phillip von seinem Hang gepackt wurde, hatten die Tapeten in der neuen Wohung große rosa Blumen auf cremefarbener Seide. Das Gewässer, in das er ging, war die Serpentin im Hydepark. Das Wasser stand ihm bis zu den Knien, dann bis zum Gürtel, dann bis zur Brust. Gleich darauf reichte es ihm bis zum Hals.

Ein Ruderer in einem Leihboot rief ihn an und schob ihm ein Ruder hin. Zwei Polizisten verdarben sich ihre Sommeruniformen. Der eine Flügel einer Ente wurde von einem aufgeregten Zuschauer in schwarzem Leinenanzug zertreten. Als man Phillip, so wie er war, wieder in die frisch renovierte Wohnung in Notting Hill gebracht hatte, gab er für seine Handlung keine Erklärungen ab.

Esther die Weiße hatte die Achseln gezuckt. »Er wollte ertrinken«, sagte sie.

»Er hat nicht gewußt, was er tut«, beharrte Mischa, steckte sich wütend ein Pfefferminz in den Mund und musterte seinen Sohn. »Schau ihn dir doch an!« verlangte Mischa. »Denkst du, er weiß, was er tut?«

Das Teichwasser tropfte von Phillip herab auf den glattpolierten Fußboden. Ein Hosenbein war bis zum Knie aufgerollt. Er lächelte schwach.

Esther die Weiße besah ihn von oben bis unten. »Er wollte ertrinken«, wiederholte sie.

Später erwies sich, daß Esther die Weiße von Anfang an recht gehabt hatte. Jeden Sommer unternahm er einen neuen Versuch, und in einem Jahr mußte Esthers streng gehütetes Reisegeld, das sie nach New York bringen sollte, dafür ausgegeben werden, daß Phillip den Sommer über in einer Privatklinik bleiben konnte, wo es ihm gelang, den Kopf so lange ins Spülbecken zu tauchen, bis er das Bewußtsein verlor. Als Phillip zwanzig war, sprachen sie schon nicht mehr vom Sommer, wenn sie Juli und August meinten. Die Jahreszeit hatte den Namen gewechselt.

Der ganzen Familie war es zur Gewohnheit geworden, Phillip jeden Tag im Juli und August, den heißen Monaten, wenn das Wasser rief, davon zu überzeugen, daß er den Hof nicht verlassen dürfe. An jedem Morgen, wenn Phillip seufzte und Schauer durch seine blassen Hände liefen, wurde er in dem kleinsten der rosaroten Häuser eingeschlossen, das Jahr um Jahr für die Ertrinkenstage frei blieb. An der Tür wurde ein Vorhängeschloß angebracht, und Phillip bekam Jasmintee mit Honig, Zimttoast, Valium und Thorazin.

Und nun gab es das Gerücht, aufgebracht von den Fischern, daß auf dem Hafen ein Wasserfluch liege. Fremde tuschelten über ihren Vater, wenn Esther die Schwarze durch die Stadt ging, und im Ortskrankenhaus war Phillips Krankengeschichte zur Legende geworden. Manchmal kamen Touristen, die von den Ertrinkenstagen gehört hatten, mit einem gemieteten Fischerboot und legten am äußersten Rande des Hafens an; doch alles, was sie durch ihre Ferngläser sehen konnten, waren die Gruppe verwaschen rosaroter Häuser, der dichte Rasen und der leere Badestrand. Im Hafen ertrunken war niemand mehr seit fünf Jahren, als ein junger Fischer während eines jahreszeitwidrigen Sturms auf die grünen Steine geschwemmt wurde. Bei den Fischern aber, in ihren Bretterbuden und in dunklen Hauseingängen in St. Fredrics, wurde weiterhin gemunkelt, daß der Hafen so lange unschuldige Männer und Frauen hinabziehen werde, bis er den einen bekommen habe, auf den er warte. Und sie hüteten sich, Phillip beim Namen zu nennen – sie sprachen von ihm nur als von dem Ertrunkenen Mann. Und doch waren schon viele Fischer aus dem Hafen bei Sturm oder Sommergewittern verschwunden, während Phillip, der Ertrunkene Mann, weiterhin ruhig in der Sonne schlief. Er schlief jeden Sommer über, in einem dünnen blauen Bademantel, mit trockenem Mund von den Tranquillizern, die er jeden Morgen schluckte, die Augen zum Himmel gerichtet.

»Ich werde warten«, sagte er jetzt zerstreut zu Esther der Schwarzen.

»Ich bin bald zurück«, versicherte ihm Esther, aber Phillip hatte sich schon von ihr abgewandt. Er hörte nicht mehr zu, kümmerte sich nicht mehr um sie, denn er hatte sie nicht zu dem Spaziergang bewegen können, der ihn vom Hofe weggeführt hätte.

Esther die Schwarze ging über den Rasen, und währenddessen stellte sie sich vor, sie ginge mit Phillip über den Strand. Hätte sie ihn dorthin mitnehmen dürfen, hätte er die Einsiedlerkrebse gesehen, die durchsichtigen Quallen, die Muschelhaufen, die dick mit rosenförmig aufrankenden Kletten bewachsen waren. Seine Augen würden geschlossen sein, seine Füße ohne einen Kratzer über die scharfen grünen Steine hingehen. Doch ihr war nicht erlaubt, ihm von all dem etwas zu zeigen. Seit Jahren drohte Mischa, Phillip ins Staatliche Krankenhaus zu bringen, um die Abfolge der Analytiker und der Klinikaufenthalte zu beenden. Der Alte behauptete, daß es mit dem Geld nicht mehr so gut stehe wie früher; Rath, der Vermögensverwalter, hatte einiges schlecht angelegt in einem Chemiewerk in New Jersey, und die Grundsteuern waren höher denn je; sie fraßen ihn auf. Und obwohl Esther die Weiße immer noch in regelmäßigen Abständen nach Manhattan gefahren wurde, wo sie die Bücher einsah, ging es nun an die letzten Dollars. Der Kognak für Lisa und Max wurde nicht mehr kistenweise bestellt, und den Kauf eines neuen Wagens hatte Mischa schon so lange aufgeschoben, daß der Cadillac nun ein rostbedecktes Museumsstück war.

Als Esther über den Hof ging, kam Dr. Otto in seinem gelben MG vorbeigefahren, Phillips neuester Analytiker, der jeden Sommer in St. Fredrics Ferien machte. Esther die Schwarze drehte sich um und winkte, als er an ihr vorüberkam, und dabei sah sie Esther die Weiße auf der Veranda. Sie schaute noch immer her. Sie wiegte sich in ihrem Stuhl, sie wartete wie ein Luchs auf eine Verrücktheit Esthers der Schwarzen. Die beiden starrten sich an, aber das Gesicht Esthers der Weißen verriet kein Erkennen. Sie saß in der Sonne wie ein Stück weißes Glas.

Obwohl Esther die Schwarze das nie geglaubt hätte, dachte Esther die Weiße gerade an sie, als sie sich in ihrem weißen Korbstuhl hin und her wiegte. Das Mädchen aufgezogen hatte unbestreitbar Esther die Weiße. Phillip und Rose taugten als Eltern beide nichts. Das Kind hatten sie in die Welt gesetzt, weil sie hofften, Esther der Weißen damit eine Freude zu machen, aber sobald es einmal geboren war, ließ sich Rose nicht mehr vom Fernseher und vom Gin wegbringen, und Phillip hakte auf dem Kalender die Tage bis zur nächsten Ertrinkenszeit ab. So war Esther der Weißen, als sie schon die Vierzig überschritten hatte, ein Kind überlassen worden, das sie schon durch seinen Namen beleidigte; und sie hatte sich alle Mühe damit gegeben, obgleich sie Kinder nie gemocht hatte, nicht einmal ihr eigenes.

Als sie ihrer Enkelin zusah, wie sie den Hof verließ, glaubte Esther die Weiße, daß sie versagt habe. An dem

Mädchen schien jede Erziehung vergeudet. Immer wieder hatte Esther die Weiße ihr klargemacht, wie wichtig für eine Frau, die ohne Furcht und in Annehmlichkeit leben wollte, das Äußere sei; doch da war sie nun, eine Hand in die Hüfte gestemmt, barfuß, unter einer Jungenmütze hervorlinsend; wie eine Landstreicherin sah sie aus. Als Esther die Schwarze noch klein war, blieben ihre Auflehnungen geringfügig, und wenn sie sich besonders allein fühlte, bettelte sie darum, sich zu Esther der Weißen an den Ankleidetisch setzen zu dürfen, und dort schaute sie interessiert zu, wie sich Esther die Weiße ein Seidentuch in einer kunstvollen Schleife um den Hals band. Doch jetzt sprachen die beiden kaum mehr miteinander, und jedesmal, wenn Esther die Weiße kurz den Wunsch nach etwas Vertraulichkeit spürte, sah sie, wie sich die Schultern des Mädchens versteiften, und ehe sie wußte, was sie tat, bemängelte sie seine Haltung, und dann war es zu spät. Dann mochte das Mädchen nichts von all dem mehr hören, was sie zu sagen hatte, und Esther die Weiße war sich nicht sicher, was geschehen würde, wenn sie einmal Gelegenheit hätte, sich auszusprechen. Alles könnte dabei herauskommen, Federn, Worte oder Tränen – alles und jedes.

Eine Zeitlang hatte Esther die Weiße ihre Enkelin noch beobachtet, in der Erwartung eines Augenblicks, der nicht kam. Sie schob die Aussprache mit Esther der Schwarzen vor sich her, wie sie den Besuch beim Arzt vor sich hergeschoben hatte, so lange, bis der Termin um Monate der Furcht und Vergeßlichkeit ferngerückt war. Esther die Weiße wußte, daß sie nicht viel Zeit hatte. Entweder sie beeilte sich, oder sie hatte versagt, und es gab keine Versöhnung. Doch wo beginnen? Wenn die alte Frau, so wie sie mit Tüchern und Sonnenbrille abgeschirmt in ihrem Schaukelstuhl saß wie eine Eidechse auf den Steinen, das Mädchen vor allzu viel Sonnenbräune warnte, setzte sich Esther die Schwarze an den Strand, bis ihre Haut den Farbton dunklen, nassen Bodens annahm, bis ihr die Augen verquollen. Soweit es Esther die Schwarze anging, hatten sie nichts zu besprechen. Das Mädchen ging durch das eiserne Hoftor hinaus, und der fahle Blick ihrer Großmutter machte sie frösteln trotz der wabernden Hitze. Sie beschloß, auch den erbärmlichsten Job anzunehmen, der sich nur finden ließe.

Sie ging die Route 16 entlang; auf ihr war es vom Hofe etwa eine Meile in südlicher Richtung bis nach St. Fredrics. Esther zog die Ledersandalen an und hörte die Sohlen durch das scharfe braune Gras am Straßenrand streifen. Es war wenig Verkehr; einmal hupte sie jemand an, und der Ton klang lange nach, wie der Schrei einer Eule. Beiderseits der Straße wuchsen wilde Feuerlilien mit herzförmigen, purpurroten Augen. Esther die Schwarze hielt den Blick zu Boden gerichtet; sie bemerkte kaum die ersten Häuser der Stadt. Sie ging an dem Autokino vorüber, in dem sie noch nie gewesen war, an der Shell-Tankstelle und an McDonalds, wohin Cohen sie einmal mitgenommen hatte.

Sie hielt es nicht mehr aus auf dem Hof, sie konnte sich nicht mehr benehmen. Esther die Schwarze kam zu den Docks von St. Fredrics, wo die Fährschiffe und Fischerboote an ihren Tauen zerrten, selbst wenn das Wasser regungslos schien. Neben einem Café, das mit der herrlichsten Muschelsuppe der Welt prahlte, kaufte sie sich an einem Zeitungskiosk den *St. Fredrics Herald*. Sie ging weiter in die Stadtmitte, setzte sich auf eine grüne Bank und entfaltete die Zeitung. Benehmen! dachte Esther die Schwarze. Als ob sie eine arme Verwandte oder ein Tanzbär wäre!

Sie hatte nicht die Absicht, Ira Rath zu heiraten; sie hatte sie nie gehabt. Aber was konnte sie sonst tun? Hätte sie ihrer Großmutter mehr Achtung geschenkt, so hätte sie gewußt, wie man einen Tisch deckt, eine Sangria serviert oder einen seidenen Pyjama trägt: Kunstgriffe, um auch andere Männer zu fesseln als Ira. Aber nichts davon konnte sie. Esthers Onkel Max redete von einer Zirkusdirektion in Europa, und Esther die Weiße überwachte die Konten, aber der einzige, der zu arbeiten schien, war Cohen, und von ihm hatte Esther die Schwarze mancherlei über Gardenien und Erdbeeren, Kunstdünger und Strohdecken gelernt. Aber sie glaubte nicht, daß jemand sie als Gärtnerin anstellen würde. Sie war kein Mann und hatte keine Zeugnisse.

Esther seufzte und riß den Anzeigenteil heraus. Busse kamen an und fuhren ab, aber sie blieb auf der grünen Bank sitzen. Auf der anderen Straßenseite waren ein Kaffeehaus, eine Imbißstube und ein Muschelladen, wo man den Touristen große, gehörnte Pazifikmuscheln als einheimische Funde aus dem Hafen von St. Fredrics andrehte. Auch ein Fischgeschäft war da, mit Seeanemonen aus Plastik im Schaufenster und dem Pappmodell eines Blauhais, das an Schnüren hängend irgendwo hinter dem Glas zu schweben schien. Um den Eingang standen ein paar Fischer vom Hofe; sie trugen ihr Wahrzeichen, ein blaues Band um die Stirn. Esther blickte von ihrer zerrissenen Zeitung auf und sah, wie der Ladenbesitzer, der ihnen gerade eine Kiste Muscheln und Makrelen abgekauft hatte, die Männer bat, seinen reinlichen, mit Sägemehl bestreuten Eingang freizumachen. Sie schreckten die Kundinnen ab; die Frauen aus den neuen Wohnsiedlungen, die das alte Hafenstädtchen dicht umschlossen, drängten sich nicht gern an einer Gruppe lungernder, vom Fischgeruch durchtränkter Männer vorbei. »Haut ab, Freunde!« sagte der Ladenbesitzer. »Haut ab, ihr Säcke!« wiederholte er im Scherz.

Esther kannte die Fischer gut, obgleich sie sich gegenseitig in der Öffentlichkeit nicht grüßten, und ihre Großmutter wäre schockiert gewesen zu erfahren, wie viele Abende Esther die Schwarze schon auf ihrem Lagerplatz verbracht hatte, wenn Cohen, der zuerst Esthers Babysitter gewesen war und dann ihr Freund, mit den Männern Bourbon trank und Karten spielte, während Esther die Schwarze küssen lernte und Fische schuppen. Es wäre ihr leichtgefallen, für die Fischer zu arbeiten. Sie war so kräftig wie nur eine von den Fischersfrauen, die bei Einbruch der Dunkelheit in die Hafenbucht hinausruderten, und ein Netz flicken hätte sie auch bald gelernt. Aber die Fischer würden sie niemals nehmen. Sie war zwar im Lager großgeworden, aber sie blieb die Tochter des Ertrunkenen Mannes, und von den älteren Fischern waren viele überzeugt, daß sie den Hafenfluch mit sich bringe.

Und auch wenn sie ihr etwas zu tun gegeben hätten, im Schlick nach Muscheln graben, Angelhaken putzen oder selber ein kleines Boot rudern, die Fischer würden ihr doch niemals ein anderes Entgelt bieten können als ihren Anteil Fisch. Sie waren arm, sie lebten in Schuppen oder Wohnwagen, und von den jüngeren Leuten waren viele weggezogen nach Florida oder Kalifornien, um dort ihr Glück zu versuchen. Esther die Schwarze sah zu, wie die Fischer die Hauptstraße entlanggingen, und als einer der jungen Männer stehenblieb, um rasch eine gelbe Sonnenbrille aufzusetzen und sich einem Pärchen mit Picknick-Korb als Führer anzubieten, setzte sie sich so aufrecht hin, daß selbst die Großmutter ihre Haltung gelobt hätte.

Im Fenster des alten Woolworth-Geschäfts, grad hinter dem linken Ohr des jungen Fischers, hing ein Schild: »Verkäuferin gesucht.« Esther ließ Zeitung und Mütze auf der Bank liegen. Sie rannte über die Straße, ohne auf die Ampel zu achten, wand sich zwischen den fahrenden Wagen durch. Sie hastete an den Ladentischen vorüber und fragte nach dem Geschäftsführer, während die langsamen hölzernen Ventilatoren an der Decke summten.

Esther die Schwarze biß sich auf die Finger; sie verlagerte ihr Gewicht vom einen Fuß auf den andern. Der Geschäftsführer trommelte mit den Fingernägeln auf die gläserne Tischplatte und musterte kühl Esthers Überschwang; aber sie war kühle Blicke gewöhnt und sagte: »Ich kann das. Ich kann Ihnen alles verkaufen. Geben Sie mir eine Chance!«

»Chance?« sagte der Geschäftsführer. »Wir sind nicht in Hollywood. Wir brauchen nur eine Halbtagskraft für die Kosmetik.«

Aber dennoch, als Esther erst mit ihm warm geworden war, fühlte der Geschäftsführer sich wie ein Produzent, wie ein Regisseur, wie einer, der Chancen zu vergeben hatte.

»Na schön!« sagte er, als ihr die Finger schon flatterten vor Aufregung und die Lügen, die sie über ihre Erfahrungen in früheren Stellungen zum Besten gab, immer leichter und schneller aufstiegen wie Vögel, bis ihr ein Geschmack wie von Federn im Munde blieb. »Erzählen Sie mir nichts mehr von Ihren kranken Angehörigen! Erzählen Sie mir nicht, wie toll Sie sind! Beweisen Sie's!«

Und bis Esther für den rosa Kittel maßgenommen worden war und die reine Wahrheit über ihre Vorgängerin erfahren hatte, eine Frau namens Ronelle, die man mit vierzig Kartons Wimperntusche im Kofferraum ihres Mustang erwischt hatte, war es spät geworden. Und Esther die Schwarze, in Gedanken an Möglichkeiten, an schlechtes Benehmen, ging zum Hofe zurück, ohne auf die Straße zu achten. Sie folgte einfach dem Duft der Feuerlilien, die am Straßenrand wuchsen, bis sie daheim war.

2

An dem Morgen, als ihre Enkelin das erste Mal zur Arbeit ging, wurde Esther die Weiße aus ihrem leichten Schlaf von einem Schmerz geweckt, der so schrill war wie eine Klingel. Was für eine Krankheit es auch sein mochte, sie ließ sich nicht mehr ignorieren. Schlecht geschlafen hatte Esther die Weiße schon immer, doch nun konnte sie überhaupt nicht mehr schlafen, und abgesehen von ein paar dösigen Stunden vor Tagesanbruch war die Schlaflosigkeit so selbstverständlich wie die Nacht. Oft verbrachte sie Stunden damit, ins Dunkel zu starren und ans Vergangene zu denken. Die Erinnerungen verschränkten sich mit der Schlaflosigkeit und beunruhigten sie auch bei Tage, bis sie Vergangenes und Gegenwärtiges nicht mehr recht unterscheiden konnte. Manchmal, wenn sie über den Rasen ging, wußte sie nicht, ob ihr Absatz den Sand am Meer oder den gefrorenen Boden ihrer Kindheit berührte.

Der Schmerz, der sie letzten Winter gezwungen hatte, zum Arzt zu gehen, war kalt und metallisch; er zwang sie, die Fingernägel in die Handflächen zu pressen, bis sich Blutstreifen bildeten. Das Kodein ging ihr aus, die Zeit ging ihr aus; sie konnte's nicht länger aufschieben. Sie ließ Cohen rufen.

»Natürlich«, sagte sie zu Cohen, der sie unten an der Verandatreppe erwartete, »dürfen Sie niemandem sagen, wo Sie mich hinfahren.«

Cohen konnte Esther der Weißen nichts abschlagen; er hätte es gar nicht erst versucht. Er war gekränkt, daß sie, nach all den Geheimnissen, die er für sie gewahrt hatte, ihm keine Verschwiegenheit zutraute. »Wer bin ich denn?« sagte er, als er ihr die hintere Tür des Wagens aufhielt und Esther die Weiße ihren Leinenmantel umnahm und auf den Rücksitz rutschte. »Ein Spion vielleicht? Vom CIA?«

»Mein Guter!« sagte Esther die Weiße, und Cohen verzog das Gesicht bei ihrem Ton, »ich dachte, meine Bitte wäre völlig vernünftig und angemessen formuliert.«

»Die Formulierung war klassisch«, stimmte Cohen zu. »Sehr hübsch! Nichts daran auszusetzen!«

»Danke!« sagte Esther die Weiße und sah aus dem Fenster, während Cohen über den Gartenweg fuhr. Als er am Eisentor hielt, beugte sie sich vor und tippte ihm an die Schulter. »Los denn!«, sagte sie. »Fahren Sie schon!«

Cohen drehte sich zum Rücksitz um. »Aber gern!« sagte er, »ich möchte ja. Nur sagen Sie mir gefälligst, Missis, wohin denn?«

Esther nannte Cohen die Adresse des Arztes, in einer der abschüssigen Straßen in der Altstadt von St. Fredrics. Und obwohl es ein warmer Tag war und die Häher über der Antenne des Cadillacs kreisten, fröstelte es Esther die Weiße trotz ihres Leinenmantels, und sie forderte Cohen auf, sein Fenster hochgekurbelt zu lassen.

»Ich kann auch noch die Heizung anstellen«, brummte Cohen.

Zwischen Cohens Lippen klemmte wie immer eine Zigarette, und als er sprach, krümelte Asche die Brust seines kurzärmeligen Hemds hinunter; zum Fahren trug er immer eine schwarze Schirmmütze. Esther die Weiße mußte über sich selber lächeln und gab nach; daß sie fror, mußte ja nicht heißen, daß es anderen ebenso ging; Cohen konnte sein Fenster aufmachen. Aber ihres ließ sie zu; die Landschaft sah sie lieber durch die geschlossene Scheibe. Während sie über die Route 16 fuhren, steckte Esther Haarsträhnen fest, die sich aus ihrer aufgetürmten Frisur gelöst hatten. Als sie vor einer Ampel hielten, sah sich Esther im Rückspiegel. Ihr platinblondes Haar ging in weißes über, Falten waren ihr wie Eidechsen ins Gesicht gesprungen, und ihre Augen waren beinah farblos.

»Cohen«, seufzte sie. »Ich bin alt.«

Cohen schluckte; er fürchtete sich hinzusehen, er fürchtete, daß sie recht hätte. Aber als er den Blick hob und ihr Gesicht im Spiegel sah, da war sie jung, jung wie nur je. Die Ampel wurde grün, aber Cohen vergaß aufs Gaspedal zu treten.

»Nun fahren Sie schon!« sagte Esther, als die Wagen hinter ihnen zu hupen anfingen.

Cohen steuerte auf die hochgelegenen grünen Straßen im ältesten Stadtteil zu. Sie fuhren schweigend und dachten beide daran, wie sie, jeder für sich, in New York angekommen waren. Schließlich trommelte Esther mit den Fingernägeln auf das Lederpolster und sagte, »hier ist es«.

Cohen fuhr an den Bordstein vor einem großen gelben viktorianischen Haus, das einmal einem Kapitän zur See gehört hatte, der bis zu seinem langsamen Tod am Anfang des Jahrhunderts im Dachgeschoß gewohnt hatte. Jetzt führte ein separater Eingang zu der Arztpraxis; ein Schild mit Namen und Sprechzeiten des Arztes hing mit Ketten an einem hölzernen Pfosten.

Cohen besah sich im Rückspiegel; er fragte sich, ob Esther die Weiße wohl finde, daß auch er alt werde. Er hatte sich nicht die Zeit zum Rasieren genommen; bevor Esther ihn rufen ließ, hatte er vorgehabt, den Tag mit Kartenspiel und Bourbon bei den Fischern im Lager zu verbringen. Und die Bartstoppeln an seinem Kinn waren jetzt grau. Im Rückspiegel sah Cohen, daß Esther die Augen geschlossen hatte und sich mit der bleichen Hand über die Kehle strich, als ob ein Fremdkörper sich dort festgesetzt hätte, unter ihrer Zunge. Cohen sah sie an; dann sah er auf das Schild vor der Arztpraxis. Er war ein Idiot; Esther war krank, und er hätte es schon früher sehn können. Hätte er; aber jedesmal, wenn er sie ansah, sah er eine jüngere Esther, diejenige, die in der Küche stand und Limonade mischte, als er das erste Mal mit ihr sprach.

Er erschrak, er vergaß sich, er nannte sie zum ersten Mal seit zwanzig Jahren beim Namen. »Esther?« sagte er.

Die Art, wie er ihren Namen nannte, daß er ihn überhaupt nannte, nach all den Jahren, wo sie kaum miteinander gesprochen, wo er es vermieden hatte, sie anzublikken, sogar wenn sie ihm bei den Mahlzeiten freitagabends ein Glas Wein einschenkte, ließ Esther aufmerken. Sie hob den Blick. Im Spiegel, über seinem Gesicht, über seinen klaren grauen Augen stand das Gesicht eines jüngeren Manns. Er war kein bißchen älter geworden, er war noch derselbe wie vor Jahren.

»Schaun Sie mich nicht an!« sagte Esther die Weiße. »Schaun Sie mich nicht so an, es ist doch nichts!« Fast wörtlich dasselbe hatte sie gesagt, als Cohen am Bordstein vor einem Mietshaus in Forest Hills auf sie gewartet hatte, während Esther die Weiße mit dem Fahrstuhl zu dem Abtreiber hinauffuhr, der sie dessen entledigen sollte, was Mischa in sie eingepflanzt hatte. Aber das war schon Jahre her, und damals hatte Esther die Weiße selbst keine Angst gehabt.

»Wenn nichts ist, warum darf dann niemand wissen, wo Sie sind?« fragte Cohen.

»So bin ich nun mal.« Esther zuckte die Achseln. »Privatsache! Sie müssen mich doch langsam kennen.«

»Esther!« nannte er sie noch einmal beim Namen. »Wem wollen Sie das weismachen? Ich bin's doch, Cohen.«

»Und ich bin auch ich«, sagte Esther, als sie nach der Türklinke griff.

Als Cohen die Tür klicken hörte, als er wußte, sie war im Begriff auszusteigen, hielt er sie zurück. Vor zwölf Jahren war er nicht mit ihr im Fahrstuhl zu dem Abtreiber im dritten Stock hinaufgefahren. Diesmal würde er sie begleiten. »Hören Sie«, sagte Cohen, »lassen Sie mich mitkommen! Wer sitzt denn gern allein in einem Wartezimmer?«

Esther die Weiße ließ die Türklinke los; sie lehnte sich auf ihrem Sitz weit zurück und packte ihre eine Hand mit der anderen. Diesmal war sie erschrocken.

»Ich meine nicht«, sagte sie zu Cohen.

»Ehrlich«, sagte Cohen, »der hat doch Dutzende von Illustrierten im Wartezimmer, dieser Arzt, die ich alle noch nicht gelesen habe. Wär ein Genuß für mich!«

Der Schmerz pochte in ihrer Seite, und sie kam schon später als verabredet. Sie stellte sich vor, sie ginge über den Backsteinweg, an Cohens Arm gelehnt, den Kopf federleicht. Sie langte hinüber und machte die Tür auf. »Sie sind ein Gentleman«, sagte sie. »Wie immer.«

Einer ihrer Füße war schon draußen; ihr Absatz balancierte auf dem heißen Pflaster. Cohen steckte den Kopf aus dem offenen Fenster. »Schön«, sagte er. »Aber vergessen Sie nicht, daß ich hier warte, falls Sie sich's anders überlegen. Besonders wenn die *Sports Illustrated* ausliegt. Die mag ich. Könnte ich stundenlang drin lesen!«

Esther die Weiße lächelte. »Schön«, sagte sie. »Ich denk dran.«

Als er sie fortgehen sah, stützte Cohen einen Ellbogen gegen das Lenkrad; dann steckte er sich eine neue Zigarette an. Er seufzte; er dachte nach übers Zeitvergehen. Er wünschte, er hätte einen Taschenrechner; er hatte sich schon immer einen gewünscht. Aber auch ohne Taschenrechner hatte er, noch ehe Esther die Weiße über den Backsteinweg zu dem alten viktorianischen Haus gelangt war, ihr Alter errechnet. Er hatte gewußt, alt zu sein war für sie unmöglich. In dem heißen Cadillac, mit der Zigarettenasche, die seine weiße Hemdbrust bestreute, hatte Cohen sich ausgerechnet, daß Esther die Weiße und er bis auf ein, zwei Jahre Abstand im gleichen Alter waren.

Seine Zahlenreihe begann mit dem Jahr 1956. Damals, drei Jahre vor der Geburt Esthers der Schwarzen und zwei Wochen nach dem vierzigsten Geburtstag Esthers der Weißen, kam Cohen auf den Hof. Es war Winter gewesen, als er mit dem Taxi von der Fähre bis vor das Eisentor fuhr, und der Boden war harter, eisüberkrusteter

Sand, und Cohen wußte damals noch nicht, ob ihn eine anspruchsvolle Aufgabe erwartete oder das Schicksal eines Landschaftsgärtners an einem Ort, wo nichts wachsen konnte.

Es war Esther die Weiße, die Cohen auf dem Hofe hielt, auch dann noch, als er längst gemerkt hatte, daß der Boden viel zu sandig war, um einen Landschaftsgärtner vor eine andere Aufgabe zu stellen als die, immer wieder von neuem zu pflanzen, was schon einmal eingegangen war. Er war seit dem Tag seiner Flucht aus Rußland viel herumgekommen, er war in Europa, Südamerika und Florida gewesen; doch als er sich in Esther die Weiße verliebte, da schlug er für den Rest seines Lebens auf dem Hofe Wurzeln. Nachher beschwerte er sich nicht mehr darüber, daß man ihn nicht nur als Gärtner, sondern auch als Wächter beschäftigte, der die Fischer vom Strand des Hofes fernhalten sollte. Nachdem er verliebt war, beklagte er sich nicht mehr über den Leuchtturm, den man ihm als Wohnung angewiesen hatte. Ohnehin hatte er schon Tages- und Nachtjobs auf drei Kontinenten gehabt, als Schnellkoch, Vertreter, Uhrmacher und Schneider; er hatte also keine besondere Vorliebe für den Tag oder die Nacht, und das Licht, das ständig blinkte, beachtete er nicht, ob er nun schlief, träumte oder die Bücher über Gartenbau studierte, aus denen er die Kenntnisse erwarb, von denen er Mischa versichert hatte, daß er sie schon besitze. Und auch jetzt noch, viele Jahre später, wenn er die Abfälle am Strand zusammenharkte oder auf dem Hofe in der Sonne arbeitete, litt er unter Halluzinationen, bei denen ihm schwarze und weiße Flecken vor den offenen Augen tanzten.

Esther die Schwarze hatte er praktisch großgezogen; und seine Bücher hatte er so gründlich studiert, daß er ihr den Namen jedes Pflänzchens sagen konnte, das auf dem Hofe wuchs. Niemand anders als Cohen brachte Esther die Schwarze zum Weinen, als er ihr erklärte, daß jede Qualle am Strand nur deshalb dort liege, weil sie tot sei, und nicht um in der Sonne auszuruhen wie ein Badegast. Niemand anders als Cohen hatte ihr erklärt, warum ihr Vater im Sommer nicht über den Strand gehen und oft nicht einmal seine Kate verlassen durfte. Und jetzt sprach Esther die Schwarze nur noch vom Abhauen. Und jedesmal lachte Cohen und sagte: »Abhauen vom Hof? Denkst du denn, daß es woanders besser ist?« Dabei hatte er selbst 1956, in jener ersten Woche, bevor er mit Esther der Weißen gesprochen hatte, allen Ernstes daran gedacht, gleich wieder nach Manhattan zurückzufahren.

Er verstand nichts von Gärten und war die Einsamkeit auf dem Hofe nicht gewöhnt; wenn er in der Stadt allein war, waren wenigstens körperlich noch andere da, in Wäschereien oder Imbißstuben, andere, die an ihn stießen, zufällig oder mit Absicht. Hier machten ihn die Grillen und Frösche verrückt. Und er dachte, er würde noch verrückter werden, wo es hier keine Frau gab, keine Kneipe, nicht mal einen Hund, nicht mal eine Runde zum Kartenspielen. Er dachte, er würde wahnsinnig, bis er die Fischer kennenlernte und Esther die Weiße.

»Chef, ich glaub, ich dreh noch durch hier draußen auf dem Land«, sagte Cohen schon nach wenigen Tagen zu Mischa.

»Sagen Sie nicht Chef zu mir!« hatte Mischa gesagt. Und tatsächlich war es Esther die Weiße gewesen, die Cohen nach seinem Brief unter den anderen Bewerbern ausgewählt hatte. »Cohen?« hatte Mischa gesagt. »Ein Jud ohne Zeugnisse? Das ist sonst nicht dein Stil.«

Und Esther die Weiße, die Mischa gezwungen hatte, den Familiennamen zu anglisieren und auf jedes Gebet und jeden Hauch von Judentum zu verzichten, zuckte die Achseln. »Er wird ehrlicher sein als die anderen«, sagte sie.

»Glaubst du doch selbst nicht!« sagte Mischa.

»Nein«, hatte Esther die Weiße zugegeben. Aber der Mann war Russe und kam vielleicht aus der Gegend ihrer Heimatstadt, eines Fleckens, den sie verabscheute, über den sie Albträume hatte, eines Fleckens, zu dem es ihre Einbildung hinzog und den sie nicht vergessen konnte. »Nimm ihn!« hatte sie gesagt.

Und daher wollte Mischa sich nie als Cohens Chef betrachten. »Tun Sie Ihre Arbeit, kümmern Sie sich um die Gärten, rudern Sie im Boot hinaus und schaffen Sie uns diese Stranddiebe vom Hals!« hatte Mischa zu ihm gesagt. »Zum Verrücktwerden haben Sie gar keine Zeit, wenn Sie für mich arbeiten.«

Cohen nahm es hin, und er ruderte in die Hafenbucht hinaus. Vier Nächte lang sah er den Fischern bei ihrer Arbeit zu. Netze sanken ins Wasser, Männer und Frauen wechselten Zurufe, und bei Sonnenaufgang verschwanden sämtliche Boote bis auf Cohens eigenes. In der fünften Nacht kam Cohen zu dem Urteil, daß er nicht nur als Gärtner und Hafenwächter ein Versager war, sondern auch als Mensch. Er schlief im Boot ein. Als er erwachte, hörte er den Ruderschlag eines anderen Bootes und Atemstöße aus dem Halse eines andern. Cohen wollte sich eine Zigarette anstecken, aber das Streichholz war feucht, die Flamme spuckte und erlosch ihm zwischen den Fingern. Es gab kein Licht außer dem Halbmond, und Cohen konnte das Gesicht des Fischers nicht sehen; er sah nur die Spiegelung eines Gesichts, die auf den Wellen schwankte. Cohen machte kurz die Augen zu; er hoffte, er werde kein Ruder in die Tiefen des Hafens fallen lassen; er hoffte, er werde nicht vergessen, welches sein Amt war.

»Was wollen Sie denn fangen«, sagte der Fischer zu Cohen, »ohne Schnur und ohne Köder?«

»Wir haben hier«, sprach Cohen ins Dunkel hinein,

»eine Situation, die ein bißchen unangenehm ist. Würden Sie nicht sagen, daß ich recht habe?«

»Kein Schweiß«, sagte der andere, »kein Ärger!«

»Ja, für Sie vielleicht, aber für mich ...« Cohen griff sich ans Herz. »Ich tue meine Pflicht als Wächter dieses Hafens.«

»Was für ein Job!« brummte der andere.

»Ein Job für einen Idioten!« stimmte Cohen zu. »Aber wenn man auf die Vierzig zugeht, wird man nicht mehr jünger, und man nimmt den Job, den man kriegt.«

Die meisten Boote in der Hafenbucht hatten sich zum Ostteil des Hofes hin in Bewegung gesetzt, der nie erschlossen worden war. Cohen konnte Männer und Frauen nicht unterscheiden, er sah nur die blauen Bänder aus einem im Dunkeln leuchtenden Stoff – Stirnbänder, welche die Fischer als Talismane zum Schutz vor dem Ertrinken trugen.

»Sagen Sie denen bloß, sie sollen den Ertrunkenen Mann von unserem Hafen fortschaffen«, sagte Cohens Fischersmann, ehe auch er sein Boot zum Land ruderte.

Cohen sah zu, wie die Sonnenscheibe über den Sund stieg; dann ruderte er ans Ufer, vertäute das Boot am Dock des Hofes und klopfte an die Tür von Mischas Arbeitszimmer, um zu fragen, wer der Ertrunkene Mann sei.

Mischa blickte auf von der Immobilienseite der *New York Times*. »Ich bin nicht Ihr Auskunftsdienst, Cohen«, sagte er. »Wenn Sie erst einmal Resultate vorweisen können, wenn diese Bettler von meinem Strand verschwunden sind, dann dürfen Sie wiederkommen. Dann dürfen Sie mir Fragen stellen.«

Cohen traf Lisa auf ihrer Veranda. Sie war mit Max, ihrem Mann, nur ein paar Monate früher als Cohen auf den Hof gekommen. Sie blickte Cohen kühl entgegen. Russen hatte sie noch nie gemocht, und sie konnte nicht verstehen, warum Mischa nicht wie andere Amerikaner einen Schwarzen angestellt hatte. »Soso!« sagte Lisa. »Jetzt fragt der Russe schon nach dem Ertrunkenen Mann! Nun, da weiß ich etwas, was Sie erst noch herausfinden müssen.«

Cohen kamen nun Bedenken. Hier kriegst du die Gänsehaut, hier kriegst du's Zittern, dachte er.

Er dachte ans Kofferpacken; er dachte, er hielte es keinen Tag länger aus. Damals, vor über zwanzig Jahren, hatte der Sund noch klares Wasser, es gab keinen Smog längs der Küste von Connecticut, Supermärkte und Reihenhaussiedlungen waren noch nicht aus den Köpfen der Grundstücksbarone entsprungen. Man war noch mehr oder weniger auf dem Lande. Und für einen, der Krakau, Rio und Manhattan kannte, war es deprimierend. Und mehr noch. Wenn die Grillen wie ein Wirbelwind zirpten, wenn der Fischer flüsternd im Hafen von einem Fluch sprach, wenn in der Nacht keine Neonlichter und Verkehrszeichen leuchteten, konnte der Hof einem Angst machen. Cohen war Kettenraucher; unter seinem linken Auge hatte sich ein leichtes Zucken entwickelt. Er setzte sich eine Frist von vierundzwanzig Stunden, um die Wahrheit über den Ertrunkenen Mann herauszufinden; andernfalls würde ihn die Morgenfähre nach New York bringen.

Cohen ging zu Esther der Weißen. Sie hatte mit der ganzen Familie am Tor gestanden, um Cohen bei der Ankunft zu begrüßen; doch sie hatte ein Seidentuch um den Kopf gehabt, ihre Augen verbarg eine dunkle Brille, sie hatte zu Boden geblickt, und Cohen hatte sie kaum bemerkt, so sehr nahm ihn das Händeschütteln mit Mischa und seinem Bruder, dem Zwerg, in Anspruch. Jetzt fand er sie in der Küche des Haupthauses, und die ersten Worte, die er zu ihr sprach, lauteten: »Wer ist der Ertrunkene Mann?«

Cohen sprach so abrupt, weil er in der Tür stand und

besorgt war, daß der Luftzug Esther stören könnte, die auf einem Brett Zitronen halbierte. Sie war damals vierzig, aber die weißen Strähnen in dem hellen Haar, das ihr bis fast auf den Gürtel hing, waren nicht zu sehen, und als sie Cohen mit ihren meerblauen Augen anblickte und zerstreut ein Übermaß an Zucker in den Krug mit frischer Limonade rührte, da sah sie aus wie ein junges Mädchen. Cohen konnte sich nicht erinnern, jemals eine wie sie gesehen zu haben, auch nicht in Rio oder Manhattan. Keine hatte je eine so leichte Hand gehabt, wie eine Vogelschwinge, mit der sie es irgendwie fertigbrachte, das Messer zu halten. Nie hatte er Haar gesehen, das sich so weich in den Luftzug schmiegte, in keinem Sommer, den er erlebt hatte.

»Er ist mein Sohn«, sagte Esther zu Cohen. »Er hat ein Problem mit Selbstmordversuchen.«

»Dann natürlich«, brummte Cohen. »Dann können wir ihn allerdings nicht bloß den Fischern zuliebe fortschaffen.«

»Allerdings nicht«, bestätigte Esther, als sie Cohen durch die messinggerahmte Tür flüchten sah.

Cohen dachte den ganzen Tag an sie, während er in Mischas neuem Cadillac nach St. Fredrics fuhr, um in einer Gärtnerei Humus abzuholen; und auch später an diesem Abend dachte er noch an sie, als er mit dem Boot hinausfuhr, um mit dem Fischer zu sprechen.

»Hören Sie!« sagte Cohen. »Wegen des Ertrunkenen Manns kann ich Ihnen nicht helfen. Der Ertrunkene Mann bleibt hier. Sie stecken ihn den Sommer über in ein Haus für sich, und ich habe ihn noch nicht gesehen. Aber er ist der Sohn des Chefs, und daher kann ich Ihnen gleich sagen, die Leute denken nicht daran, ihn fortzuschicken.«

Der Fischer schaute Cohen an, ohne die Lider zu bewegen. Dann zog er ein Päckchen dünne, schwarze Zigarillos aus der Tasche und bot Cohen eines an. Als die Fischer hörten, daß Mischa einen Wächter engagiert hatte, machten sie sich darauf gefaßt, sich wehren zu müssen. Der Vermögensverwalter der Familie, Solomon Rath, der für Mischa das Land gekauft hatte, als die Familie noch in London lebte, hatte geschworen, niemals würden die Fischer aus dem Hafen vertrieben werden. Sobald aber die Architekten und Bautrupps mit den Arbeiten fertig waren, hatte Rath einen Räumungsbefehl geschickt. Diesmal waren die Fischer bereit, sich zu wehren. Von den jüngeren Männern fuhren manche nach Brooklyn und kauften Schrotflinten und 45er Pistolen, obwohl die wenigsten von ihnen damit umzugehen verstanden. Die Familien, die um die Sicherheit ihrer Kinder besorgt waren, packten die Kleider und Fischerausrüstungen zusammen und zogen fort, auf die Ostseite der Insel oder nach Florida, wo sie in Wohnwagenkolonien lebten. Aber die alten Männer im Lager, die von den Beamten und Bürgern der Stadt schon immer Drohungen gehört hatten, soweit sie zurückdenken konnten, sagten: »Abwarten, was passiert!« Und die alten Frauen, als sie hörten, daß ein Wächter engagiert worden sei, seufzten und sagten: »Abwarten, es passiert gar nichts!« Und jetzt rauchte der Fischer sein Zigarillo und wunderte sich, was das für ein Wächter war, den die Familie da engagiert hatte; ein Wächter, der nicht nur seinem Chef Bericht erstattete, sondern auch einem Fischer; ein Wächter, der seufzte und sich in seinem Boot zurücklehnte, um den Zigarrenrauch in der klaren Nachtluft sich kringeln zu sehen.

Aber der Fischer wußte nicht, daß Cohen von Esther der Weißen ausgewählt worden war, der es egal war, ob die Fischer auf dem unerschlossenen Ostteil des Hofgeländes kampierten, und der es ebenso egal war, ob sie im Wasser der Hafenbucht die Makrelen millionenweise fingen. Soweit es sie kümmerte, bestand Cohens Aufgabe einzig darin, Phillip am Leben zu halten. Anderen mochte

Cohen als ein Versager erscheinen – und es war nicht zu leugnen, daß die Fischer nach wie vor die Fischeingeweide über Mischas Strand verstreuten, daß der Efeu, den Cohen an der Seemauer gepflanzt hatte, verdorrte, und daß oft Rosen aufwuchsen, wo man Glyzinien verlangt hatte –, aber Esther die Weiße hatte dennoch mit Cohen die rechte Wahl getroffen: In fast einem Vierteljahrhundert hatte Phillip sich nicht umgebracht. Das war Esthers Ziel gewesen, als sie Cohens Bewerbungsbrief aus dem Umschlag nahm. Gewiß, der Mann hatte keine Qualifikationen, aber Esther glaubte, daß jemand, der die Aufgaben, um derentwillen man ihn angestellt hatte, nicht erfüllen konnte, natürlicherweise zu anderen Aufgaben hinneigen werde. Er würde wegen seiner Unfähigkeit ein schlechtes Gewissen haben, er würde sich der Familie verpflichtet fühlen, die ihn dennoch angestellt hatte, und er würde Phillip treu sein wie der Heilige Bernhard.

Esther die Weiße hätte es nicht gekümmert, daß Cohen sich mit den Fischern allmählich anfreundete. Denn als Cohen anfing, die Abende beim Kartenspiel mit den Fischern zu verbringen, hatte er schon zum ersten Mal Phillip in einer heißen Augustnacht vor dem Ertrinken gerettet. Esther die Weiße hätte vielleicht die Stirn gerunzelt, hätte man ihr gesagt, daß Cohen um die Zeit, als Esther die Schwarze geboren wurde und Phillip schon dreimal von dem Landschaftsgärtner gerettet worden war, etliche Frauen aus dem Fischerlager zu Geliebten gehabt hatte. Das eine Mal hatte er sich sogar ernstlich eingelassen, mit Nina, der Schwester des Fischers, mit dem er in seiner ersten Nacht als Hafenwächter gesprochen hatte. Doch mehr als ein Stirnrunzeln hätte dies Esther der Weißen nicht entlockt, und nachdem der Landschaftsgärtner mittlerweile fünfmal Phillip das Leben gerettet hatte, gab es überhaupt nichts mehr gegen ihn zu sagen, was Esther die Weiße hätte bewegen können, ihn zu entlassen.

Also hatte Cohen seine feste Runde für eine Kartenpartie, und er lernte sogar Bolo, ein Fischerspiel, bei dem es darum geht, die Form eines Fischskeletts zusammenzusetzen. Er schlief gern mit Nina, weil ihre Haut auch in der heißesten Nacht wie kühles, fließendes Wasser war. Seine Jahre gingen hin mit Kartenspielen, mit Bourbontrinken und bald auch mit der Sorge für Esther die Schwarze. Zwar hatte er nun eine Geliebte, aber es war nicht Esther die Weiße. Als Nina der ewigen Plackerei müde wurde und nach Pompano Beach in Florida zu ziehen beschloß, zu einer angeheirateten Tante, die eine Soft-Eis-Konzession hatte, bot sie Cohen an, ihm die Fahrkarte zu bezahlen, und stellte ihm ein geruhsames Leben als Eisverkäufer in Aussicht; aber Cohen lehnte ab. Er mußte ablehnen, denn Nina liebte er nicht. An dem Tag, als er Nina zur Fähre brachte, saß Esther die Schwarze auf dem Rücksitz des Cadillac; mit fünf Jahren hatte sie schon genug Lebensart, um wegzublicken, als Nina ihrem Geliebten den Abschiedskuß gab und ihm noch einmal zuflüsterte, sie könne für sie beide die Bahnfahrt nach Fort Lauderdale bezahlen. Esther die Schwarze war im Lager der Fischer großgeworden. Das erste Mal, als Cohen sie mitgenommen hatte, war sie zwei Jahre alt gewesen. Er hatte sie allein auf der Veranda vor dem Haus ihrer Eltern gefunden, in der Jahreszeit, als Phillip in seine Kate eingesperrt war und Rose von nichts etwas wissen wollte als von Gin und Tonic. Gleich beim ersten Mal hatte Esther sofort die Schuhe abgestreift, als sie auf den Ostteil des Hofgeländes kamen; gleich beim ersten Mal hatte sie die Geste verstanden, mit der Cohen den Finger auf die Lippen legte, als er sie wieder zur Tür ihrer Eltern brachte. An diesem Tag nun, an der Fähre, als sie zusammen über den Pier gingen, um Nina abfahren zu sehen, kaufte Cohen für Esther ein großes Eis. Nina weinte, als sie die Eistüte sah, die er dem Kind gekauft hatte, und sie weinte immer noch, als sie ihnen von dem abfahrenden Schiff zuwinkte.

Nachdem Cohen Esther die Schwarze mit schokoladenbekleckertem Kleid an der Veranda ihrer Eltern abgesetzt hatte, kehrte er allein in seinen Leuchtturm zurück und trauerte um Nina. Mehrere Tage lang saß er zwischen Staubflusen und Bourbonflaschen; dann ging er wieder zu den Fischern. Esther die Schwarze nahm er mit, und sie spielte im Sand mit den Fischerskindern, während Cohen sich neue Freundinnen suchte. Aber so lange wie mit Nina blieb er mit keiner zusammen. Es wäre nicht anständig gewesen, denn geliebt hätte er doch keine; er konnte keine lieben, denn es gab schon Esther die Weiße.

Es genügte ihm, wenn er Esther die Weiße bloß sah, sagte sich Cohen. Es genügte ihm, wenn er ihre Enkelin liebte, als wäre sie ihr gemeinsames Kind. Und alles, was er anpflanzte, Lilien um den Rasen herum, eine Hecke Mimosen, die wie ein Schwarm brasilianischer Papageien vor ihrem Schlafzimmerfenster wedelten, alles, was wuchs, war für sie, für Esther. Er gewöhnte sich an, mit Esther der Weißen imaginäre Gespräche zu führen, oft über die Erziehung Esthers der Schwarzen, die er zu nachlässig fand. Diese Gespräche stellte er sich vor, während er mit Eimer und Harke am Strand war und die Abfälle der Fischer beseitigte.

In ein solches Gespräch war Cohen auch an jenem Abend vertieft gewesen, als er Esther der Weißen unversehens begegnete. Cohen kletterte nach der Arbeit über die Seemauer, wischte sich die Hände an den ausgeblichenen Jeans ab, damit kein Salz in die Blasen an seinen Fingern kam, und knöpfte sich gegen den eisigen Wind die Jacke zu. Er dachte daran, wie er ihr sagen würde, wenn er's ihr sagen könnte, daß man die Kleine den nächsten Sommer über fortschicken müßte. Im letzten August war Esther die Schwarze sechs gewesen, und bei den Fischern fingen die Kinder in diesem Alter schon zu arbeiten an; wenn dieser Winter vorüber wäre, würde das Mädchen in den Schulferien nichts mit sich anzufangen wissen. Vielleicht ein Gymnastik-Ferienlager, dachte Cohen, während er Eimer und Harke in den Geräteschuppen stellte, mit den Füßen welke Blätter und Steinchen beiseitescharrte und sich eine Marlboro ansteckte. In dem Augenblick sah er Esther die Weiße. Sie war im Kiefernwäldchen. Es war Anfang Winter, und Esther die Weiße kniete im Eis und wühlte im Boden, an einer Stelle, wo der Efeu nicht wachsen wollte. Cohen konnte sich nicht rühren. Er vergaß sein imaginäres Zwiegespräch und stand da wie ein Dieb, verborgen im Schatten eines großen vorspringenden Steins in der Seemauer, an einer Stelle, wo später das gefrierende und abschmelzende Wasser eine Lücke in den Sandstein reißen sollte. Und Cohen selber stand still wie ein Stein, als er die Frau, die er liebte, im Boden scharren sah wie eine weiße Wölfin oder wie eine Hexe.

Esther die Weiße heulte und fluchte; sie trug einen grauen Mohairmantel und eine Sonnenbrille, und Efeuranken drängten sich in ihren Ärmel. Cohen hatte für den Abend vorgehabt, eine Partie Poker zu spielen; er hatte erst noch ein paar Zigaretten rauchen wollen und den Mond aufsteigen sehen, ehe er ins Lager zu den Fischern ging. Statt dessen stand er nun regungslos da; statt dessen beobachtete er nun Esther die Weiße. Er hockte sich nieder, er schirmte die Glut seiner Zigarette mit der Hand ab. Esther die Weiße wühlte in der Erde und sprach dabei mit sich selbst. Ihre Finger waren beringt und weißer als Schnee, die blauen Adern in den Handgelenken schimmerten und zuckten; aus solcher Nähe hatte Cohen sie gesehen. Er sah, wie ihr Atem zu Dampf wurde, wenn er an die Luft kam. Und als Cohen ihr zuhörte, vergaß er alles bis auf ihre Stimme; er vergaß, wie ihn das Knie schmerzte, während er im Eise kniete, er vergaß das Salz auf seiner Haut.

In diesem Winter, an diesem Abend hatte Esther die Weiße alles satt gehabt. Dort im Kiefernwäldchen hatte sie in der ersten Woche, nachdem sie hergezogen waren, das Geld und die Juwelen versteckt, die sie eines Tages vielleicht noch gebrauchen könnte. Für schlechte Zeiten. Mit Mischa und seinem Bruder, dem Zwerg, wurde sie fertig; an Phillips Selbstmordversuche hatte sie sich gewöhnt; die feinen Linien, die sich in ihre blasse Haut einschlichen, hatte sie kaum bemerkt. Der Ärger war nur, daß sie schwanger war – sie mit ihren neunundvierzig Jahren!

Schon Jahre bevor sie nach New York kamen, hatte Eshter die Weiße mit Mischa nicht mehr geschlafen, und das eine Mal, wo sie ihn hatte zu sich ins Bett kriechen lassen, hatte er sie geschwängert. Sie wollte die Abtreibung, sie brauchte die Abtreibung. Sie war auf Mischas Gerede von seinen Herzschmerzen hereingefallen, hatte sich rühren lassen von seinen Wehklagen, daß er's nicht mehr lange machen werde, und hatte an die blasse, beigefarbene Decke gestarrt, als Mischa, ihr Mann, der die Ausgaben für eine Freundin jahrelang gescheut hatte, seinen Penis in ihr unterbrachte. Und nun war sie schwanger. Sie hatte nicht einmal Phillip gewollt, und damals war sie achtzehn gewesen. Sie kratzte in der gefrorenen Erde, bis ihr die Fingernägel brachen, aber sie fand das samtene Schmuckkästchen nicht, das sie dort versteckt hatte. Nichts fand sie, sie hatte die Stelle vergessen.

Esther die Weiße verwünschte ihren Mann und seinen Bruder; sie stieß Schimpfworte gegen die eigenen Eltern hervor. Sie fragte sich, warum sie je geboren war. Sie war gezwungen gewesen, Phillip zu gebären, der sie in einen Schatten, ein Gespenst hatte verwandeln wollen, als er seine Tochter nach ihr benannte, obwohl er doch wußte, daß der Brauch es verbot. Es war Rache; er wollte es ihr heimzahlen, daß sie eine entsetzliche Mutter gewesen war, ein Fehler, den sie kein zweites Mal machen wollte. Am meisten aber tobte sie gegen einen, den sie Solo nannte. Als sie von Solo sprach, hielt sich Cohen mit den Handschuhen die Ohren zu. Er knirschte mit den Zähnen, zitterte wie eine Möwe. Aber Esther die Weiße hörte nicht auf. Sie fluchte und grub im Eis; sie grub, bis ihre Fingernägel schwarze Halbmonde waren, und konnte doch, so sehr ihre Wut sie trieb, das vergrabene Geld und die Juwelen nicht finden.

Cohen begriff, daß er Esther nun besser kennenlernte, als er je eine gekannt hatte; fast vergaß er die eigenen Erinnerungen, seine Reisen, die Jahre und das Blutvergießen. Während Esther grub, stellte Cohen sich vor, daß seine Hände Seite an Seite mit den ihren gruben, daß Erde die Blasen an seinen Händen verklebte. Und im selben Augenblick, als er eben wie ein Dieb in dem Kiefernwäldchen verschwinden, als er ihr eben vorschlagen wollte, Spaten aus dem Geräteschuppen zu holen, damit sie, wenn es sein müßte, halb Amerika umgraben könnten, tauchte der Fischer auf.

Cohens Freund, der Fischer, mit dem er in seiner ersten Nacht als Hafenwächter gesprochen hatte, rief ihn beim Namen. Der Landschaftsgärtner war wie gelähmt, das eine Knie am Boden festgefroren. Aber Esther die Weiße stand vom Eis auf wie ein Soldat. Ihre Augen waren von einem furchtbaren Blau, ihr Atem wie Feuer in der eisigen Luft. Cohen fürchtete sich, er starrte durch die Kiefernäste zu Esther hin. Wenn sie zu Mischa etwas von Cohens Freundschaft mit dem Fischer sagte, wäre Cohen vielleicht erledigt. Er sollte auf die Fischer ein scharfes Auge haben und ihr Feind sein, nicht sich an einem Winterabend mit ihnen zum Pokern zusammensetzen. Er könnte fristlos entlassen werden und müßte zurück in die

Stadt, ohne Stellung, ohne auch nur ein Foto von Esther der Weißen.

Aber ganz plötzlich trat Esther die Weiße hinter einen Baumstamm und verbarg sich. Der Fischer sah nichts von ihr; er winkte immer noch zu Cohen herüber und rief ihn beim Namen. Cohen war ertappt, ein Verräter auf dem Hofe; bevor er aber aufstehen und versuchen konnte, die Sache zu erklären, indem er zu Esther der Weißen hinging, um entweder angefahren oder gleich entlassen zu werden, legte Esther ihrerseits einen Finger auf die Lippen. Über das Eis, durch das Schweigen hatten die beiden in diesem Augenblick, als Esther den Finger auf die Lippen legte und Cohen mit einem bedächtigen Nicken erwiderte, einen Pakt geschlossen.

Dies muß ein Geheimnis bleiben, sagte Esther wortlos zu Cohen, und mit der freien Hand gab sie ihm einen Wink, seinem Fischer entgegenzugehen. Damals, als Cohen noch nicht wußte, was in dem Wäldchen vergraben lag, verstand er nicht, was Esther zu verlieren hatte. Cohen wollte seine Stellung behalten, und er wollte Esther der Weißen nahe bleiben. Und wenn Esther es so gewollt hätte, wäre sie aus dem Wäldchen fortgegangen und hätte daheim in ihrer warmen Küche, bei irischem Tee mit Zitrone, nebenher zu Mischa gesagt, daß sie Cohen mit einem von den Fischern, einem von den Feinden gesehen hatte. Was hätte dagegen Cohen tun können, um sie zu verraten? Hätte er ihrem Mann zuflüstern sollen: »Hören Sie, ich hab Ihre Frau im Wald scharren sehn wie eine Hirschkuh. Kam mir verdächtig vor«? Mischa hätte nur geantwortet: »So? Das hier ist ihr Hof. Was geht es Sie an, Sie Wichtigtuer, Sie Spitzel?« Dennoch war es Esther die Weiße gewesen, die als erste Stillschweigen gelobt, die gedacht haben mußte, daß sie selbst mehr zu verlieren habe, obwohl Cohen keine Ahnung hatte, welch ein Verlust dies sein könnte.

In dieser Nacht ging der Mond auf, und Cohen ging mit dem Fischer fort. Er rauchte Zigaretten, spielte Poker, trank eine Flasche süßen Wein und liebte sich mit einer Rothaarigen. Nachdem er in seinen Leuchtturm zurückgekehrt war, schlief er traumlos, und nach dem Aufwachen dachte er an Esther die Weiße. Also ging er tags darauf in aller Frühe wieder ins Kiefernwäldchen. Der Morgen war still und kalt, und die Erde, die Esther die Weiße aufgewühlt hatte, war hartgefroren. Cohen brannten die Finger vor Kälte, als er um viele von den Kiefern den Boden aufschaufelte und die Löcher dann wieder sorgfältig füllte. Als er eben aufgeben wollte und der Morgen schon hellgrau wurde, traf sein Spaten auf etwas, das zwischen den Wurzeln einer kleinen Kiefer steckte; er fand ein samtenes Schmuckkästchen. Er schüttete .die Spuren zu und blickte sich um. In keinem der Häuser brannten Lichter, keine Fußtritte waren zu hören. Dennoch ging Cohen erst wieder in seinen Leuchtturm, ehe er das Kästchen öffnete. Er schob alles Gerümpel von seinem Tisch; Zigarettenasche verfing sich an seiner Weste. Cohen steckte sich eine Zigarette an und machte das Kästchen auf. Drinnen war Zeitungspapier. Cohen studierte die Zeitung, und dann wickelte er in aller Ruhe den Schatz aus, den Esther die Weiße vergraben hatte.

Cohen zählte genau tausend Dollar in bar, zwei kleine, zarte diamantbesetzte Ohrringe und einen geschliffenen Stein, groß wie Cohens Hand. Der Stein war von Jade, und in den Stein war das Gesicht einer Frau geschnitten, das Haar hochgesteckt, die Nase schmal und fein. Eingefaßt war der Stein in smaragdenbesetztes Rotgold. Was Cohen in der Hand hielt, war mehr als er je verdient hatte, mehr als ein Landschaftsgärtner in seinem ganzen Leben verdiente. Er konnte den Anblick nicht ertragen, er konnte den Gedanken nicht ertragen, welcher Geliebte Esther der Weißen das Geld und die Juwelen geschenkt haben mochte. Also wickelte er den Schatz wieder ein und starrte auf das Zeitungspapier. Den ganzen Vormittag saß er in seinem Leuchtturm und grübelte darüber nach, warum Esther die Weiße einen Stein von solchem Wert versteckt haben und warum sie nun nach ihm suchen mochte. Sie will vom Hofe weglaufen, dachte er sich, und das durfte er nicht zulassen. Aber das Geld konnte er nicht behalten; er wäre sich wie ein Dieb vorgekommen. Und als er schließlich den Zufahrtsweg entlangging, um den Schnee von den Gartenwegen zu schippen, hatte er seinen Entschluß gefaßt: Das Jadegehänge und die kleinen Ohrringe wollte er behalten. Bevor er ging, um mit Esther der Weißen zu sprechen, nähte er sich die Juwelen ins Futter seiner Schaffelljacke.

An diesem Abend fand er sie im Empfangszimmer des Haupthauses. Sie saß auf der Couch, und Cohen hoffte nur, daß ihre Augen sein Jackenfutter nicht zu durchdringen vermochten.

»Was gibt es?« fragte Esther die Weiße. Sie hatte überlegt, ob der Abtreiber wohl mit einer Scheckkarte zufrieden wäre. Wenn die Rechnung käme, würde sie Mischa einzureden versuchen, sie habe sich einen neuen Mantel gekauft.

»Können wir reden?« fragte Cohen. Er trat von einem Fuß auf den andern, und in den Taschen schwitzten ihm die Hände an den Dollarscheinen.

Esther die Weiße hatte angenommen, daß Cohen sie nicht behelligen werde; er sollte dankbar sein, daß sie ihn vor Mischa nicht als Verräter bloßstellte. »Nein«, sagte sie, »können wir nicht! Ich muß nachdenken.«

»Einstweilen, bis Sie zu Ende gedacht haben«, sagte Cohen, »können Sie vielleicht das hier gebrauchen«. Er zog die tausend Dollar aus den Taschen und legte sie neben Esther auf das Rankenmuster der Couch.

Esther die Weiße sah zu ihm auf; sie wunderte sich,

woher einer wie Cohen so viel Geld haben sollte. Und obwohl sie zu höflich war, davon zu sprechen, wurde ihr zum ersten Mal klar, daß er sie liebte. Esther die Weiße faltete die Scheine zusammen und stopfte sie sich in die Schuhe. »Geliehen«, sagte Esther die Weiße, allerdings ohne zu glauben, daß sie es ihm je zurückzahlen könnte; alles, was die Familie besaß, war auf Mischas Namen.

Cohen schüttelte den Kopf. »Was soll ich mit dem Geld?« sagte er. »Es versaufen? Ein paar Mal zum Rennen gehn und auf die Verlierer setzen? Behalten Sie's!«

Über das Geld sprachen sie nie wieder; dennoch war es Cohen, der Esther die Weiße zu der Praxis des Abtreibers in Forest Hills fuhr.

»Ich muß hierher zu einer Abtreibung«, sagte Esther die Weiße, als Cohen an den Bordstein setzte. »Ich dachte, ich sag es Ihnen lieber, damit Sie sich nicht wundern, wenn es mir nachher schlecht geht. Also, sagen Sie bitte nichts davon zu meinem Mann!«

Im gleichen Augenblick fragte sich Cohen, ob er ihr sagen solle, daß er ihre Juwelen hatte. Offenbar hatte er sich geirrt; sie schien nicht vom Hofe weglaufen zu wollen. Aber er dachte nicht schnell genug; er hielt ihr die Tür auf und überlegte, ob er sie nicht zu dem Arzt hinaufbegleiten solle. Und ehe er sich darüber im klaren war, saß er allein im Wagen. Esther war fort, und es war zu spät, von dem Jadegehänge zu sprechen, zu spät, sie bei der Hand zu nehmen.

Jetzt, während Cohen wieder im Cadillac wartete, auf Esther wartete und sich daran erinnerte, wie blaß sie nach der Abtreibung gewesen war, als sie zum Hofe zurückfuhren, dachte auch Esther an Cohen, während sie darauf wartete, daß die Schwester sie aufrief.

Esther die Weiße unterließ es, in den Illustrierten zu blättern wie manche von den andern Patienten; sie schlug die Beine übereinander, und durch die Tasche ihres Leinenmantels hielt sie die eine Hand in die Seite gepreßt. Die Klimaanlage im Wartezimmer kühlte ihren Schmerz, bis er nur noch Eis war, das sich durch den Magen bohrte. Sie preßte stärker und dachte an Cohen, an sein verknittertes Hemd, seinen russischen Akzent, seine Fahrweise in Mischas Wagen, mit einem Arm über der Rückenlehne. Er überholte zu schnell, man mußte aufpassen, daß er nicht falsch in die Einbahnstraßen abbog. Sie konnte sich nicht erinnern, Mischa jemals selbst am Lenkrad des Wagens gesehen zu haben. Aber Cohen war gefährlich; das durfte sie nicht vergessen. Er wußte zu viel über sie, er hatte sie vor Jahren wie eine Wölfin im Schnee heulen gesehen.

Und er war verliebt in sie.

Links und rechts von Esther auf der rostroten Kordsamtcouch saßen bedrückt die Patienten. Niemand konnte wissen, daß Esther die Weiße in ihrem grauen Leinenmantel, trotz des heißen Julinachmittags, Angst hatte, sich zu verlieben. Gern hätte sie die Tür aufgemacht und Cohen gewinkt, ihm ein Zeichen gegeben, sich neben sie auf die Couch zu setzen und ihre Hand zu halten, aber es war zu spät; und als die Schwester ihren Namen aufrief, ging sie ins Sprechzimmer, zog sich aus und wartete.

Der Arzt war ein junger Mann. Zu jung. Phillips Alter, dachte Esther, als sie ihm zusah, wie er in ihrem Krankheitsbericht las. Esther war schon einmal im Winter bei ihm gewesen, als der Schmerz anfing, und er hatte Röntgenaufnahmen und Blutuntersuchungen gemacht; aber Esther war nicht mehr wiedergekommen, obwohl sein Büro ihr Postkarten geschickt hatte, die sie in winzige Fetzen zerreißen und durch die Toilette hinunterspülen mußte, damit Mischa sie nicht zu Gesicht bekam und erriet, daß etwas nicht stimmte. Und jetzt, als der Arzt einen Vermerk in ihr Krankenblatt eintrug, war Esther dankbar, daß Phillip niemals Arzt geworden war. Wer hätte verlangen können, daß ihr Sohn so etwas würde? Nichts als ein Todesmakler! Besser, er versucht jeden Sommer sich zu ertränken, dachte Esther, als daß er fähig wäre, mich so anzulächeln wie dieser, der doch ebensogut wie ich weiß, daß es ans Sterben geht.

»Sie sind nicht zur Nachbehandlung gekommen«, lächelte der Arzt. »Wie kindisch von Ihnen!«

Esther die Weiße zuckte die Achseln. In einen Papierkittel gehüllt, die Beine vom kalten Untersuchungstisch herabbaumelnd, fühlte sie sich wie ein Kind. Sie war froh, daß Cohen sie jetzt nicht sehen konnte.

»Wir können niemand helfen, der sich nicht helfen lassen will«, sagte der Arzt, nachdem er ihren Blutdruck und ihren Puls gemessen, ihren Herzschlag abgehorcht und alle Knochen abgeklopft hatte.

Esther die Weiße hatte vergessen, ob er Schwartz oder Stein hieß. Plötzlich war es wichtig, daß sie sich an seinen Namen erinnerte. »Schwartz?« sagte sie, und der Arzt nickte. »Dr. Schwartz«, sagte sie, »bitte machen Sie mir nichts vor!«

»Hören Sie«, erklärte ihr Schwartz, »eine abschließende Diagnose kann ich noch nicht geben. Weitere Untersuchungen sind nötig. Ein paar Konsultationen. Krankenhausaufenthalt. Vorher kann man nicht wissen, ob es bösartig ist oder nicht.«

»Ich brauche keine weiteren Untersuchungen«, sagte Esther die Weiße. »Es ist Krebs.«

»Können wir behandeln«, sagte Schwartz, und Esther kam es so vor, als ob er immer jünger und jünger würde.

»Natürlich können Sie's behandeln«, sagte Esther. »Ich kenne die Behandlung.« Sie lächelte. »Sterben!«

»Erst mal eine Biopsie! Und dann vielleicht Kobalt.«

Schwartz schrieb mehrere Rezepte aus. Weiteres Kodein und Demerol versprach er ihr jedoch nur, wenn

Esther mit einem Termin für einen chirurgischen Eingriff im Krankenhaus von St. Fredrics einverstanden wäre. Esther willigte ein; sie willigte ein, weil sie nicht glaubte, daß sie den festgesetzten Tag noch erleben würde. Sie war verurteilt, und sie wußte es. Aber als Schwartz sie allein gelassen hatte, schaute Esther die Weiße auf ihre dünnen, blassen Arme und dachte an Cohen. Er war ein Gentleman gewesen im Wagen, er war ein Gentleman gewesen all die Jahre über, und jetzt fragte sie sich, wie es wäre, ihn zu küssen; sie fragte sich, ob er bloß an der Berührung ihrer Zunge erkennen könnte, daß ihre Zellen in wirrer Meuterei lagen.

Esther die Weiße zog sich an. Sie hatte gedacht, wenn es soweit sei, werde sie mit ungezwungenem Anstand alles aufgeben können, aber der Stift glitt ihr aus den Fingern, als sie die Karteikarten ausfüllte, die ihr die Schwester hingelegt hatte, und die Hände zitterten ihr. Sie trauerte all den Jahren nach, die sie allein hingebracht hatte, ohne Leidenschaft, zwischen kalten Laken, zwischen Träumen. Sie wollte nicht sterben, sie wollte küssen. Und für dergleichen, dachte sie, war es zu spät.

Und viel zu spät war es, sich mit ihren Angehörigen zu versöhnen: Mischa hatte sich daran gewöhnt, ohne sie zu schlafen, Phillip würde ihr niemals seine lieblose Kindheit verzeihen, und die einzige, bei der sie vielleicht Aussichten hätte, war Esther die Schwarze. Und es mußte jetzt geschehen oder nie. Viel Zeit blieb nicht, und Zeit brauchte sie, um etwas, um jemanden zu hinterlassen, auch wenn es für Küsse und Seufzer zu spät sein mochte. Sie wollte Esther die Schwarze, sie wollte alle ihre kalten Blicke und scharfen Worte zurücknehmen, sie wollte im Dunkeln sitzen und alles, was sie fürchtete, in ein Ohr flüstern, in dem jedes Wort aufgehoben wäre wie in einer silbernen Muschel.

Als sich Cohen draußen im Wagen eben wünschte, daß

er sie davontragen könnte, knöpfte sich Esther die Weiße den Mantel zu und ging durchs Wartezimmer. Als Esther die Weiße die Praxis des Arztes verließ, mit Zellen in sich, die jeden Kuß ersticken konnten, stellte sich Cohen vor, daß er ihre bloße Haut berührte. Esther die Weiße hatte einen Entschluß gefaßt. Dies war alles, worauf es ankam. Sie würde Esther der Schwarzen erklären, was sie erlebt hatte; sie würde Verzeihung und Liebe finden, und sie würde jemanden zurücklassen. Sie ging zu der offenen Tür des Cadillac, so wie sie als Mädchen gegangen war, als sie durchs Eis und zwischen den Wölfen hindurch mußte. Sie nickte Cohen gelassen zu, als sie hinter sich die Tür schloß, und sie unterließ es zu weinen.

3 Über zwanzig Jahre lang hatten dieselben Wasserriemen in demselben Hafen geschwommen, und all die Jahre lang hatte Esther die Weiße von ihrem Schlafzimmerfenster den Hof überblickt. Seitdem sie wußte, daß sie krank war, fühlte sie sich verantwortlich für immer mehr Dinge. Sie war verantwortlich für Phillips Selbstmordversuche, für die Kälte Esthers der Schwarzen. Seit neuestem fühlte sie sich verantwortlich auch für die Wetterumschwünge, für die Ebbe, für die Stürme, die über den Hafen hinwegzogen, für den Regen. Und sie fragte sich, ob sie deshalb so viel Unglück um sich verbreitet habe, weil sie ihr Leben nicht seinen vorbestimmten Gang hatte nehmen lassen; vielleicht, so dachte sie nun, war sie zur Verräterin an ihrem Geschlecht geworden, hatte aller Zärtlichkeit und allem Gefühl entsagt, im Austausch gegen die Herrschaft über ihr eigenes Leben. Jetzt schien all diese Herrschaft umsonst gewesen zu sein, und selbst ihre Zellen machten, was sie wollten.

Nachdem sie vom Arzt zurück war, kochte Esther die Weiße das Freitagabend-Essen; es wäre aufgefallen, wenn sie fehlte. Aber sie aß nichts von dem Pâté, kostete nur von der Melone und steckte sich unbemerkt zwei Kodeintabletten auf die Zunge, ehe sie einen Schluck Weißwein trank. Nach dem Essen ging Esther die Schwarze zu ihrem Vater, der alle Mahlzeiten allein einnahm, und sie trug ihm einen Teller mit Forelle und Reis hinüber. Mischa und sein Bruder Max machten sich auf zu einem langen Abendspaziergang an der Seemauer. Endlich konnte Esther die Weiße auf ihr Zimmer gehen, wo sie das ganze Wochenende alleinbleiben wollte, über dem Hafen, in dem die Wasserriemen schwammen.

Als der Schmerz nachließ und das Kodein ihr wellenweise ins Blut lief, setzte sich Esther die Weiße vor einen Spiegel, den Mischa hatte aus Italien kommen lassen; und als sie darin ihre unbewegten Züge sah, dachte sie daran, wie sie zum ersten Male einen Entschluß gefaßt hatte. Es war Oktober gewesen, und Schnee war schon gefallen, und Esther die Weiße, die man so nannte wegen ihres langen, weißblonden Haares, fürchtete sich schon vor den Wölfen, von denen es hieß, daß sie oben in den Bergen lebten. An die Wölfe dachte Esther vielleicht, als sie die Perlenkette, die sie ihrer Mutter um den Hals band, zu fest zog. Die Kette riß, und die Perlen, zwanzig gelbe Bernsteinkugeln, fielen mit dem großen Gehänge aus Jade und Smaragden auf den Holzfußboden.

Esther die Weiße war fünfzehn Jahre alt damals, als die Perlen herunterfielen und sich zwischen die Möbel und Bodendielen verstreuten. Damals, als Esther, noch viel zu erschrocken, um etwas zu sagen, das ganze Erbe der Familie hin und her kullern sah, hatte ihre Mutter, eine dicke Frau, die zu stolz war, um fromm zu sein, und die es nur im kältesten Winter nicht verschmähte, ein Kopftuch umzubinden, Esther der Weißen erklärt, daß sie nicht ihr Kind sei.

»Hast du noch nie gemerkt«, fuhr die Mutter sie an, das Gesicht rotfleckig wie Borscht, »daß du in unserer Familie die einzige bist, die blaue Augen hat und ein schwarzes Herz?«

Esther der Weißen hatte es die Sprache verschlagen; die Muskeln in ihrem Gesicht zuckten bloß; die Füße waren ihr im Holz festgewachsen.

»Hast du noch nie gemerkt«, fuhr die Mutter fort, »daß du schon immer faul und zu nichts nütze warst? Und so wärest du nicht, wenn du wirklich mein Kind wärest.«

Esther die Weiße starrte zu Boden, auf die Spalte zwischen den Dielen, in der sich das Jadegehänge verklemmt hatte, das einst dem Großvater ihrer Mutter vom Zaren selbst verehrt worden war. Sie schob es mit dem Fuß beiseite, während sie erfuhr, daß sie als Säugling von der Familie angenommen worden sei und daß jede Familie in der Stadt, die keine Tochter habe, ein Mädchen adoptiere. Das Mädchen zog man zur Erbin für das Waschen und Putzen heran, für das Kochen und Placken, das Feuermachen frühmorgens, wenn noch niemand anders daran dachte, sich aus seinem Haufen Daunendecken hervorzuwagen.

»Hast du noch nie gemerkt«, sagte die Mutter, »daß alle Familien in der Stadt eine Tochter haben? Sogar die siebzigjährigen Frauen haben kleine Töchter. Wie soll man anders das Haus sauber halten? Wie soll man anders die Familie bekochen und ernähren?«

Während die Mutter weiterredete und Esthers Fehler aufzählte, begann das Mädchen an Flucht zu denken. Es dachte an andere Länder und Erdteile, obwohl es noch nie weiter fortgewesen war als bis zu dem gefrorenen Fluß vor der Stadt. Von den jungen Männern aus der Stadt war einer nach einem Ort namens New Jersey verschwunden. Ein anderer, der einmal auf eine Schule gegangen war, um Priester zu werden, besaß jetzt eine Schokoladenfabrik und schickte seiner Familie Pakete mit Kleidern und Süßigkeiten aus Paris. Am meisten aber hatte Esther über

New York gehört, wo es ganz leicht war, Arbeit zu finden, reich zu werden und unterzutauchen. Esther die Weiße versuchte sich vorzustellen, wie es in New York aussehen mochte, denn als sie die verstreuten Perlen aufzulesen begann, schlug die Mutter sie über die Schultern. Und weil sie an Flucht dachte, an die Avenuen von New York, durch die sie spazieren würde, ließ Esther mehrere von den Bernsteinperlen und das große, geschnittene Jadegehänge in ihrer Schürzentasche verschwinden.

Als die Mutter ihre Perlen zählte und fand, daß sechs Bernsteinkugeln und das herrliche Jadegehänge fehlten, schlug sie Esther ins Gesicht und nannte sie eine Diebin. Esther versicherte, die Steine müßten unter die Bodendielen gefallen sein, durch eine Ritze im Holz, und das Gehänge sei im Schnee verschwunden. Damals, als sie gelassen die Lüge aussprach, als ihre Augen unschuldig dreinblickten, während die Mutter sie immerfort beschimpfte und bezichtigte, bis ihr die Luft ausging und die Stimme versagte, faßte Esther den Entschluß, ihre unbewegten Augen, die glänzten wie das Eis auf dem Fluß im Februar, als ihre stärkste Waffe zu gebrauchen.

Im gleichen Winter entdeckte Esther, daß sie den Widerschein ihrer Augen im Fluß sehen konnte, obwohl das Wasser mehrere Fuß dick mit Eis bedeckt war. Sie kauerte sich über das Ufer, regungslos wie ein Wolf, und schaute stundenlang hinein, als könne die Behauptung ihrer Mutter durch irgend etwas, das hinter ihren Augen lag, bewiesen werden. Sie stellte sich andere Eltern vor, die sanft und hellhäutig wären. Sie überlegte, ob ihre Mutter aus Zorn vielleicht gelogen habe, doch wenn sie sich selbst in die Augen sah, war sie überzeugt, eine Zigeunerin, eine Prinzessin oder eine Wolfstochter zu sein. Ihr Betragen wurde kühl. Das Essen trug sie mit der Miene einer Gefangenen auf; den anderen Mädchen im Ort, die miteinander kicherten, wenn sie am Fluß das Eis aufhackten, um Trinkwasser zu holen, ging sie aus dem Weg; dem Sohn des Bürgermeisters schlug sie die Küsse ab, die sie ihm früher gewährt hatte. Sie ertappte sich in Träumen von den Juwelen, die in ihrem Kopfkissen versteckt lagen, und von der Flucht, die ihr eines Tages gelingen würde.

Um diese Zeit war es, daß ihr Vater anfing, Mischa, seinen ältesten Sohn, zu prügeln. Es war ein langer Winter, und die Flöße, in denen das Holz flußabwärts in die Stadt schwamm, steckten im Eise fest; weder Vater noch Sohn konnten arbeiten. Im Ort gab es nicht viel zu tun außer Streiten und Stöhnen. Und die Prügel fingen an, als das Haus im Winter ganz klein wurde und die Schneewehen bis zu den Fenstern reichten.

»Warum machst du nicht, daß du hier fortkommst?« sagte Esther zu Mischa. Aber Mischa schüttelte nur betrübt den Kopf und überlegte, womit er den Vater erzürnt haben könnte, und Esther die Weiße seufzte, denn sie wußte, daß es für ein Mädchen gefährlich war, sich davon zu machen und allein zu reisen. Ein Mädchen, das allein reiste, war verdächtig, ein Spielball für die Launen von Grenzwächtern, Wirten und Mitreisenden. Also seufzte Esther die Weiße und wartete ab, daß Mischa es sich anders überlegte. Wenn Mischa geprügelt wurde, blieb sie still, und ebenso still blieb der jüngere Sohn Max, der einfach den Mund über einem Löffel Roterübensuppe schloß, wenn der Vater mit der Faust oder mit der Pferdepeitsche auf Mischas Kopf oder Rücken losschlug. Max wurde selbst nie geschlagen. Die Eltern nannten ihn das Baby; obwohl drei Jahre älter als Esther die Weiße, war er winzig klein, ein Meter dreißig, als er voll ausgewachsen war. Seine Eltern mochten es nicht zugeben, aber er war ein Zwerg.

Esther die Weiße brachte dem Baby weder Zuneigung noch Vertrauen entgegen. Sie hegte den Verdacht, ihr eigenes Wachstum könnte gehemmt werden, wenn sie mit ihm sprach. Sie mochte das Flackern in seinen Augen nicht, und ebensowenig gefiel ihr die Kinderkleidung, die Max noch mit achtzehn trug. Sie ging ihm aus dem Weg. Eines Abends rührte Esther die Weiße mit einem langen Holzlöffel in einem Topf mit kochenden Kartoffeln, als der Vater Mischa zu schlagen anfing. Mischa blieb still und regungslos. Er war fast zwanzig und stark genug, sich zu wehren; aber er versuchte es nicht und schaute nur ratlos drein. Kein Zweifel, er sehnte sich nach der Liebe des Vaters. Was er verbrochen hatte, wußte er nicht, aber darüber hätte er lange grübeln können, denn den Vater erzürnten einfach der lange Winter, die schlechten Kartoffeln, die tranige Fischsuppe und die Langeweile. Esther die Weiße ließ den Holzlöffel los; er schwamm in den Strudeln des Kochtopfes. Es war an der Zeit. Und als der Vater nach seinem Ledergürtel gelangt hatte, der an einem Nagel an der Wand hing, hatte Esther die Weiße ihren nächsten Entschluß schon gefaßt.

Es war ganz leicht; sie stand schon am Herd. Sie nahm einfach den Topf bei den Henkeln, der neben dem Kartoffeltopf stand. In diesem kleineren Topf brutzelte Hühnerfett. Esther stolperte beinah, ehe sie zum Tisch kam, ehe der Vater mit Mischa fertig war. Und dann goß Esther die Weiße langsam dem Vater das Hühnerfett über den Kopf. Die siedendheiße Flüssigkeit lief in sein Haar, über die Schultern seiner einzigen guten Wolljacke. Hühnerfett lief ihm in den Bart.

»Du Luder!« schrie er.

Die Mutter kniete sich hin und wischte das Fett auf, das sich an seinen Stiefeln schon in erkaltenden Rinnsalen absetzte; sie fauchte Esther an.

»So ein Luder!« schrie er wieder und wieder. Er brüllte. Er streckte die Hände in die Luft. Er bleckte die Zähne, bis sie wie Hauer aussahen.

Esther die Weiße hielt den leeren Topf bei einem Henkel, so daß er wie ein Gong auf den Boden schlug, als er auf und ab über die Dielen tanzte. Die Mutter drängte den Vater in den Schnee hinaus, um seine Verbrennungen zu kühlen; sie schrie Esther an, morgen früh werde sie es ihr heimzahlen, sie umbringen, ihr den Lederriemen in die Haut eingravieren. Aber Esther die Weiße wartete ihre Strafe nicht ab. Nachts, in dem Bett, wo die drei Kinder zusammen schliefen, flüsterte Esther: »Jetzt mußt du mich hier wegbringen.« Mischa schwieg still. Zwischen ihnen atmete der Zwerg und hörte zu. »Du mußt mir helfen«, sagte Esther. »Denn jetzt werden sie mich halbtot prügeln, bloß weil ich versucht habe, dir zu helfen; und ich bin noch nicht einmal ihre Tochter.«

Als Esther die Weiße den Topf über den Vater entleert hatte, hatte sie auf Mischas Schuldbewußtsein gezählt. Aber jetzt war er mehr als nur schuldbewußt; er war verängstigt. Ihn hatte es geschaudert vor dem Blick in Esthers Augen, als sie den eisernen Topf hochhob. Er hatte nicht gewußt, daß sie mit den Armen so hoch hinaufreichen, er hätte nie geglaubt, daß sie ein solches Gewicht heben könnte. Er fragte sich, ob sie eine Besessene sei.

»Nicht ihre Tochter?« sagte Mischa. »Lächerlich!« Zwischen den Bettdecken zitterte er.

»Hat deine Mutter mir gesagt«, sagte Esther. »Denkst du vielleicht, sie lügt?«

Mischa wußte nicht recht. »Wer bist du?« fragte er das Mädchen, das er sein Leben lang für seine Schwester gehalten hatte.

»Eine, die nicht mir dir verwandt ist und die soeben für dich das Leben riskiert hat.« Sie hielt inne. »Also, jetzt verdankst du mir dein Leben. Jetzt mußt du mich retten. Du mußt alles tun, was ich dir sage.«

Mischa gab keine Antwort. Er war Holzfäller wie sein Vater, wie dessen Vater. Er versuchte sich auszudenken, was hinter ihrem Dorf kommen mochte. Er konnte sich nur Eis vorstellen, nur die vertraute Landschaft in endloser Weite.

»Mischa!« zischte Esther und war wütend, rasend, daß er so stumm und blöd war, wo sie doch bis über die Grenze einen Beschützer brauchte. »Ohne dich bin ich verloren«, flüsterte sie.

Sie machten sich davon, ehe der Mond aufging. Sobald das Gebrüll des Vaters aufhörte, als er endlich nicht mehr an den weißen Mullbinden über seinen Verbrennungen zerrte, füllte Esther einen schweren Leinensack mit silbernen Kerzenhaltern und mit Eßvorräten für mehrere Tage. Die Juwelen schnitt sie mit einem Messer aus ihrem Kopfkissen und verstaute sie in einer Geheimtasche, die sie in ihren Mantel eingenäht hatte. Esther die Weiße lächelte, als sie wie ein Gespenst durch das dunkle, schlafende Haus glitt. Mischa aber bewegte sich langsam und träg.

»Beeil dich!« flüsterte Esther die Weiße.

Als Esther in ihren schweren Mantel schlüpfte, kam Max das Baby ihr nach. Er war halb angekleidet und mühte sich ab, in einen kleinen Lederstiefel hineinzukommen.

»Was bildest du dir ein, was du hier tust?« fragte Esther.

Das Baby lächelte.

»Wer hat dir gesagt, daß du mitkommen sollst?« fragte sie.

Max legte einen Finger auf die Lippen und deutete zu der geschlossenen Tür des kleinen Zimmers hin, in dem die Eltern schliefen. Er lächelte.

»Erpressung!« sagte Esther die Weiße. Als das Baby nickte, zuckte sie die Achseln. »Na schön«, sagte Esther. »Aber beeil dich!«

Es wurde spät. Bald stand der Mond hoch am Himmel,

und das Eis war dick wie eine Mauer. Die Eltern schliefen unter schweren Decken, das Feuer im Küchenherd war fast ausgeglüht, und die Kinder gingen rasch, auf dem Weg zur Kutschenstation, wo Esther für die Fahrt bis über die Grenze mit drei Bernsteinperlen bezahlte. Bis der Küchenherd erkaltet war, hatten die drei schon die Grenze erreicht, mit triefenden Nasen und blauverfrorener Haut, in einer Nacht, die zu tief und schwarz war für alles bis auf das Schweigen.

Später sagte der Vater immer, sie seien im Eise verschwunden. Zum Rabbi und zum Bürgermeister des Flekkens sagte er, sein einziger Lebenszweck sei es nun, die sterblichen Überreste seiner Kinder zu suchen und für ein anständiges, frommes Begräbnis zu sorgen. Wann immer die Knochen eines Wanderers gefunden wurden, der sich im eisblauen Winter verlaufen hatte, oder das Skelett eines Kindes, das im Fluß eingebrochen war, zog der Vater seinen langen schwarzen Rock an, setzte seinen pelzumrandeten Hut auf und zog mit einem Gefolge von Trauergästen durchs Dorf. Seiner Frau aber flüsterte er zu: »Soll das Eis sie verschlingen! Sollen sie sich auf hundert Jahre in den Wäldern verlaufen! Sollen diesem Luder die Augen aus dem Kopf fallen und die Knie zu Stein werden!«

Als dem Vater das Haar nicht mehr nachwuchs, als sein vom Hühnerfett verbrühter Schädel völlig kahl blieb, erzählte er den Nachbarn, wegen des Verlusts seiner Kinder sei ihm das Haar ausgefallen. Seine Kopfhaut war so durchsäuert von Traurigkeit, daß kein Härchen sich mehr darauf halten konnte. Zu Hause aber, am heimischen Küchentisch, wenn er mit seiner Frau allein war, trug er immer eine Pelzmütze, um den kahlen Kopf zu verdekken; und er strich sich den langen Bart und vergoß heiße Tränen in Gläser voll süßen Tees, und er verfluchte Esther die Weiße.

Zwei Jahre später waren Mischa, Esther und Max noch

immer in Marseille, wohin sie im dritten Monat ihrer Reise gelangt waren, nachdem sie die silbernen Kerzenhalter versetzt und sich von dem Geld Bahnfahrkarten gekauft hatten. In Marseille hielt sie die Armut fest. Die Brüder wußten nichts von dem Jadegehänge, und Esther die Weiße hatte beschlossen, es nicht herzugeben. Jedesmal, wenn sie wieder eine Bernsteinperle aus der Geheimtasche in ihrem Mantel nahm, betrachtete sie den Stein mit dem eingeschnittenen anonymen Frauengesicht, bis es das Gesicht einer Freundin wurde, ein liebevoll gewahrtes Geheimnis, das Esther allein gehörte. Und als die Bernsteinperlen alle fürs Essen und die Kohlen draufgegangen waren, fand Mischa Arbeit als Packer auf den Docks, in der Hoffnung, das Geld für die Überfahrt nach England und später dann nach New York zu verdienen.

Zwei Jahre lang saß Esther die Weiße in einer Ecke des Stalls, den die drei gemietet hatten, möglichst weit ab von der Wolldecke, die sie von den Pferden trennte, die in der anderen Hälfte ihrer Behausung schnoben und wieherten. Hier in ihrer Stallecke lernte Esther die Weiße Englisch. Französisch, das sie zu ignorieren beschlossen hatte, lernte sie nur eben so viel, daß sie auf dem kleinen Markt einkaufen gehn konnte; sie beschloß, der Familienname müsse geändert werden, und verlegte sich ganz auf das Englische; sie vervollkommnete ihre Aussprache, damit ihr niemand mehr vorwerfen könne, sie sei Russin. Mischa hatte Einwände, als Esther ihren alten Familiennamen aus ihren Papieren strich, aber bald hatte sie ihn überzeugt, es müsse sein, damit ihre Eltern sie nicht finden könnten. In Wahrheit wußte Esther, daß die Eltern nach ihnen nicht suchen würden.

Zwei Jahre später hatte Mischa noch immer nicht so viel verdient, daß sie Frankreich verlassen konnten, und Esther lernte immer noch Englisch an dem kleinen holzgerahmten Fenster, dem einzigen auf ihrer Seite des Stalles. Sie überlegte, ob sie nicht doch zu guter Letzt das Jade- und Smaragdengehänge verkaufen, ihre Brüder im Stich lassen und sich allein aufmachen sollte. Aber sie hing an dem Stein; sie betrachtete ihn stundenlang, wenn sie allein im Stall war, und das einzige Mal, wo sie sich zu einem Juwelierladen aufmachte, um ihn schätzen zu lassen, kamen ihr zwei Dockarbeiter nach und kniffen sie in die Arme und Brüste, bis sie kehrt machte und nach Hause zu ihrem Stall rannte.

Esther grübelte, ob sie wohl je nach Amerika kommen, ob sie je einen Plan haben, ob sie ewig nur warten würde. Dann bemerkte sie einen kleinen Zirkus, der auf dem Dock neben der Verladerampe, wo Mischa arbeitete, seine Käfige auslud.

Die Käfige zogen sie an, jedesmal wenn sie an ihnen vorüberkam, um Mischa das Essen zu bringen. Langsam ging Esther an den beiden silbergrauen Windhunden vorbei, an dem rotgetigerten Affen, dem einäugigen Löwen, dem mongoloiden Idioten, den roten und türkisfarbenen Pfauen, der Schildkröte und dem Bären. An einem Freitag, als der Zirkus schon seit fast zwei Wochen in der Stadt war, hatte Esther einen Beutel mit Mischas Frühstück in der Hand, einem Sardinenbrot und zwei Birnen, aber sie kam nur bis zum Käfig des doppelköpfigen Kalbs, denn plötzlich stand jemand hinter ihr. Als sie sich umdrehte, begegneten ihre Augen den Augen des Tätowierten.

»Pardon!« sagte der Tätowierte, der begonnen hatte, Esthers platinblondes Haar zu mustern.

Esther antwortete nicht. Sie atmete tief. Die Affen hatten dunkelbraune Augen; die silbergrauen Windhunde waren still.

»Entschuldigen Sie! Tut mir sehr leid«, versuchte der Tätowierte es noch einmal.

Er sprach Englisch; sein Duft war wie ein Anhauch des

Meeres. »Tut mir leid«, sagte er leise. »Ich hätte Ihnen auf die Füße treten können. Tolpatsch!« Er lachte über sich selbst.

Esther die Weiße hielt das Sardinenbrot ganz fest, als sie das Angebot des Tätowierten annahm und sich die Käfige von ihm zeigen ließ. Mischa sah von seiner Rampe her zu, wie Esther sich dem Tätowierten anschloß, wie sie durch die Eisenstäbe lugte. Nachdem sie in jeden einzelnen Käfig hineingeschaut hatte, nahm Esther die Weiße von dem Tätowierten eine schwarze Zigarette an, obwohl sie noch nie geraucht hatte, und sie atmete den Rauch nicht ein.

»Nicht schlecht für einen kleinen Zirkus!« sagte sie.

»Ich bin der Direktor«, sagte der Tätowierte. »Der Besitzer ist ein Idiot. Praktisch ist es mein Zirkus.«

»Nicht schlecht!« wiederholte Esther. »Aber Ihnen fehlt noch einiges.«

»Natürlich«, seufzte der Tätowierte und blickte in Esthers große blaue Augen. »Natürlich fehlt uns einiges. Wem fehlt nichts?«

»Was Ihnen fehlt«, sagte Esther die Weiße, »ist ein Zwerg.«

»Ein Zwerg?« sagte der Tätowierte. »Wozu denn?«

»Werbung!« Esther betrachtete die Affen, die Wahrsagerin, die in wallenden blauen Gewändern am Rande des Kais saß, die gewaltige Muskeldame, die hinter dem Seeschildkrötenkäfig zu ihnen herüberlugte. »Alle mögen die kleinen Leutchen.«

»Und alle haben schon mal einen Zwerg gesehen.«

»Nicht diesen Zwerg«, beharrte Esther. »Ich meine einen ganz besonderen.«

Der Tätowierte war bereit, sich zu überlegen, wie er Esther mit dem Zirkusbesitzer, einem Polen namens Julius, bekanntmachen könnte. Und Esther die Weiße war bereit, mit dem Tätowierten, der sich ihr mit einer Verbeugung als Solo vorstellte, Essen zu gehen. Esther die Weiße hatte nicht viel Zeit; bald sollte der Zirkus Frankreich wieder verlassen. In den nächsten Tagen machte Esther Einkäufe für Max, bei denen sie Mischas Ersparnisse vollständig ausgab. Sie kaufte Max ein seidenes Hemd und eine gehäkelte Mütze und ließ ihn Tanzstunden bei einer Madame Laverne nehmen, die Esther ihre blauen Krampfadern als Zeugen für die besseren Tage vorwies, die Madame, wie sie schwur, beim Ballett einst gesehen hatte. Mittags und abends hatten die drei nichts mehr zu essen; nur morgens gab es Brot, Käse und Tee. Und keiner von den Brüdern getraute sich Esther die Weiße zu fragen, warum sie plötzlich ihre englische Grammatik in einem Haufen zerknitterter Seiten auf dem Stallfußboden liegen ließ, warum sie jetzt morgens Stückchen aus englischen Wiegenliedern sang oder warum sie sich das hellila Kleid gekauft hatte, das sie doch außer in ihrem Stall nirgends Gelegenheit hatte zu tragen.

Tatsächlich aber zog Esther die Weiße das lila Kleid an und ging in ein Café; Sägemehl haftete an ihren Schuhen, und das blonde Haar fiel ihr bis zum Gürtel herab. Nach dem Essen, als Esther die Weiße sicher war, daß der Tätowierte das kräftigste Gesicht und die zartesten Hände hatte, die sie kannte, überraschte er sie, indem er plötzlich die eine Hand öffnete. Schnell wie durch Zauber tauchten zwischen seinen Fingern zwei diamantenbesetzte Ohrringe auf und ruhten in seiner hohlen Hand. Als Esther die Weiße lächelte und sich die Ringe an die Ohren hielt, bat sie der Tätowierte, mit ihm zu schlafen.

»Aber warum sollte ich mit Ihnen schlafen?« fragte Esther die Weiße. »Wo ich Sie doch gar nicht kenne! Und wo ich doch seit eh und je schon mit meinen zwei Brüdern schlafe!«

Der Tätowierte erklärte ihr, daß schlafen nicht eigentlich schlafen bedeute. Die Augen könne sie zumachen, wenn sie wolle, aber nicht schlafen. Es war nur eine Redewendung, eine englische. In Wirklichkeit wollte er sie küssen, ihr seine Liebe beweisen. Ob sie mit auf das Zimmer käme, das er im Haus gegenüber gemietet hatte? Er habe ihr die Diamanten geschenkt, er finde sie bezaubernd, er gedenke sie dem Zirkusbesitzer vorzustellen, Julius, auf den er unbegrenzten Einfluß habe.

»Sehe ich so aus, als ob ich zu allem entschlossen wäre?« fragte Esther die Weiße.

Der Tätowierte war gekränkt, beleidigt. »Was denken Sie, mit wem Sie reden?« sagte er. Und er erzählte ihr von den Tätowierungen, mit denen er ganz bedeckt war, Tätowierungen, deren Anblick den Frauen die Knie erweichte und sie zwang, zwischen Mitternacht und eins an seine Türe zu klopfen. Papageien und rote Rosen! Keine Bildchen, Kunstwerke! Esther die Weiße überlegte. Tatsächlich war sie zu allem entschlossen; sie mußte den Zirkusbesitzer kennenlernen. Aber außerdem, so gestand sie sich ein, war sie neugierig.

»Und im übrigen«, sagte der Tätowierte, sagte Solo, »ist es die freundlichste Art, ein Geschäft zu besiegeln.«

Esther zuckte die Achseln. »Also vielleicht«, sagte sie, als sie sich die Diamanten an die Ohrläppchen knipste.

Er sprach ein herrliches Englisch. Die Diamanten funkelten durch den ganzen Raum. Für einen Zwerg könnte Julius dreihundert Franken bieten, flüsterte Solo. Esther sagte, sie ginge nicht unter dreifünfzig.

»Komm mit mir!« sagte Solo.

Esther die Weiße lächelte. »Also vielleicht«, sagte sie.

Die Diamanten saßen wie angewachsen an ihren weißen Ohren, als Esther mit dem Tätowierten in einer Pension drei Treppen hinaufstieg. Sie sah die Gemälde auf seiner Haut zum Vorschein kommen, als Solo sein karmesinrotes Hemd auszog, die weiten Baumwollhosen und die Mokassins, die er trug. Einen Augenblick lang, als sie in der Zugluft stand, die unter der gestrichenen Holztür des dunklen Zimmers hervorkam, wäre Esther am liebsten verschwunden. Zu Hause im Bett zu liegen, zwischen den Brüdern und die Decke hoch hinaufgezogen! Aber dann sah sie die Tätowierungen und konnte die Augen nicht mehr von den Farben abwenden. Sie vergaß die Brüder, vergaß alles Frühere und sah nur noch das Gesicht des Mannes mit der goldnen Krone, der sie traurig von Solos Unterarm her anblickte, nur noch den Papageien, dessen rote Krallen sich über Solos Brust streckten, und den Schmetterling, der den einen Oberschenkel hinaufflog.

Er liebte sie schnell und lautlos. Er schob das lila Kleid hoch und streifte ihr die Wäsche ab. Esther die Weiße strich mit den Fingern über die Tätowierungen auf Solos Rücken.

Solo seufzte dazu. »Es ist immer dasselbe«, sagte er traurig. »Alle interessieren sie sich mehr für die Tätowierungen als für mich.«

Aber es stimmte nicht; Esther fand alles an Solo herrlich. Es störte sie nicht einmal, daß das Bett von Metall war und quietschte, daß die Laken zerrissen und fleckig waren. Esther hatte die Augen offen, Solo geschlossen. Er berührte sie kaum, aber Esthers Finger wanderten über seine Haut, als ob sie in den Tätowierungen eine Blindenschrift läse. Sie merkte nicht, wann er fertig wurde. Sie merkte nicht einmal, daß er aufgehört hatte, sich in ihr zu regen, bis Solo höflich sagte: »Ich glaube, wir müssen gehen. Ich habe das Zimmer nur für eine Stunde gemietet.« Esther nickte; und nur für einen Augenblick, als der Tätowierte mit einem Arm in sein Hemd schlüpfte, dachte sie daran, ihn zu fragen, ob nicht sie selbst an Maxens Stelle mit dem Zirkus auf Reisen gehen könnte. Dann müßte sie keine Entschlüsse mehr fassen; sie würde sich einfach der Truppe anschließen, sie würde mit der Bahn fahren, ohne zu wissen, wohin, und sie würde Zeit haben, wenn sie beide jede Nacht in einem Bett schliefen, sich jede einzelne Tätowierung auf Solos Haut zu merken. Aber sie fragte nicht, sie erwähnte auch nicht das Blut, das ihr zwischen den Beinen hinunterlief, sondern sie strich sich das helle Haar glatt und ging mit dem Tätowierten fort aus der Pension, an den Gemüsekisten vorbei, die bei den Docks gestapelt waren. Dort küßten sie sich zum Abschied, verabredeten sich für den nächsten Abend und gingen jeder seines Wegs.

Immer wenn Max bei Madame Laverne Tanzstunde hatte, traf sich Esther die Weiße mit ihrem Geliebten; allerdings war sie so vorsichtig, die diamantbesetzten Ohrringe nie vor den Brüdern zu tragen. Sie nahmen jeden Abend das gleiche Zimmer. Esther die Weiße rieb ihrem Geliebten Öl in die Haut und schaute die Tätowierungen an, während er einige Pfeifen Opium rauchte. Beim siebenten Beisammensein, als Esther die Weiße unbekleidet auf dem befleckten Bett saß, nur mit den Diamantringen an den Ohren, sagte ihr Solo, daß er sie für den nächsten Abend mit ihrem Zwerg bei Julius angekündigt habe.

Esther die Weiße wußte nicht, ob sie lachen oder weinen sollte, als sie mit den Brüdern zu den Docks ging. Es war in der Dämmerung, und Esther die Weiße hielt das Baby bei der Hand, als ob es ein kleines Kind oder ein Äffchen wäre.

»Wo gehen wir hin?« fragte Max, und er mußte schreien, damit seine Stimme durch den Lärm der Möwen durchdrang, die über ihnen kreisten.

»Zum Zirkus«, sagte ihm Esther. Sie wollte Geld und sie wollte nach Amerika, sie wollte niemandes Tochter oder Bedienstete mehr sein; aber Solo wollte sie auch.

»Heute ist keine Vorstellung«, sagte Mischa, womit er nur wiederholte, was er vormittags auf den Docks gehört hatte. »Die Abschiedsvorstellung ist schon gewesen, und außerdem ist ihnen der Bär gestorben.«

Esther klatschte in die Hände. »Prächtig!« sagte sie. »Wenn der Bär tot ist, brauchen sie jetzt bestimmt etwas Neues.«

Als sie Solo sah, ließ Esther die Brüder an den Käfigen stehen. Dort warteten sie, während die Augen der Tiere, der Affen und der silbergrauen Windhunde, in der Nacht gelb wurden. Mischa setzte sich auf die Stufen vor dem Käfig der Seeschildkröte; sein Schatten fiel durch das Gitter, aber die Schildkröte regte sich nicht, sie hielt die grauen Augen verschlossen dem Meeresgeruch zugewendet, der um das Dock her aufstieg. Auf dem Dock wartete Solo mit Julius, dem Zirkusbesitzer. Julius zeigte sich an einem Zwerg interessiert, und Esther schilderte Maxens Talente in beredten Worten – aber die ganze Zeit schaute sie Solo an, der an einem Laternenpfahl lehnte und sich mit einem Streichholz die Fingernägel säuberte. Nachdem Julius in Esthers Forderung eingewilligt, nachdem er ihr die dreihundertfünfzig Franken gegeben hatte, gingen die drei zu den wartenden Brüdern hin. Esther ging langsam. Jedesmal, wenn sie an die Abreise des Zirkus dachte, wand sich eine dünne Schmerzenslinie um ihre Stirn, wie ein Band, wie eine Schleife. Als sie zum Schildkrötenkäfig kamen, sagte Esther zu Max: »Der Besitzer möchte dich engagieren.«

»Nein!« sagte Mischa.

»Wie hoch wäre sein Gehalt?« sagte Esther zu Julius.

»Selbe wie alle andern«, brummte Julius.

Esther bemerkte, daß einer von Solos Hemdknöpfen offenstand; sie sah den Umriß einer roten Klaue.

»Und das bedeutet?« fragte Esther. »Alte Knochen, Fisch? Denken Sie, mein Bruder ist ein Seehund oder ein Bär? Er ist ein Tanzzwerg. Sie müssen ihm ein Gehalt zahlen«, sagte sie. »Geld!« verlangte sie.

Esther stritt mit Julius über die Entlohnung. Maxen munterte es auf, zu hören, wie hoch Esther seinen Wert einstufte, und er reckte sich stolz mit seiner neuen, gehäkelten Mütze. »Ich komme Sie nicht billig«, lachte er, und dann bat er Solo, ihm eine seiner Tätowierungen zu zeigen. Solo hob träg eine Hand und streifte den Ärmel hoch. Ein Drosselflügel bedeckte sein Handgelenk, und Esther fürchtete, ohnmächtig zu werden, wenn sie hinblickte.

Max war von Solos Hautmalereien beeindruckt, doch als man sich über das Gehalt endlich einig war, da wollte das Baby nicht wirklich gehen. Er hatte Angst, obwohl Esther ihm versprach, in ganz Europa würden die Leute scharenweise Eintritt zahlen, um ihn zu sehen, sie würden ihm applaudieren, und vielleicht würden manche ihm sogar Kirschen mit halbbittrem Schokoladenüberzug bringen, seine liebste Leckerei. Gleich darauf kamen Max die Tränen; Mischa schaute mürrisch in den Schildkrötenkäfig und getraute sich nicht, Esther zu widersprechen, die immer noch besänftigend auf Max einredete, mit ihrer tiefen, beschwörenden Stimme. In dieser einen Nacht sprach Esther mit Max mehr als in ihrem ganzen bisherigen Leben; es kam nicht in Frage, daß der Zwerg ihre Pläne zunichte machte, um so weniger, als Solo sie nicht einmal ansah, nicht einmal lächelte; also hielt Esther Maxens Hand und flüsterte stundenlang tröstend auf ihn ein.

Endlich gingen sie alle mit Julius in seinen Wohnwagen, wo sie sich auf die Kissen von Manchestersamt setzten und Sherry tranken, um das Geschäft zu besiegeln.

»Kopf hoch!« sagte Julius zu dem Baby, »nur Mut! Sollst es gut bei mir haben wie mein eigener Sohn.«

Max war zu müd, um zu streiten oder zu weinen; Esther tätschelte ihm den Kopf und nickte dem Zirkusbesitzer zu.

»Allerdings«, vertraute Julius ihnen an, »offen gesagt.

könnte ich einen Wachhund besser gebrauchen als einen Sohn. Irgendwo hier hat sich ein Dieb eingenistet. Ich kann nicht mehr ruhig schlafen. Nicht einmal die Juwelen meiner verstorbenen Frau sind mehr sicher. Alles, was ich als Andenken an sie noch hatte, war ein Paar Ohrringe« – er schlug die runzligen Hände zusammen – »und fort sind sie.«

Esther die Weiße tastete nach ihren nackten Ohren und blickte zu dem Tätowierten hinüber.

Solo hatte fünf Gläschen Sherry getrunken, und jetzt rauchte er eine Pfeife Opium. Während Esther die Weiße ihn ansah, legte er den Kopf auf ein kastanienbraunes Kissen und schloß die Augen. Sie fragte sich jetzt, ob sie ihn überhaupt kannte. Seine Augen blieben geschlossen, als Esther die Weiße über ihm stand und ihm leise Ade sagte. Er gab keine Antwort; vielleicht war er eingeschlafen oder hatte einen sanften, weißen Traum. Esther die Weiße sah sich im Wagen um und wünschte, sie wäre eine Wahrsagerin mit einem blauen Turban um den Kopf. Sie wünschte, sie könnte über die Manchesterkissen steigen und Solos Kopf in den Armen wiegen. Und sie hätte es gekonnt; hätte Solo nur ein Wort gesagt, hätte er nur einmal die dunklen Augen geöffnet. Aber er rührte sich nicht. Also leckte sich Esther die Weiße die Lippen und wandte sich ab. Sie hatte keine Zeit zu vergeuden; sie war schon unterwegs nach Amerika, unterwegs zum Reichtum. Sie hatte ihren Plan und ihre Fristen; und ohnehin schlief der Tätowierte, und so hätte er Esther gar nicht antragen können, daß sie mit ihm fortginge, nicht einmal, wenn er es wollte.

Als Esther und Mischa aus dem Wohnwagen stiegen, wühlte Julius in einer Kiste nach einem passenden Pyjama für Max; Solo schnarchte leise. Draußen begann es zu dämmern, und als sie über die Docks gingen, sah Mischa, daß die silbergrauen Windhunde im Morgenlicht eher staubgrau und daß sie halbverhungert waren. Sobald sie die Docks hinter sich gelassen hatten, versuchte Esther die Weiße den Gedanken an Solos dunkle, verträumte Augen zu löschen; sie konnte die gestohlenen Ohrringe verstecken, sie konnte auch die Erinnerung an Solo verstecken. Sie hob ihre hellen Augen und kniff Mischa in die Hand. »Wir sind so gut wie drüben«, flüsterte sie. »Wir können nach England fahren. Eh du weißt, wie dir geschieht, sind wir in New York.«

Sie blieben nur noch ein paar Monate in Frankreich. Langsam begriff Esther die Weiße, daß sie in Solo verliebt war; er ließ sich nicht auslöschen; aber es war zu spät. Oft kehrte Esther zu dem Dock zurück, wo die Zirkuskäfige gestanden hatten. Die Truppe war verschwunden, und keiner von den Dockarbeitern schien zu wissen, wohin. Und auch wenn Esther herausbekommen hätte, wo der Tätowierte war, wäre sie ihm vielleicht doch nicht gefolgt. Vor langer Zeit, als sie in den gefrorenen Fluß starrte, hatte sie beschlossen, sich ihre Pläne von nichts durchkreuzen zu lassen. Und so ging sie bald nicht mehr zum Dock und starrte nicht mehr ins trübe Wasser; und obwohl sie oft von Solo träumte und im Schlafe nichts als die Luft zum Anhalt fand, waren Esther und Mischa inzwischen ein Paar geworden.

Sie überraschte Mischa eines Nachts, indem sie die Arme um ihn schlang, als er eben in einen Traum fiel. Mischa strich ihr übers Haar, in der Annahme, daß sie wie er selber unter Albträumen litte. Aber Esther schlüpfte aus ihrem wollenen Nachthemd und verlangte noch fester gehalten zu werden. Sie hoffte, jemandes, irgendjemandes Arme könnten ihr helfen, Solo zu vergessen. Mischa verliebte sich, Esther verliebte sich nicht; manchmal allerdings, nachts, wenn Mischa schlief, berührte Esther leicht sein Gesicht und überlegte, ob sie ihn nicht besser in ihrem Dorf hätte zurücklassen sollen. Und Mischa schwankte zwischen Glück und Schuld; er fragte sich, ob nicht an dem, was sie taten, etwas unsäglich Unrechtes sei, ob er nicht Esther allzusehr liebe, denn immer liebten sie sich nur im Dunkeln, wie durch einen Zufall vereinte Fremde. Oft wiederholte sich ihr Atem im Atem der Pferde hinter der Decke – gedämpft und verhüllt hinter der wollenen Trennwand, aber dennoch Atem.

Sie verließen Marseille im Frühjahr. Als sie nach England kamen, zwei Monate nach Esthers achtzehntem Geburtstag, ging sie schon schwanger mit Phillip. Mischa fand Arbeit, diesmal als Anstreicher und Zimmermann, und bald hatte er genug verdient, um eine kleine Wohnung zu kaufen. Er lernte nun Englisch, doch wenn er von seinem Bruder Max träumte, fast jede Nacht denselben trübseligen Traum, träumte er russisch oder französisch. Bald nachdem sie in die Wohnung gezogen waren, bat er Esther, ihn zu heiraten.

Esther die Weiße, die nun vollendet Englisch sprach, dachte noch immer an den Tätowierten, jedesmal wenn sie sich liebten; und die diamantbesetzten Ohrringe, die er ihr geschenkt hatte, verwahrte sie heimlich in einem Schmuckkästchen, zusammen mit dem gestohlenen Jadegehänge. Aber sie war nun im fünften Monat und wußte nicht, ob der Vater derjenige war, der vor ihr stand, oder jener andere, von dem sich erwiesen hatte, daß er nichts weiter war als ein Dieb. Also lächelte sie und sagte ja, denn sie hatte entschieden, da sie nicht wirklich Bruder und Schwester seien, so hätte es, wenn sie heirateten, überhaupt nichts von einer Sünde.

4

Esther die Schwarze wußte nichts vom Vorleben ihrer Großmutter. Soweit das Mädchen zurückdenken konnte, hatte Esther die Weiße nur dann und wann durch die hellen Wände genickt, von denen sie umgeben war, und sie hatte Esther die Schwarze kaum einmal angesprochen. Jedes Wort, das sie sprach, war Anordnung oder Kritik, schnell und eisig. Mit sechs Jahren schon wußte Esther die Schwarze, daß sie nicht nach den Wünschen ihrer Großmutter geraten war. Sie war nicht blond, sie war nicht kühl, sie hielt das Messer nicht richtig, sie weinte. Die beiden hatten nichts gemeinsam bis auf den Namen – den und Phillip.

Esther die Schwarze war in der Furcht vor ihrer Großmutter aufgewachsen. Rose, ihre Mutter, hielt es für den einzigen Weg, an das Familienerbe zu gelangen, daß sie ihre Tochter darauf drillte, sich zu benehmen. Und sich benehmen hieß in Furcht leben. Rose war in Bridgeport aufgewachsen, und noch immer stand sie oft an der Seemauer und schaute nach der gespenstischen Küste von Connecticut aus, nach ihrer Heimatstadt, in der sie schon seit Jahren nicht mehr gewesen war. Rose hatte Phillip an der Universität New York entdeckt, bei einem Wirtschaftskurs, den er auf Mischas Drängen belegt hatte. Die Familie war eben erst aus London gekommen, der Hof war noch nicht fertig und bestand erst aus Sand und Steinen, und Phillip und seine Eltern hatten eine Mietwohnung in der East 79th Street.

»Vorübergehend«, hatte Phillip zu Rose gesagt. »Wir ziehen öfters um.«

Sein Akzent war englisch, seine Augen waren golden, seine Familie war reich, und Rose war sechsundzwanzig und noch unverheiratet. Ihr schwebte Besseres vor als Bridgeport, Connecticut. Also verführte sie Phillip auf dem Fußboden des Badezimmers in der Wohnung seiner Eltern, und vier Monate später wurden sie in einer Episkopalkirche in der 62. Straße getraut.

Als Roses Angehörige in Connecticut herausfanden, daß die Familie ihren Namen anglisiert hatte und früher jüdisch gewesen war, riefen sie nicht mehr an und kamen nicht mehr zu Besuch. Und als Phillip an den Ufern des

East River herumzulungern begann, war Rose ganz erleichtert, daß Esther die Weiße vorschlug, die ganze Familie sollte auf den nun fertiggestellten Hof ziehen, dessen Mißerfolg sich schon damals klar abzeichnete, denn nicht eines der Häuser war vermietet oder verkauft worden. Dort sollten sie hinziehen, beharrte Esther die Weiße, vorübergehend. Aber nach zwei Jahren, als noch immer keines von den rosa Häusern verkauft war und Rose für ihre nun einjährige Tochter zu sorgen hatte, die ihr nicht im mindesten ähnlich sah, fing Rose an, Wüstenfotos an die Wände ihres Schlafzimmers zu heften.

Es war schwierig, aber bald hatte Rose gelernt, nicht auf die kalten Blicke Esthers der Weißen zu achten, wenn sie sich morgens Gin und Tonic eingoß, wenn sie summte und das Kinderzimmer Esthers der Schwarzen mit Spielautomaten und Mobiles aus Kaktusblüten schmückte. Esther die Schwarze war von der Empfängnis an zu einer Huldigung für Esther die Weiße bestimmt gewesen. Rose hatte gemeint, wenn sie einen Erben zur Welt brächte, so würde die alte Hexe sie fortan in Ruhe lassen, ihre kalten Blicke im Zaum halten und einen Treuhandfonds auf das Erbvermögen einsetzen. Esther die Weiße aber tat nichts dergleichen; sie wollte das Kind mehrere Tage lang nicht sehen, und als sie erfuhr, daß Phillip dem Mädchen ihren Namen gegeben hatte, war sie starr vor Hysterie, vor Angst, zum Gespenst zu werden, weil man ihr den Namen gestohlen hatte. Rose gab auf. Sie tat selbst nichts mehr, um sich bei Esther der Weißen beliebt zu machen, verlangte aber um so mehr Beflissenheit von ihrer Tochter. Roses Leidenschaft für Nevada entsprang in der gleichen Zeit, als sie gegen Esther die Weiße, gegen die ganze Familie und alles, was zum Hofe gehörte, selbst das Meer nicht ausgenommen, einen tiefen Abscheu faßte. Ihr Verlangen, in einen anderen Staat zu kommen, wurde zur Zwangsvorstellung. Und als Esther die Schwarze größer wurde, putzte Rose sie zu jedem Halloweenstag als Indianerin mit rotbemaltem Gesicht heraus. Sie fuhr mit dem Mädchen in die neuen Wohnsiedlungen, die nun allmählich einen Kreis um St. Fredrics schlossen, und hinter dem Lenkrad von Mischas Cadillac sah Rose zu, wie ihre Indianertochter sich Schokolade, Lutscher und überzuckerte Äpfel holte.

1962 erbettelte Rose von Mischa einen Fernseher, weil Fernsehen, sagte sie, für Phillip therapeutisch wäre, eine Brücke zur Wirklichkeit. Aber Phillip mochte sich von den Heften seiner *National Geographics* nicht trennen, und Rose blieb beim Fernsehen allein. Sie schaltete jeden Vormittag die Unterhaltungssendungen ein, übte fürs Quiz und träumte von dem Augenblick, wo sie sich wie ein Sturmwind aus dem Publikum erheben und das Geld davontragen würde, das sie brauchte, um nach Nevada zu fliegen; auch einen Wagen könnte sie gewinnen, mit etwas Glück, oder vielleicht einen Jahresbedarf an Lebensmitteln oder unbegrenzten Aufenthalt in einer Kette von Western-Motels. Und obwohl sie niemals in einer Sendung auftrat und niemals auch nur mit dem Fährschiff nach Manhattan fuhr, kam sie bei einer Gelegenheit doch bis nach Las Vegas.

Rose schrieb alle Ausgaben zu Lasten einer Scheckkarte, die sie aus Mischas ziegenlederner Brieftasche gestohlen hatte. Am Tage, als sie sich davonmachte, war Esther die Schwarze in der Schule, und der Fernsehempfang war durch ein Frühjahrsgewitter gestört. Nachdem sie ihre letzte Flasche Tequila geleert hatte, befand Rose, daß sie den nächsten Ertrinkenssommer nicht mehr aushielte.

Phillip sprach von ihrer Flucht immer noch als von der »Nevadatour«; alle anderen in der Familie sprachen strenger von »Roses Episode«. Esther die Schwarze hatte an der Tür gelauscht, als Phillip Esther die Weiße überredete, Mischa zu überreden, daß er die Anzeige zurückziehen und Rose auf dem Hof wieder aufnehmen werde – und das, obwohl sie von einem Polizisten im Foyer des Dünen-Hotels verhaftet worden war, wo sie in einer Woche eine Rechnung von achthundert Dollar hatte auflaufen lassen.

»Ihr Schätzchen!« hatte Rose nach ihrer Heimkehr Phillip und Esther der Schwarzen zugeflüstert, nachdem Esther die Weiße kühl ihre sonnengebräunten Arme gemustert hatte, »tut mir furchtbar leid, das Ganze. Aber ihr wißt ja, mein Leben ist so fad wie Fertigkartoffeln. Und nur deine Mutter ist es« – sie zeigte mit dem sonnengebräunten Finger auf Phillip –, »die uns hier festhält.«

Aber Rose konnte und wollte nicht mehr fort. Sie war nun so lange geblieben, sie würde es noch ein bißchen länger aushalten, zumindest so lange, bis Phillip sein Erbe bekäme, das sie dann verwalten würde. Und jetzt, fünfzehn Jahre nach der Nevadatour, war es Esther die Schwarze, die von Flucht träumte. Esther die Schwarze war es, die ihre Blicke im Zaum hielt, wann immer jemand aus der Familie von ihren Zukunftsplänen zu hören verlangte, die ihre Jeansmütze so tief in die Stirn trug, daß niemand eine Chance hatte, in die Gedanken hineinzublicken, die ihr im Kopf herumgingen. Rose hatte versucht, Esther die Schwarze durch Einschüchterung zum Benehmen zu bringen, aber es hatte nicht gewirkt. »Keinen Pfennig!« pflegte Rose zu fauchen, wenn Esther die Schwarze über Ira Rath in Verzweiflung geriet, über die Tatsache, daß sie keine Freunde hatte, oder über die Kritik, mit der sie von Esther der Weißen überhäuft wurde.

Rose hatte ein Leben lang im Staub gelegen, ein Leben lang auf die Erbschaft gewartet, die Phillips Analytiker und Kliniken inzwischen zur Ader ließen. Esther die Schwarze war von dergleichen Besorgnissen frei. Sie wußte von den Fischern, daß nichts Beängstigendes dabei war, in einem Schuppen zu schlafen und Reis mit Bohnen und süßer Fischsoße zu essen. Nur eine Drohung machte ihr Eindruck, hielt sie auf dem Hofe fest und zwang sie, gradezusitzen, wenn sie nichts sehnlicher wünschte, als sich hinzulümmeln: Sie befürchtete, daß jeder Schnitzer ihrerseits für ihren Vater Folgen haben könnte.

»Sie sperren ihn in die Klapsmühle«, flüsterte Rose, wenn Esther ihre Vitamine nicht nehmen oder nicht lieb genug lächeln wollte. »Sie werden sagen, er hat einen schlechten Einfluß auf dich. Sie werden ihn ein für alle Mal unter Verschluß bringen, und unser Taschengeld wird um die Hälfte gekürzt.«

Natürlich gab es noch mehr zu fürchten. Daß sie den Hof verließ und dann gezwungen war, zurückzukehren – durch Pech, bösen Zauber oder ein schlechtes Thunfisch-Sandwich, das Ptomain erzeugte und stapelweise Krankenhausrechnungen hinterließ, die Esther die Schwarze niemals bezahlen könnte. Endlos gingen Esther der Schwarzen die Szenarien durch den Kopf, wenn sie an Flucht dachte, und in jedem wurde sie auf die Knie gezwungen und mußte zurück auf den Hof, eine Gefangene mehr denn je. Sie diente als Zimmermädchen, Chauffeurin, als Cohens Gehilfin, als Landarbeiterin und mühte sich, die Schulden abzutragen, die sie bei ihrem kurzen Besuch in der Welt gemacht hatte. Und immer und in jeder Szene war es Esther die Weiße, die sie gefangen hielt, Esther die Weiße, bei der sie bezahlen mußte. Alles in allem hatte Esther die Schwarze Angst. Sie hatte Angst, jemand aus der Familie könnte herausbekommen, daß sie eine Stelle hatte oder daß sie alles verdiente Geld unter ihrer Matratze versteckte; dann würde man wissen, daß sie mitsamt ihren Eltern verschwinden wollte, abhauen in die helle Sonne von Nevada.

Esther die Schwarze hatte Angst vor ihrem eigenen Plan; vielleicht deshalb getraute sie sich nicht einmal zu Cohen etwas zu sagen, der doch immer ihr Bundesgenosse gewesen war; aber sie mußte mit jemandem reden, sie brauchte Beistand. Vielleicht deshalb rief sie in der dritten Juliwoche Ira Rath an. Sie rief an vom einzigen Telefon des Hofes, das bei ihren Großeltern im Hausflur stand. Sie rief an, um Ira Rath, den sie nicht mehr gesehen hatte, seit er auf sein College in Vermont ging, einen Pakt anzubieten. Sie fand schnell die Nummer des Vermögensverwalters Solomon Rath in der West 87th Street.

»Ira?« sagte sie, den Kopf über die Schulter gewendet, jedesmal zusammenfahrend, wenn eine Diele knarrte.

»Sein Vater«, sagte die Stimme. Esther die Schwarze sagte erst einmal nichts mehr. Vielleicht erkannte der Vermögensverwalter ihre Stimme; vor noch nicht einem Monat hatte sie ihn beim Freitagsessen gesehen. »Sie wollen meinen Sohn sprechen?« fragte Solomon Rath.

»Ja«, sagte Esther rasch mit verstellter Stimme. »Ich bin eine Freundin von ihm; wir gehen zusammen aufs College.«

»Er geht nicht mehr aufs College«, seufzte Rath senior. »In Bennington ist er Ende letzten Semesters ausgestiegen. Eine Schulfreundin müßte das wissen. Wer sind Sie?«

Esther die Schwarze verlor die Fassung. Es war früh am Morgen, sie würde zu spät zur Arbeit kommen, Esther die Weiße würde im hellblauen Morgenrock die Treppe herabschweben und Esther die Schwarze, die Verräterin, am Telefon finden. »Na schön«, sagte Esther die Schwarze zu dem Vermögensverwalter. »Die Wahrheit ist, ich bin in Ihren Sohn verliebt. Ich hab ihn im Central Park gesehen.« Esther war erst zweimal im Leben in Manhattan gewesen, und auch da nur, um Phillip im Krankenhaus zu besuchen, in den Sommern, wo er sich Lungenentzündung geholt hatte, aber sie hatte auf Roses Fernseher schon genug Filme gesehen, um zu wissen, daß der Central Park ein Ort für Liebespaare war. »Ich bin ihm bis nach Hause nachgegangen. Daher weiß ich Ihren Namen und Ihre Adresse. Ich muß ihn sprechen. Unbedingt!«

Sie wartete. Der Atem des Vermögensverwalters war zu hören. »Also«, sagte er, »Sie sind's.« Sein Mund entfernte sich von der Sprechmuschel. »Ira!« rief er, »Esther die Schwarze ist am Apparat.«

Esther steckte sich eine Zigarette an und überlegte, woran Rath sie erkannt haben mochte. Stand sie schon im Ruf der Verrücktheit? Hatte ihre Großmutter den Vermögensverwalter gewarnt, als sie in seinem klimatisierten Büro mit ihm die Konten der Familie durchging, daß Esther die Schwarze zu allem fähig sei, daß sie am frühen Morgen anrufen, lügen und falsche Liebeserklärungen abgeben könnte?

»Hallo!« Es war Ira; er hatte noch geschlafen. Seine Stimme war belegt, die Stimme eines Fremden.

»Sag kein Wort!« befahl ihm Esther. Am andern Ende der Leitung trat Schweigen ein. Esther drückte ihre Zigarette aus, ohne einen einzigen Zug inhaliert zu haben. »Gut!« nickte sie. »Eins muß von vornherein klar sein. Ich meine, ich muß dir sagen, daß ich nicht die Absicht habe, dich zu heiraten. Also fang nicht mehr davon an!«

»Schön«, sagte Ira Rath. Und dann fragte er: »Wer ist denn da?«

»Esther. Esther die Schwarze. Also, jetzt sag kein Wort! Du kannst mir vielleicht helfen. Ich nehme an, als alter Freund wirst du mir doch einen Gefallen tun?«

»Was zum Teufel?« sagte Ira. »Kennen uns doch schon so lange! Klar helf ich dir. Wenn wir heiraten, werden wir doch bloß geschieden. Natürlich krieg ich dann Alimente, wird irgendwie so geregelt. Denkste, ich weiß, wo ich's Geld hernehmen soll, um meine Platte zu pressen? Aber meine Band, die hab ich zusammen, und ich bin mir nicht zu gut und spiel mit *The Quick and the Mad* in jedem lahmen Schuppen in New York, wenn's sein muß.«

»Du Alimente von mir?« sagte Esther die Schwarze.

»Lahme Schuppen«, wiederholte Ira Rath, »da mußt du eben auch durch, wenn du Rock and Roll machst.«

»Rock and Roll?« Esther zuckte die Achseln. Sie erklärte ihm ihre Geheimnisse, und er sprach von Musik.

»Ich bin Sänger. Persönlichkeit! Darum bin ich auch von der Uni abgesprungen. Mein Vater hat okay gesagt, weil er sich denkt, mit eurem Geld bin ich ja versorgt. Aber zum Teufel mit eurem Geld, Esther die Schwarze! Zum Teufel mit! Und ehrlich gesagt«, er senkte die Stimme, »mein Vater sagt, einen finanziellen Grund, warum wir heiraten sollten, gibt's eigentlich nicht mehr. Er sagt, wenn dein Großvater nicht bald ein bißchen was abstößt, landet ihr alle im Armenhaus.«

»Sag kein Wort mehr!« warnte Esther. »Könnte jemand hören.«

»Nee!« sagte Ira Rath. »Esther die Schwarze, was für eine Scheißehe wär das mit uns!« Er seufzte.

»Weiß nicht«, sagte Esther die Schwarze, beleidigt und auf einmal schüchtern.

»Aber mein Vater hätte mich lieber tot und begraben wie als Rock and Roll-Sänger; sogar wenn ich dich heirate, wär's ihm noch lieber«, sagte Ira.

Esther die Schwarze und Ira wurden sich einig, ihre Familien zu täuschen; heimlich und verschworen wie zwei Eidechsen würden sie sich in einer Kneipe am Hafen von St. Fredrics treffen. Für Esther war es eine Erleichterung, daß sie endlich jemandem ihre Fluchtpläne zuflüstern konnte. Aber dann machte Ira alles zunichte, als er die Stimme senkte und sagte: »Wenn wir wirklich Verbündete sein sollen, mußt du mir vertrauen. Bist du noch Jungfrau? Mit ner Jungfrau könnt ich nie ne Beziehungsebene finden.«

»Ira!« sagte Esther die Schwarze, »das geht dich überhaupt nichts an.«

Aber es war zu spät; schon hatte er sie gezwungen, an die Fischer zu denken. Esther rieb sich die Stirn und erinnerte sich. Wäre sie nicht die Tochter des Ertrunkenen Mannes gewesen, so hätte es längst sein können, daß jemand von den Fischern sie aufgefordert hätte, mit ihm davonzugehen, nach den Florida Keys oder nach Miami; oder vielleicht wäre sie zu irgendeinem jungen Mann ins Zelt gezogen und hätte Fischnetze flicken gelernt.

In St. Fredrics hatte Esther die Schwarze noch nie Freunde gehabt, und Ira Rath war nur ein gelegentlicher Besucher gewesen, der blaue Anzüge und eine Brille trug und ihr das Rauchen beibrachte. Sie hatte nur die Fischerskinder gehabt; und als die Fischersmädchen in ihrem Alter Bluejeans und Halstücher zu tragen anfingen, als sie mit jedem Jungen knutschten, der nur mochte, da saß Esther die Schwarze mit ihnen an dem kalten, steinigen Strand. Den Winter, als sie sechzehn war, beschloß sie, daß es Zeit wurde, sich einen Liebhaber zu nehmen, und sie suchte sich einen Jungen namens Terry aus, vielleicht weil sie ihn seit jeher kannte, vielleicht auch weil er sein eigenes Zelt hatte, das er im Winter mit einer kleinen elektrischen Spirale heizte, die mit einer steifen Verlängerungsschnur im Wohnwagen seines älteren Bruders angeschlossen wurde. Oft sprang Esther die Schwarze nachts aus ihrem Fenster und rutschte das Vordach hinunter, während Phillip und Rose im Parterre unter ihrer elektrischen Heizdecke schliefen. Es kam Esther ganz natürlich vor, in Terrys Zelt einzuschlafen, auch wenn der Schnee fiel, wenn die Wege auf dem Hofe vereist waren: sie fühlte sich geborgen und meilenweit von dem Haus ihrer Großeltern. Aber nach ein paar Wochen merkte sie, daß Terry ihr aus dem Weg ging. Endlich, eines Tages, als sie mit Cohen ins Lager gekommen war, um Fische schuppen zu helfen, stellte sie ihn zur Rede.

»Was ist los mit dir?« fragte sie den Jungen. »Ich bin

übrigens nicht schwanger«, flüsterte sie, als Cohen nach heißem Kaffee rief und nach Handschuhen, als Schutz für seine Finger beim Schuppen der halbgefrorenen Fische.

Esther die Schwarze beobachtete ihren Liebhaber den ganzen Tag lang, und als sie einer Gruppe junger Männer half, Fischkisten auf einen Lieferwagen zu laden, berührte sie ihn zufällig an der Schulter. Terry schob ihre Hand weg. »Laß mich in Ruh!« sagte er, sich umblickend, wie wenn er Angst hätte, einer von seinen Freunden könnte die Berührung bemerkt haben. »Esther die Schwarze, bitte geh weg!«

Esther die Schwarze rannte weg. Ihre Füße glitten aus auf den vereisten Wegen. Sie rannte, bis ihr Atem die Luft erfüllte; dann stürzte sie in ein dunkles Blumenbeet unter einem Erdgeschoßfenster im Haus ihrer Großeltern. Sie trug einen alten Waschbärmantel, der einmal Rose gehört hatte; die Schultern waren wattiert, wie gepanzert. Sie zog die Beine an; die Blumen wuchsen alle unter ihr, unter der Erde. Terry war ihr nachgelaufen und stand plötzlich neben ihr in dem Blumenbeet, wo nur noch Eis war und kein Blatt sich mehr regte.

»Tut mir leid«, sagte Terry, und Esther die Schwarze zuckte die Achseln; sie glaubte nicht, daß sie noch einmal nachts aus dem Fenster klettern würde, um sich mit ihm zu treffen. »Liebst du mich denn?« fragte er.

Die Blumen wuchsen unter der Erde, und Esther die Schwarze fragte sich, ob sie je einen lieben werde. Wenn sie ja sagte, ja, ich liebe dich, würde Terry dann so verrückt sein, sich in ihrer Schuld zu fühlen, und mit ihr auf und davon gehen? Würde er, die Hände voller Hafensalz und Eis, sie retten und ihr zu einem Leben verhelfen?

Esther die Schwarze steckte sich eine Zigarette an. Das blaue Stirnband des Fischers war in der Nacht dunkelmarineblau, und er blickte sich um, blickte über seine Schultern ins Eis und nach den dunkelsten Bäumen, und da begriff Esther die Schwarze, daß Terry auf diesem Teil des Hofes, auf ihrem Teil, noch nie gewesen war. Sie überlegte, was ihre Großmutter wohl sagen würde, wenn sie auf die Veranda herausgeschlendert käme, um Winterluft zu schöpfen, und einen Fischer in ihrem Blumenbeet fände; sie überlegte, ob ihr Großvater Mischa wohl seinen Spazierstock erheben würde, wenn er sähe, daß der Fischer mit den Fingern nun ihre Haut berührte. »Nein«, sagte Esther die Schwarze schließlich, »ich liebe dich nicht.«

Der Fischer lächelte und schmiß einen Stein in den Schnee. »Darüber hab ich mir Sorgen gemacht«, sagte er, als er die Arme hob, um ihre wattierten Schultern zu umschlingen, und er strahlte, als hätte Esther die Schwarze ihn soeben freigesprochen. Jedesmal, wenn sie ihren Fischersmann später im Lager traf, nachdem er an jenem Abend in die Dunkelheit davongerannt war, lächelte er sie traurig an. Und Esther vergalt es ihm, daß er ihr auf den gefährlichsten Teil des Hofes, auf ihren Teil, nachgelaufen war, und sie nannte vor ihren Altersgenossinnen nie seinen Namen. Von der Zeit an wußte Esther die Schwarze, daß die Fischer und ihre Kinder sie fürchteten; sie war eine Außenseiterin, und nie würden sie ihr trauen. Sie begann fortzubleiben; sie kam nur noch so selten ins Fischerlager, daß sogar Cohen Verdacht geschöpft hatte.

»Esther die Schwarze«, sagte er zu ihr, »hast du neuerdings einen Freund in der Stadt?«

Esther die Schwarze rollte die Augen.

»Ich seh dich gar nicht mehr im Lager.«

»Viel zu tun«, log Esther.

»Keine Zeit mehr für alte Freunde, für die Fischersleute?« hatte Cohen gefragt.

»Ja«, hatte Esther die Schwarze gesagt, aber sie dachte an die dunklen Augen ihres Fischersmanns, an seinen tiefen Atem in der frostigen Luft und an sein Geflüster bei Nacht. »Zu viel zu tun!«

Als sie monatelang nicht mehr gekommen war, als Cohen ihr Fortbleiben nur noch halbherzig zu entschuldigen suchte, glaubten die Fischer schließlich, daß Esther sich der eigenen Familie zuliebe von ihnen fernhielte – etwas, wovon sie ihr schon immer zugetraut hatten, daß sie es einestags tun würde. Sie begannen ihr auszuweichen, in St. Fredrics, auf den Landstraßen oder am Strand. Die Mädchen, mit denen sie aufgewachsen war, heirateten, bekamen Kinder, arbeiteten auf den Fischerbooten oder gingen als Kellnerinnen in die Stadt. Manchmal beobachtete sie Esther die Schwarze von der Seemauer aus: Frauen, die das Haar lang und offen trugen, nur mit dem schmalen blauen Stirnband zusammengehalten, Frauen, die auf den Booten arbeiteten, während ihre Kinder geduldig zwischen den grünen Steinen am Strande warteten. Welche von ihnen ihr Fischer geheiratet hatte, wußte sie nicht genau, aber sie konnte sicher sein, daß es eine war, der das Haar bis zum Gürtel hing und die ihre Stunden in der Sonne nicht zählte.

Aber jetzt atmete Ira Rath noch am andern Ende in die Leitung, und auf der Treppe hörte Esther die Schwarze einen Fußtritt. »Freitag«, sagte sie. »Vergiß nicht.«

Sie hängte auf und rannte hinaus aus dem Haus der Großeltern. Auf der Route 16 winkte sie und wurde mitgenommen in die Stadt. An diesem Tag, an dem sie für vierzig Dollar Augenschminke und Rouge verkaufte, dachte Esther an Ira Rath. Es war ein Glück, daß er kein Interesse hatte, sie zu heiraten, daß er ihr nicht zugesetzt hatte, an der Verlobung festzuhalten, und dennoch war sie enttäuscht. Er sah in ihr nur eine Sprosse auf seiner Leiter zum Starruhm. Er war nie ein richtiger Freund gewesen, fand Esther die Schwarze, und bis der Tag um war, waren ihr auch Zweifel gekommen, ob sie ihn zum Verbündeten wollte.

Esther die Schwarze schloß ihre Registrierkasse ab und

ging zur Imbißhalle an der Straßenseite des Kaufhauses. Daß Cohen da war, bemerkte sie erst, als sie sich schon an die Theke gesetzt hatte; sie blickte weg. Bisher hatte sie Cohen immer vertraut, aber ihre Flucht vom Hofe war allzu wichtig; und außerdem hatte er ihr, wenn sie über Esther die Weiße sprechen wollte, jedesmal gesagt, sie solle nicht so respektlos sein. Also bestellte Esther die Schwarze schnell eine Limonade. Sie blickte geradeaus, auf die Speisekarte, die über dem Grill hing. Der Ventilator an der Decke zog träge Kreise. So sehr sie Cohen mochte, jetzt wünschte sie ihm plötzliches Erblinden. Den Zorn ihrer Großmutter, wenn Cohen sie verriete, konnte sie nicht riskieren. Und sie wünschte, daß er auf der Stelle erblinden sollte, hier in der Imbißhalle bei Woolworth. Während die Kunden und Kellnerinnen sich um den erblindeten Cohen bemühten, würde sich Esther an ihm vorbeidrängen, nach draußen, ins Freie.

»Hierher!« rief Cohen von seinem Hocker am andern Ende der Theke. »Esther, hierher!«

Esther die Schwarze stand auf und nahm ihr Glas Limonade mit; der Strohhalm zuckte wie ein Taubenhals. Sie hatte noch den rosa Kittel an, das Namensschild ESTHER über die rechte Brust genäht. Sie setzte sich neben Cohen und sah ihn nicht an.

Cohen deutete auf seine dampfende Steinguttasse. »Das ist Tee«, erklärte er Esther. »Denn Kaffee, kann ich dir sagen, ist das reine Gift in einem Laden wie diesem.«

»Cohen!« sagte Esther und biß die Zähne um den gestreiften Halm zwischen ihren Lippen zusammen. »Sag es niemand, daß du mich erwischt hast!«

Cohen trank von seinem Tee. »Schön«, sagte er.

Sie saßen stumm da, der Ventilator summte, Fliegen landeten auf der polierten Theke.

»Niemand sagen, daß ich dich bei was erwischt hab?« fragte Cohen.

»Daß du herausbekommen hast, daß ich hier arbeite.« Esther die Schwarze deutete auf ihren rosa Kittel. Cohen hatte Esther die Schwarze nicht vermißt, er hatte nicht erraten, daß sie sich eine Stelle gesucht hatte. Er wartete auf Esther die Weiße, die sich nach ihrem Besuch beim Arzt tagelang in ihrem Zimmer eingeschlossen hatte. An einem heißen Nachmittag war sie schließlich hervorgekommen und hatte sich auf die große Veranda gesetzt, mit einer Tasse Jasmintee auf den Knien. Aber als Cohen auf dem Rasen vorüberging, hatte sie durch ihn hindurchgesehen, und ihre Augen waren so groß und schwer, daß sie zufielen und in der Sonne träumten; und Cohen konnte sich Hunderte von Beschwerden und Krankheiten ausdenken, von denen zu sprechen Esther die Weiße zu stolz wäre.

Cohen musterte Esther die Schwarze. »Sehr hübsch!« sagte er über den rosa Kittel.

»Und was auch passiert, sag meiner Großmutter nichts.«

Cohen schüttelte mürrisch den Kopf. Niemand anders als er hatte Esther gezeigt, wie man Gardenien pflanzt und wie man aus Feuerlilien Tee kocht; er hatte ihr die Dutzende von Wasserpflanzen und Kräutern gezeigt, die im Hafen wuchsen. Und jetzt dachte sie nur noch ans Abhauen, nachdem er ihr so viel gezeigt hatte; und er wußte nicht, wie er, ohne zu viel von seinem Geheimnis, zu viel von seiner Liebe zu verraten, ihr hätte erklären können, warum er glaubte, daß sie ihre Großmutter falsch einschätze. »Von mir erfährt niemand deine Geheimnisse«, sagte Cohen zu Esther der Schwarzen. »Traust du mir plötzlich nicht mehr?« Er schüttelte den Kopf.

Esther die Schwarze war still; sie sog den Rest aus ihrem Limonadenglas.

Cohen stand auf. »Gehn wir!« sagte er. »Sogar der Tee hier taugt nichts.«

Esther die Schwarze folgte Cohen auf die Straße hinaus, wo Mischas Cadillac parkte. Sie lehnte sich weit zurück in das kastanienbraune Leder. Cohen fuhr die Route 16 entlang, alle Fenster des Wagens offen. Esther sah Cohen an, der bremste, um zwei Hirsche über die Straße zu lassen; sie musterte sein Gesicht, die Linien und Fältchen.

»Es tut mir leid«, sagte Esther die Schwarze und schlug ihn leicht auf den Handrücken. »Ich trau dir schon«, sagte sie.

Jetzt war es Cohen, der sich wie ein Verräter vorkam; er fragte sich, was Esther dazu sagen würde, wenn er ihr sagte, daß er seit eh und je in ihre Großmutter verliebt war. Er schaute zu, wie sich das Mädchen eine Zigarette ansteckte, dann fuhr er weiter. Wie schade! dachte er. Sie ist so gut wie meine Enkelin, aber wie schade, daß sie überhaupt nicht nach ihrer Großmutter kommt! Der heiße Nachmittagsfahrtwind zog von Fenster zu Fenster, aber kein langes blondes Haar wehte hinaus, sondern die kurzen dunklen Kringel Esthers der Schwarzen hielten sich einen Zigarettenzug lang unbewegt. Immerhin, sie war ein gutes Mädchen, dachte Cohen; und gescheit war sie, hatte sie vielleicht doch von der Großmutter.

»Wie ist sie denn?« fragte Esther durch den Fahrtwind hindurch.

Cohen trat aufs Gaspedal. Konnte das Mädchen seine Gedanken lesen? Vielleicht hatten sie zu viel Zeit, zu viele Jahre zusammen verbracht. »Wer?«

Der Nachmittag ging zu Ende; Wolken zogen über den Himmel, und Esther die Schwarze fragte sich, was Esther die Weiße wohl sagen würde, wenn sie eines Morgens aufwachte und feststellte, daß alle ihre Gefangenen fort wären, Phillip und Rose und sie selber, Esther. »Meine Großmutter«, sagte Esther die Schwarze.

Cohen lachte. »Was fragst du mich? Du bist doch mit

ihr verwandt! Wie soll ich's wissen? Denkst du, ich kann hexen? Denkst du, ich weiß alles?«

»Es interessierte mich bloß«, sagte Esther die Schwarze, als sie den rosa Kittel auszog und in die große lederne Handtasche stopfte, die sie bei sich hatte. »Ich wollte die Meinung eines neutralen Beobachters hören.«

Cohen trat schwer aufs Gaspedal, nachdem sie um eine Kurve waren. Für einen Beobachter hielt er sich zwar, aber nicht für einen neutralen, nie und nimmer! »Du weißt nicht, wovon du redest«, sagte er zu Esther. »Vielleicht bist du ein bißchen überarbeitet.«

Sie kamen durch das Eisentor des Hofes, und gleich darauf, als der Cadillac über den Gartenweg rollte, fiel der Geißblattgeruch über sie wie ein Vorhang. Die Dämmerung brach an, die Stunde, wo der Hof sich von seiner besten Seite zeigte. »Du redest einen Quatsch, Esther!« sagte Cohen. »Du willst immer fort, aber du hast hier so viel Schönes und siehst es gar nicht. Das sag ich dir als neutraler Beobachter.«

Esther schaute sich um und mußte zustimmen; das Licht, in dem der Zweig eines Baumes jetzt hell und Sekunden später dunkel erscheinen konnte, war schön um diese Tageszeit. Mit Cohen schaute sie auf die verwaschen rosenfarbigen Häuser, auf diejenigen, in denen die Familie wohnte, und die anderen, die immer nur leer gestanden hatten und jetzt von hellem Sand und kleinen grünen Käfern durchstreift wurden. Es war so kühl und still, während die ersten Schwaden eines Abendnebels über den Hof zogen, daß Esther fast nicht mehr wußte, warum sie fort wollte. Und als Cohen vor dem Haus ihrer Großeltern hielt, dachte Esther die Schwarze gerade an den Tag, als ihr Cohen gezeigt hatte, wie man Meerlavendel zwischen Glasscheiben preßt. Sie lächelte ihm zu, sie traute ihm ganz und gar, aber Cohen blickte weg, er blickte zum Hafen.

»Esther«, sagte er, »siehst du?«

Die Familie hatte sich an der Seemauer versammelt. Mischa mit seinen einsdreiundachtzig und sein Bruder Max, der einen geblümten Badeanzug für Knaben trug, winkten wie verrückt zum Hafen hin. Hinter ihnen stand Maxens Frau Lisa mit einem Badetuch. Rose war schon auf die Mauer geklettert, sie winkte mit zusammengelegten Händen, als ob sie ein Gebet in die graue, trübe Luft schickte. Sie schrien alle zusammen, aber es war die Zeit, wo die Luft den Möwen und Regenpfeifern, den Sperbern und Käuzchen gehörte, und Esther die Schwarze konnte ihre Worte nicht verstehen. Die Schatten, die auf alle Veranden fielen, wurden nun länger, im Hafen regten sich jetzt die Schnecken und Seesterne.

»Dein Vater!« sagte Cohen. »Phillip!«

Cohen öffnete die Tür des Wagens, er rannte zur Seemauer. Die andern blieben stehen, sie schrien und winkten, als Cohen an die Stelle kam, wo das Erdreich plötzlich in Sand überging. Er kletterte über die Steine, fast wie ein junger Mann, über die Algen und Kletten, über die rostige Tür. Und als Cohen erst über die Steine am Strand hastete, war der Bann gebrochen; die andern kamen in Bewegung. Mischa schloß die Tür in der Seemauer auf, und dann machte er mit Rose das Ruderboot los, während Max auf und nieder hüpfte, aufgeregt wie ein Kind.

Als sich Esther in den weißen Korbstuhl auf der Veranda ihrer Großeltern setzte, streifte sich Cohen schon die Schuhe ab, sprang ins Wasser und kraulte hinter Phillip her, den wieder einmal ein alter Meereswunsch in den Hafen hinabzog. Esther die Schwarze wiegte sich in ihrem Schaukelstuhl; der Ertrinkenssommer war ein Teil ihres inneren Uhrwerks. Sie fragte sich, ob sie anderswo überhaupt werde existieren können, ob ihre Fluchtpläne nicht wertlos seien. Sie schaute auf den steinigen Strand, wo sich die Schwänze und Kiemen der Flundern und Makrelen, die die Fischer gefangen hatten, kraftlos regten, bis die Schwänze ruhig und die Kiemen still wurden. Esther wiegte sich auf und nieder. Sie hatte schon in jedem Sommer ihres Lebens mitangesehen, wie Phillip ins Wasser ging, und jetzt sah sie es einmal mehr, während Cohens Arme sich um ihren Vater schlossen.

Der Hof lag im Dunkeln bis auf eine Flamme im Haus gegenüber, wo ein blaues Gasfeuer, das Lisa abzudrehen vergessen hatte, einen Kupferkessel erhitzte. Esther die Schwarze starrte in das blaue Licht, als Esther die Weiße auf die Veranda trat. Draußen im Hafen ruderte Mischa nun auf den runden Strudel an der Stelle los, wo Cohen Phillips Kopf über Wasser hielt. Esther die Weiße hüllte sich in einen wollenen Pullover, und immer noch fror sie, ihr war eiskalt, als sie zu den Lichtern von Connecticut hinüberblickte. Max rief jetzt Anweisungen zu dem Ruderboot hin, das wild durch den Hafen kurvte – Mischa hatte die Ruder nicht in der Gewalt. Und Cohen wartete geduldig und hielt Phillip den Kopf hoch, während Phillip nach oben in die stille, graue Nacht starrte.

Esther die Schwarze wiegte sich auf und nieder, sie wiegte sich schneller. Obgleich sie wußte, daß ihre Großmutter hinter ihr stand, mochte sie sich nicht umdrehen. Esther die Weiße sah auf die Schultern ihrer Enkelin, sie sah das dunkle Haar, starr, als ob das Mädchen eine Statue wäre. Fremdländisch, ein Kopf, wie vor Jahrhunderten in Griechenland oder Spanien in Stein gehauen. Stein, der sich nicht umdrehen würde, auch nicht, wenn Esther die Weiße in das Haar des Mädchens hineinhauchte und sich von ganzem Herzen wünschte, daß Esther die Schwarze sich zu ihr umdrehen möchte. Esther die Weiße kümmerte sich nicht um den Hafen, wo ihr Mann auf Phillip und Cohen zuruderte; sie sah ihre Enkelin an und dachte sich, wenn sie nicht so fremd wären, könnte das

Mädchen sie in die Arme nehmen, und die Kälte würde verschwinden, und dann kam Esther die Weiße sich albern vor. Sie straffte den Rücken und trat hinter den Stuhl ihrer Enkelin.

»Verrückte!« sagte Esther die Weiße und sah auf die diesige Bucht hinaus. Vielleicht war es schon immer ein Fehler gewesen, sich Phillip zu widersetzen; vielleicht sollte man ihm zuguterletzt seinen Willen lassen, ihn friedlich im weichen Sande versinken lassen, an der tiefsten Stelle des Hafens. »Immer wieder denselben Ertrunkenen ans Ufer zu bringen!« seufzte Esther die Weiße.

Esther die Schwarze nickte, langsam, bedächtig. Sie sollten ihn lassen, dachte sie, als sie zusah, wie Phillip im Wasser kämpfte, im trüben Mondlicht. Das Mädchen schaute hinaus auf die nächtliche Bucht, und sie fühlte die blassen, schmalen Finger ihrer Großmutter über die Rükkenlehne des Stuhls streifen, wie wenn das Korbgeflecht ihre Haut wäre. Esther die Weiße wünschte, sie könnten beide aufhören, mit den Tränen an sich zu halten, aber sie blieben stumm, und ihre Augen waren trocken. Und die beiden Frauen schauten zu, wie die Familie jenseits der Seemauer ans Ufer lief; zusammen auf der dunklen Veranda, zwischen Schatten und Steinen, schauten sie zu bei der Rettung.

II Naturgeschichte

Jeden Sommer atmeten alle erleichtert auf, wenn Philipp sein Bad hinter sich hatte. Alle hörten sie [illegible] Anfang [illegible] machte [illegible] Sommers [illegible] Philipp [illegible] gut [illegible]

[illegible] die Hände [illegible] Philipps [illegible] der [illegible] den [illegible]

[illegible] nur [illegible] vor dem Spiegel und nach Aussehen nach weiteren Veränderungen. Und nun träumte sie allnächtlich von

1

Jeden Sommer atmeten alle erleichtert auf, wenn Phillip sein Bad hinter sich hatte. Alle hofften sie, daß er seinen Versuch schon Anfang Juli machte, so daß man für den Rest des Sommers die Bewachung lokkern könnte. Es stand fest, daß Phillip jeden Sommer nur einmal ins Wasser ging, nur einmal pro Jahr. Er war gut berechenbar. Und nachher konnte man seine Valiumdosis verringern, und die Familie schauderte es nicht mehr jedesmal beim Gezeitenwechsel, jedesmal wenn der Geruch von Tang und Muscheln über den Rasen trieb. Nur Esther die Weiße spürte die Erleichterung nicht, denn in diesem Sommer begann sie nach Phillips Versuch fast jede Nacht von ihm zu träumen.

Oft sah Esther die Weiße in ihren Träumen, wie der Säugling aus ihren eigenen blassen Händen in die Hände Inges, des Kindermädchens hinüberglitt, das fließend Deutsch und Englisch sprach und das Phillip gepflegt hatte, als sie in London lebten. In der Nacht nach Phillips Versuch träumte Esther die Weiße, vielleicht wegen des Schmerzes in der Seite, vielleicht wegen des Kodeins, daß sie ihren Sohn niemals habe gebären wollen. Seit Jahren hatte Esther die Weiße es vergessen, daß sie nach der Feststellung der Schwangerschaft als erstes begierig die Haut junger Zwiebeln gegessen hatte, denn unter den unverheirateten Mädchen in ihrem Heimatdorf waren Gerüchte über magische Zwiebelkuren gegen unerwünschte Schwangerschaft umgelaufen. Auch nach der Heirat mit Mischa, als ihr der Leib schon zu schwellen anfing, hatte Esther noch stundenlang in heißen Bädern gesessen, damit der Dampf in sie eindränge, sich einen Weg in die Gebärmutter suchte und Phillip erstickte. Ihre Brüste waren so groß geworden, daß Esther keine Berührung an ihnen mehr duldete; ihr Haar wurde stumpf; sie saß vor dem Spiegel und hielt Ausschau nach weiteren Veränderungen. Und nun träumte sie allnächtlich von

Phillip, sie litt Qualen zwischen ihren Laken, aber es war die Wahrheit; sie hatte ihn nicht zur Welt bringen wollen.

Esther die Weiße war in Sorge gewesen, daß ein von ihr geborenes Kind vielleicht gezeichnet wäre. Vielleicht käme es zur Welt mit einer Rose auf der kleinen Schulter, einem Schmetterling auf der Stirn oder einem Kreuz unter dem einen Knie. Sie wußte nicht, ob nicht Mischa der Vater war, aber sie vermutete, daß der Tätowierte, daß Solo etwas in ihr zum Wachsen gebracht, etwas hinterlassen hatte, das sie daran erinnerte, einmal voll Empfindens, voll Liebe gewesen zu sein. Sie weinte zähe Tränen, als sie in der Porzellanschüssel saß, die auf vier Löwenpranken ruhte, und stellte sich vor, wie der aufsteigende Dampf ihren Leib erfüllte. Oft sah sie in ihren Träumen, wie ihr Körper eine gespenstische Weiße annahm, wie ihre Haut aprikosenweich wurde und ihr langes, helles Haar an den Enden in ein blasses, wässriges Grün auslief.

Sie wohnten damals in einem Bezirk von Notting Hill, und es war in der Bayswater Road, wo Mischa im bleigefaßten Fenster einer Pension ein handgeschriebenes Schild sah. Inge empfahl sich als zweisprachige Amme, Kindermädchen, Haushaltsgehilfin und Köchin. Als Mischa in dem dunkelbraunen Besuchszimmer der Pension mit ihr sprach, trug Inge ein schwarzes Kleid mit blaugelbem Blumenmuster. Dasselbe Kleid trug sie auch, als sie bei Phillips Entbindung half, an jenem Tag, als Esther die Weiße auf Hebammen, Ärzte und Krankenhäuser verzichtet hatte, in der Hoffnung, daß bei einer Hausgeburt sie selbst eine bessere und Phillip eine geringere Chance haben werde.

Esther die Weiße wollte ihr Kind nicht sehen. In der ersten Woche seines Lebens gab sie Phillip die Brust im Dunkeln – nachts oder in einem lichtlosen Zimmer. Dann, allmählich, begann sie ihn zu untersuchen. Sie berührte seinen Bauch und seine Arme, während er gluckste oder schrie. Sie suchte nach Zeichen – nach Hauterhebungen, sonderbaren Farben oder Pigmentierungen. Aber er schien nicht gezeichnet zu sein. Er hatte braune Augen wie Mischa und weiße Haut wie Esther selbst. Wenn er in seinem Bettchen schrie und seine Gaumen sich von blaßrosa zu rot veränderten, fand Esther, daß er aussah wie ein wimmerndes Kaninchen.

Esther die Weiße kam noch nicht nach Amerika. »Reisen mit einem Säugling?« hatte Mischa gesagt. »Warten wir lieber, bis er etwas größer ist. Lungenentzündung holt man sich schnell auf einem Schiff. Warten wir lieber!« Und Esther hatte gewartet, und Phillip holte sich Mumps und Grippe, aber er wuchs heran, und Mischas Geschäfte gingen gut. Das Kind hätte die Strafe für ihre Liebschaft mit dem Tätowierten sein können; also beklagte Esther sich nicht. Sie wartete und wartete, bis sie London so genau kannte wie das Dorf ihrer Kindheit, bis New York so fern war, daß sie es gar nicht mehr erwähnte, bis sie das Jadegehänge fast vergessen hatte, mit dem sie die Überfahrt auf einem Ozeandampfer hätte bezahlen können.

Inge, das Kindermädchen, glaubte, daß Phillip weder anbetenswert sei noch ein Scheusal. Er war ein Kind, und sie hatte Dutzende Kinder versorgt. Was sie brauchten, waren Zucht und Ordnung und ein Klaps aufs Köpfchen. Phillips Bett stand am Fußende von Inges Bett, und jedesmal, wenn Inge einen Liebhaber bei sich hatte, schien er geschrien zu haben. Aber das war nichts Ungewöhnliches, und Inge stand dann schnell von ihrem Bett auf und schlug Phillip auf die Finger, bis aus seinen Schreien leise Schluckser wurden, wenn er sich zwang, still zu sein. Zu der Zeit, als Phillip sein erstes Wort sprach (es lautete »nein« – gar nicht so ungewöhnlich als erstes Wort), hatten Mischa und Inge schon ein Verhältnis begonnen.

Esther die Weiße hatte beschlossen, daß sie ihr eigenes Leben führen wollte, in Absonderung gegen Mischa. Sie hatte keine Liebhaber, denn sie fürchtete sich davor, daß ihren Körper dann aufs neue ein Kind beanspruchen werde, das in ihr wuchs. Aber Männer hatte sie genug. »Zieh los!« pflegte Mischa zu sagen, »zieh nur los mit deinen Freunden!« Er saß dann verdrossen im Wohnzimmer und wartete, bis Esther die Weiße von ihren Verabredungen in Restaurants, Parks oder Kinos zurückkam. Freilich wählte Esther ihre Freunde mit Rücksicht auf das Familieninteresse aus. Oft waren es Männer von Vermögen – Bauinspektoren, Bauunternehmer oder Hauswirte, Männer mit blauen Augen und heller Haut, die Mischa zu einer Hypothek verhelfen konnten, zu dem Auftrag, irgendwo neue Stromleitungen zu verlegen, oder zu einem billigen Grundstück im East End. Oft waren es gut aussehende Männer, noch öfter aber waren sie häßlich. Alle aber glaubten sie, daß Esther die Weiße eine schöne Frau war, so schön, daß es der Mühe wert war, Mischa reich zu machen, wenn man dafür mit ihrer blassen Hand am Arm im Theater oder bei Parties gesehen wurde, wo es Sherry, Scotch und Gurken-Sandwiches gab.

Dennoch war Esther die Weiße nicht glücklich. Von Mischas Verhältnis mit Inge wußte sie und war darüber erleichtert. Sie nahm viel Rücksicht auf Mischa: Sie achtete bei ihren eigenen Freundschaften auf seinen Vorteil, sie streichelte ihm in verdunkelten Zimmern die Hände, wenn die Geschäftslage ihn deprimierte, aber schlafen wollte sie allein; beim Gedanken an den Liebesbeweis fröstelte es sie, trat ihr die kalte Furcht vor der Schwangerschaft in die Augen. Als aus den Anfällen von Melancholie dauerndes Elend wurde, entschied sie, daß London selbst sie unglücklich machte.

Schließlich verabscheute sie alles, was britisch war. Der kleine Phillip lernte sprechen, und als Esther merkte, daß er den englischen Akzent annahm, schlug sie mit der Faust auf den Eichentisch.

»Sorgen Sie dafür, daß er nicht mehr so redet!« schrie sie Inge an. »Ich will nicht, daß er sich wie ein Engländer anhört.«

Als Phillip zu Esther »Mammi« sagte, drohte Esther dem Kindermädchen mit Entlassung, in der Überzeugung, Inge habe ihm diese Anrede eigens beigebracht, um seine Mutter zu reizen.

Es war ein Glück, daß Mischas Geschäfte mittlerweile florierten, denn Esther mochte mit britischen Geschäftsleuten nun nicht mehr reden, geschweige denn ausgehen. Die Männer, an die sie sich jetzt hielt, waren allesamt Ausländer: ein Inder, mit dem sie Museen besuchte, ein französischer Jude, der ihr seine Gedichte vorlas und sie zur Rückkehr in den Stammesglauben bewegen wollte, den sie verworfen hatte. Doch während all ihrer Bekümmernis und Unzufriedenheit in England gab Esther ihrem Sohn doch jeden Abend den Gutenachtkuß, achtete genau auf seine Eigenheiten und wollte im übrigen so wenig wie möglich mit ihm zu tun haben. Phillip war nicht besonders hübsch, aber das war kein Verbrechen. Alles in allem war Esther mit ihrem Kind zufrieden. Als Phillip aber sechs war und zur Schule kam, entdeckte Mischa, daß zu Inges Züchtigungsmethoden auch die gehörte, dem Jungen in einem randvollen Waschbecken den Kopf unter Wasser zu halten. Mischa war entsetzt, daß die Frau, die ihm nachts deutsche Kosewörter ins Ohr gurrte, seinem verängstigten Sohn wegen jeder kleinen Unartigkeit den Kopf untertauchte.

»Du Sau!« sagte er zu ihr. »Bist du wahnsinnig? Bezahl ich denn eine Wahnsinnige, damit sie meinen Sohn quält?«

Inge bekam große Augen. »Was ist denn daran Ungewöhnliches?« sagte sie, während ihr das Wasser von den Händen auf den gekachelten Fußboden tropfte. »So erzieht man Kinder nun mal. Und er ist doch noch ein Kind, nicht?«

»Gott im Himmel!« stöhnte Mischa, »ist das die Strafe für meine Sünden?« Er wußte, daß sein Ehebruch irgendwie bestraft werden mußte, und da hatte er's nun! Er schwenkte einen Finger gegen Inge. »Verrücktes Weib!« brüllte er. Aber während Mischa tobte, klammerte sich Phillip an Inges Rock fest. Sein Kopf triefte vor Nässe, und Pfützen liefen ihm in die Augen. Und insgeheim betete er darum, daß man ihm die Frau nicht wegnehmen möge, die ihn liebte, die eine, die ihn in die Arme nahm.

»Inge müssen wir entlassen«, sagte Mischa zu Esther.

Esther warf ihr langes Haar zurück. »Nein, wir brauchen sie.«

Mischa wollte nicht über den Vorfall am Waschbecken sprechen; warum nicht Esther dies ersparen? Er schüttelte den Kopf. »Wozu brauchen wir sie?«

Esther bekam es mit der Angst; sie hatte keine Ahnung von Kindern. Vor allem aber wollte sie nichts mit Phillip zu tun haben, der sie doch jeden Augenblick verraten konnte, wenn auf seinen schmalen Schultern eine Tätowierung zum Vorschein käme. »Ich weiß noch nicht mal, wie man die Windeln wechselt«, sagte sie.

»Esther!« seufzte Mischa, »er ist sechs Jahre alt. Er trägt keine Windeln mehr.«

»Wie soll ich leben ohne Inge?« beharrte Esther, obwohl sie mit Inge im ganzen letzten Jahr keine zehn Sätze gesprochen hatte. Wer sollte sich um Phillip kümmern? Zu wem sollte Mischa um Mitternacht ins Bett kriechen? »Nein, nein, ich kann nicht ohne sie leben«, schrie Esther.

»Aber sie ist wahnsinnig«, sagte Mischa. »Sie quält unseren Sohn, wenn sie ihn bestraft. Sie taucht ihm den Kopf unter Wasser, bis er blau anläuft. Sie ist entlassen«, sagte er. »Sie muß fort, heute noch!«

Esther die Weiße hielt sich eine Hand an die Stirn. Ein Anflug von Trauer überlief sie, so als ob Phillip in dem Waschbecken, von dem Mischa gesprochen hatte, ertrunken wäre. Sie fragte sich, wie sie es wohl aufgenommen hätte, wenn Phillip dabei gestorben wäre, als ihm das Kindermädchen in der Stille des Badezimmers den Kopf unter Wasser hielt. Was geschehen war, entschied Esther schleunigst, war ebensosehr ihre Schuld, als wenn sie selbst Phillip den Kopf festgehalten hätte. Sie durfte nie wieder etwas mit Kindern zu schaffen haben.

»Schön«, sagte Esther. Sie schaute ihrem Mann in die Augen, auf die gelben Linien, die vom Mittelpunkt der Iris ausgingen. »Schön, dann entlaß sie! Wir hätten sie von vornherein nicht nehmen sollen, ohne Zeugnisse! Aber erwarte nichts von mir! Er ist deine Sache.«

Und mehr als zehn Jahre lang erwartete Mischa nichts von Esther der Weißen. Dennoch spürte Esther mehrere Male im Jahr die Last einer gewaltigen Traurigkeit; doch die Traurigkeit verging wieder und war so leicht zu vergessen wie das Jadegehänge, das ins Futter eines alten Fuchspelzmantels eingenäht war. Mischa erwartete von Esther der Weißen überhaupt nichts, bis Phillip anfing, ins Wasser zu gehen. Nach dem ersten Mal meinte Esther, Phillip habe Selbstmordneigungen. Sie riet Mischa, den Jungen in Frieden zu lassen: Selbstmordneigungen in der Jugend – das würde sich geben; und Mischa gelang es nicht, sie vom Ernst der Lage zu überzeugen. Nach dem dritten Sommer aber, als Phillip fast zwanzig war und schon drei Versuche hinter sich hatte, den letzten in Mischas hahnentrittgemusterter Sportjacke, erwartete Mischa von Esther nun doch etwas.

»Du mußt etwas tun«, sagte Mischa. Er war besonders wütend, weil seine Sportjacke in der Themse Schaden genommen hatte.

»Da kann man nichts tun. Es ist klar, er will sich eben umbringen.«

»Ist das eine Mutter? Ist das die Stimme einer Mutter?« sagte Mischa.

Esther die Weiße winkte ab. Sie selbst hatte sich nie als Mutter betrachtet. »Du hast mich gefragt, und ich habe dir geantwortet«, sagte sie.

Seit kurzem hatte Esther einen neuen Freund, und diesmal war er zugleich ihr Liebhaber. Auch er war Ausländer – aus Brooklyn, New York. Er hieß Shapiro, und was er in Esther erregte, waren nicht nur sexuelle Wünsche, sondern auch ein neues Verlangen nach New York. Shapiro hatte sich aus einer unglücklichen Ehe davongemacht. Jetzt fuhr er ein Taxi in London, und die beiden fuhren oft stundenlang zusammen umher, wobei Shapiro Loblieder auf Brooklyn vor sich hin brummte, auf die amerikanische Lebensart und die amerikanischen Frauen, die stolz über die Fifth Avenue schritten, als ob ihnen die Welt gehörte. Er war zehn Jahre jünger als Esther, aber mit ihm, so verhieß er ihr, könne sie unmöglich schwanger werden. Daher das Unglück in seiner Ehe mit einer Frau, die sich mindestens drei Kinder wünschte, und daher Esthers Leidenschaft. Oft ging sie mit ihm auf sein Zimmer in der Nähe von Paddington. Dort liebten sie sich, der Taxifahrer flüsterte in seinem breiten, ausländischen, New Yorker Akzent, und Esther betrachtete die Gegenstände im Zimmer: eine Haarbürste, eine Weste, einen blauen Luftpostbrief, und sie versuchte sich vorzustellen, wie jedes dieser Dinge die ganze Entfernung von New York her zurückgelegt hatte.

Zu der Zeit, als sie mit Mischa über ihren Sohn sprach, war sie daher an Phillip nicht sonderlich interessiert: Sie hatte einen Geliebten, sie wollte fort aus dem Land, an das sie durch ihre Familie gefesselt war, und außerdem hatte sie Phillip nie zur Welt bringen wollen. Phillip war nicht im Zimmer; daher sprach Esther ganz offen.

»Tut mir leid!« sagte sie. »Ich verstehe nichts von Kindern.«

Zur gleichen Zeit saß Phillip auf einer kastanienbraunen Samtcouch im Arbeitszimmer. Er schüttelte den Kopf. Er triefte noch vor Nässe. Er belauschte das Gespräch und war mit seiner Mutter ganz einig: Seine Eltern sollten ihn in Frieden lassen. Phillip hatte sich jedoch nicht umbringen wollen, und leid tat ihm eigentlich nur die Hahnentrittjacke, die er verdorben hatte. Er wollte nur, daß man ihn in Frieden ließ. In Frieden, damit er mit dem Wasser verschmelzen könnte. Er glaubte, daß alles Wasser schön sei, ob wegen seiner dunklen Wogen oder wegen seiner langsam dahinziehenden Strömungen. An dieser Schönheit wollte er teilhaben, mit natürlicher Geschwindigkeit mühelos durch die Wellen gleiten.

»Ich sage nicht, daß Phillip recht hat«, fuhr Esther fort. »Vielleicht ist er verrückt. Aber wenn er etwas Verrücktes tun will, wem schadet er? Vielleicht sich selber, aber das ist sein Recht.«

Phillip, der Lauscher, nickte feierlich und war mit ihr einig.

»Mir«, erklärte Mischa, »seinem Vater! Mir schadet's. Es schadet dem Fußboden, es schadet meiner Jacke, es schadet meinem Ruf. Er beleidigt seinen Vater.«

Esther die Weiße überlegte. Sie dachte an ihren Geliebten, Shapiro, und an das herrliche Brooklyn, von dem nun ihre Seele erfüllt war. Sie schürzte den Mund und atmete tief. »Bringen wir ihn nach Amerika!« sagte sie.

»Wozu?« fragte Mischa. Das Geschäft mit den Doppelhaushälften kam in Schwung; was sollte er in Amerika?

»Wirst du sehn!« Esther die Weiße lächelte. »Die Reise wird ihn heilen. Bringen wir ihn nach Amerika!«

»Was?« sagte Mischa. »Ich dachte, darüber wärst du hinweg. Er braucht kein Amerika, er braucht eine Frau.«

»Eine Frau?« sagte Esther. »Was soll er denn mit einer Frau anfangen?«

»Phillip!« rief Mischa. »Mach, daß du hier reinkommst!«

Phillip stand schon in der Tür, ehe Mischa noch seinen Namen rief.

»Ja?« sagte Phillip.

»Ja?« äffte Mischa nach. Esther die Weiße setzte rasch die dunkle Brille auf, die sie sich angewöhnt hatte zu tragen, wenn sie in Shapiros Taxi durch die Stadt fuhr. »Nix ja!« sagte Mischa. »Nein! Ich hab genug von deiner Wasserschluckerei. Mir reicht's«

Phillip drückte in einem kleinen eiförmigen Aschenbecher seine Zigarette aus; er ließ den Kopf hängen wie ein Hund.

»Ich möchte nur mal eins wissen.« Mischa saß breit in einem Polstersessel und biß die Spitze einer Zigarre ab. »Wie lange hast du das denn schon, dieses ... Bedürfnis?«

»Vater, das Wasser interessiert mich wirklich unter einem philosophischen Gesichtspunkt. Ich werde einfach davon hingerissen.«

»Ich frag dich, warum du mir Ärger machst, warum du dich umbringen willst, und du erzählst mir was von Philosophie?«

»Es ist nicht so, daß ich mir etwas antun wollte. Es ist nur so, daß mir das Wasser so läuternd erscheint, so viel reiner.«

»Reiner?« brüllte Mischa. »Reiner als was?« Er beugte sich zu Esther der Weißen hin und flüsterte: »Unser Sohn ist ein Irrer, ein Irrer!«

»Wir bringen ihn nach Amerika«, antwortete ihm Esther die Weiße, ebenfalls flüsternd.

»Was ist mit mir? Hab ich etwas falsch gemacht?« fragte Mischa.

»Keineswegs«, sagte Phillip; und er getraute sich nicht zu sagen, daß er sich schon seit Jahren vorgestellt hatte, einmal tief ins Wasser zu tauchen. Schon in der Grundschule hatte er beim Schwimmunterricht geübt, unter

Wasser die Luft anzuhalten, damit er zusehen konnte, wie über ihm das Licht durch die Wasseroberfläche gefiltert wurde. Und als er von der Schule kam, mit siebzehn, hatte er angefangen von Seen und Flüssen zu träumen. In ein Notizbuch hatte er die Pflanzen und Fische eingezeichnet, die durch seine Träume schwammen. Einmal war ihm ein grauer Tümmler begegnet, dem er eine Zeitlang folgte. In einer anderen Nacht hatte er eine Blume gefunden, die ihm eine Seerose zu sein schien, weiß und winzigklein. Im übrigen aber war er auch zu Parties oder mit Mädchen ins Kino gegangen, er hatte viele Freunde und begann für seinen Vater zu arbeiten. Mischa und Esther erschien er ganz unauffällig und frei von Zeichen. Und doch war er am glücklichsten, wenn er träumte oder seine Gesichte in sein ledergebundenes Notizbuch einzeichnete.

»Nein, ihr habt mir gar nichts getan«, sagte Phillip zu seinen Eltern. »Ich gehe dicht ans Wasser, und dann, plötzlich, eh daß ich's selber weiß, bin ich in einem Fluß oder Teich.«

»Jetzt heiratest du erst mal, und dann sehen wir, wie weit du kommst«, sagte Mischa zu seinem Sohn.

»Aber ich kenne keine, die ich heiraten möchte«, sagte Phillip.

Mischa lachte. »Möchte! Hast du das gehört, Esther? Möchte!«

»Ich hab es gehört«, sagte Esther. »Und ich sage dir noch einmal, laß ihn in Frieden, vergiß das mit dem Heiraten, und fahren wir nach New York!«

Aber Mischa war überzeugt, daß er recht habe. Er war überzeugt, daß Phillip sich nur erst einmal »konsolidieren« müsse wie eine Firma. Doch als Phillip sich zu einer Verabredung mit einer anglikanischen Kunststudentin hatte überreden lassen, der Tochter eines Bekannten von Mischa, fuhr er mit ihr an die Themse und sprang hinein. Die Kunststudentin rief aus dem Krankenhaus an, wo Mischa eingeliefert worden war und wo man ihm nun das Wasser aus den Lungen pumpte. »Wir hatten so einen schönen Abend«, sagte das Mädchen zu Esther, »bis er das Wasser sah.«

Esther die Weiße, am andern Ende der Leitung, lächelte. Sie hielt ein leinenes Taschentuch über den Hörer und wandte sich Mischa zu. Er erwiderte den Blick und sah in die hellen Augen, die er schon als Junge immer gefürchtet hatte, die Augen, von denen er manchmal vergaß, daß sie seiner Frau gehörten.

»Wir fahren mit ihm nach Amerika«, flüsterte sie. Nicht daß sie geglaubt hätte, Phillip könnte in New York geheilt werden, aber sie sehnte sich, sie schmachtete nach Amerika, und schon bei den ersten Schritten aus dem Eis ihres Heimatdorfes hatte sie vorgehabt, dorthin zu gelangen, um jeden Preis.

Mischa nickte; er gab sich geschlagen. Er schaute sie stumm an, als sie den Hörer aufhängte. Esther die Weiße lächelte strahlend an diesem Nachmittag, als Phillip sich in seinem Krankenhausbett erholte, aber das Herz pochte ihr und die Finger juckten. »Wir sind schon beinah dort«, sagte sie flüsternd zu niemand Bestimmtem. »Beinah!«

Jetzt aber, längst in Amerika, zwischen den kühlen Laken in ihrem Ebenholzbett war es Esther der Weißen, als sei sie noch immer nicht angelangt, noch immer erst beinah dort. Draußen über ihrem Fenster hing ein amerikanischer Himmel, aber sie konnte nicht schlafen; draußen war die New Yorker Luft, und doch träumte sie von Phillip. Und plötzlich schien sie all ihren Mut verloren zu haben; sie hatte Angst.

Sie, die als Mädchen allem hatte die Stirn bieten können, sogar dem wilden Eis um das Dorf, wo sie geboren war, fürchtete sich nun vor einem stillen Tod zwischen den weichen Federkissen. Was sie sich vor langer Zeit vorgenommen hatte, war erreicht – sie hatte die Vergangenheit hinter sich gelassen und war nach New York gelangt; aber in ihr war nun keine weißmähnige Löwin mehr, in ihr war nur noch Luft, kalte, klirrende Luft. Und weil die Nacht einfach nicht vorbeigehen wollte, setzte sich Esther die Weiße ans Fenster und überlegte, wie sie zu dieser späten Zeit noch ihr Leben ändern, wie sie endlich auf der Nacht in den Schlaf einfahren könnte.

2 Man hatte Phillip in das kleinste Haus des Hofes gesperrt. Und obwohl Esther die Weiße jede Nacht vom Ertrinken ihres Sohnes träumte, war das Vorhängeschloß an der rosenroten Holztür unnötig; Phillip war erschöpft. Ein Ruder aus dem Boot hatte ihm eine Kopfwunde beigebracht, und hätte man ihm die Türe aufgesperrt, so wäre das Sonnenlicht nicht zu seinem Schaden gewesen, denn seine Lungen waren müde und angegriffen.

Lisa brachte ihm Tee, Pflaumenmus und Kascha mit Nudeln. Max pokerte mit seinem Neffen einen ganzen Nachmittag lang, bis er merkte, daß Phillip sich Karten in den Ärmel steckte. Mischa war der Meinung, daß man Kranke nicht verhätscheln dürfe; und sowohl Esther die Weiße wie auch Esther die Schwarze vermieden es, Phillip in seiner Kate zu besuchen: Sie konnten es nicht ertragen, ihn in diesem Zustand zu sehen. Am siebenten Tag seiner Genesung ging Rose über den unkrautbewachsenen Weg zu seiner Tür.

»Womit hab ich bloß diese Hitze heute verdient?« stöhnte Rose, als sie die Tür hinter sich abschloß und den Schlüssel in die Tasche steckte. Sie ging durch das verdunkelte Zimmer und begann die Vorhänge aufzuziehen. Phillip saß in seinem Schaukelstuhl und blätterte in einer Nummer der *National Geographic*, die ein einheimischer Arzt ihm vor mehreren Sommern mitgebracht hatte, als sein Bad zu Komplikationen geführt hatte, einer schweren Ohrenentzündung und partieller Taubheit. Phillip rauchte eine Zigarette und sah einen Bildbericht über Montreal durch.

»Ich hab gesagt«, wiederholte Rose, die Hände in die Hüften gestemmt, »womit ich das bloß verdient hab?«

»Du meinst die Last, die ich dir bin?« lächelte Phillip.

»Natürlich nicht«, sagte Rose. »Schätzchen!« sagte sie zu ihm und wedelte mit der Hand in der unbewegten Luft. »Die Hitze!« sagte sie. »Dich doch nicht!«

»Artikel über neue Grenzen im Westen in dieser Nummer«, sagte Phillip über seine Zeitschrift.

»So?« Rose kam näher.

Phillip nickte. »Arizona.«

Rose wollte die Zeitschrift nicht sehen. »Ich interessiere mich nur für Nevada. Solltest du langsam wissen!«

Sie blieben still, bis Phillip sagte: »Heute fühl ich mich ganz gut.«

»Wunderbar«, sagte Rose, aber sie war zerstreut. Sie streifte ihre pupurnen Riemchensandalen ab. »Prima, aber ich mach mir Sorgen wegen Esther.«

»Unsere Esther?« Phillip fächelte sich mit seiner Zeitschrift Luft zu. »Meinst du nicht, es wird noch wärmer hier drin, seit du die Vorhänge aufgemacht hast und die Sonne hereinscheint?«

»Tatsache ist«, brummte Rose, »ich glaube, es stimmt was nicht mit ihr.«

»Unsere Esther?« sagte Phillip und bot Rose ein Minzplätzchen an.

»Tatsache ist« – Rose senkte die Stimme – »ich glaube, sie will uns alle reinlegen. Tatsache, das glaub ich.«

Phillip knabberte langsam ein grünes Plätzchen. Er dachte über seine Tochter nach, dann langte er nach einem zweiten Plätzchen.

»Phillip, hast du gehört?«

»Liebling, was kann ich denn tun? Ich bin Invalide.« Er

betastete die Falten seines blauen Bademantels und lächelte.

Rose seufzte. »Hast du etwas zu trinken da?«

Sie hatte selbst das Häuschen mit Gin- und Tequilaflaschen versehen.

»Vitrine«, sagte Phillip.

»Und natürlich kein Eis«, sagte Rose. »Muß ich reinen Gin nehmen!« Sie goß sich etwas in ein Glas und setzte sich Phillip gegenüber auf ein großes Sofa. Sie kreuzte ihre nackten Füße und nahm einen Schluck. »Ich weiß nicht, was als nächstes passiert. Hitzewelle. Ärger mit Esther der Schwarzen. Hurrikan.«

Phillip zuckte die Achseln und aß Minzplätzchen. Beide wußten sie, daß nie etwas passierte auf dem Hofe, außer daß Phillip ins Wasser ging. Sie saßen schweigend zusammen, wie alte Freunde. Rose legte sich zurück in das geblümte Polster.

»Irgendeine Aussicht, daß du nach Nevada kommst?« fragte Phillip.

»Keine Aussicht!« Rose lächelte.

»Sag mal«, fragte Phillip, »was reizt dich eigentlich so an der Gegend?« Ein Staat ohne Wasser, ein Staat ohne Ausweg.

»Das Klima ist so schön heiß in Nevada«, antwortete Rose.

»Aber Liebling«, sagte Phillip, »du findest Hitze doch abscheulich!«

»Ja, aber dort ist sie rein. Eine Art reine Hitze.«

»Wann wirst du bloß je das Geld zusammenkratzen?« seufzte Phillip.

Rose zuckte die Achseln. »Vielleicht, wenn du mal tot bist – mit deiner Versicherung, und deine Eltern werden mich einfach irgendwie unterstützen müssen.«

»Tut mir furchtbar leid«, entschuldigte sich Phillip.

»Aber Esther die Schwarze!« sagte Rose. »Die könnte

alles verderben. Die könnte deine Mutter so wütend machen, daß sie dich in ein Staatskrankenhaus stecken läßt, auf die Psychostation, und ich sitz auf der Straße. Nach all den Jahren!«

»Rose!« mahnte Phillip.

»Na, ist doch wahr!« sagte Rose. »Sie ist ein Querkopf. Ich hab gesehn, wie sie frühmorgens aus dem Haus gegangen ist. Weiß der Teufel, was sie im Schild führt. Vermutlich hat sie einen Liebhaber in der Stadt. Oder womöglich einen von den Fischern.« Rose war angewidert. »Es muß was geschehen!«

»Ich will dir nur eins sagen, Rose«, sagte Phillip, und Rose schaute zu ihm auf, als ob ein Mann von Verstand zu ihr spräche. »Laß das Mädchen in Frieden! Du mußt dir das abgewöhnen, alles für sie richten zu wollen. Wie du überhaupt diese Heirat für sie arrangieren konntest, schon vor etlichen Jahren, geht mir nicht in den Kopf. Das macht man heut einfach nicht mehr, nicht einmal wegen einer Erbschaft.«

»Ach, was weißt denn du, was man macht?« sagte Rose beleidigt.

»Ich lese allerhand!« behauptete Phillip spitz, aber sie wußten beide, daß er nie etwas anderes las als alte Nummern der *National Geographic*. Phillip hatte Rose angefahren, weil er müde war; er war immer müde nach einem Gang ins Wasser. Dennoch mochte er Rose, und es tat ihm leid, daß er sie enttäuschte. Sie war die Mutter des Mädchens, und sie wollte für Esther die Schwarze, was ihre Mutter in Bridgeport für sie selbst gewollt hatte: einen Mann, ein ruhiges, angenehmes Leben. Und Geld, Geld genug für sie alle! Phillip steckte sich eine Zigarette an, dann fragte er lebhaft: »Wie ist es denn draußen? Ebbe?«

Rose goß sich ein zweites Glas Gin ein. Wirklich, dachte sie, Phillip war großzügig, verständnisvoll. Er hätte sie ohne weiteres nach Las Vegas geschickt. Wenn die Scheckkarten auf seinen Namen lauteten und nicht auf den seines Vaters, dann könnte sie jetzt im Hotel zu den Dünen am Schwimmbecken liegen und kalten Gin mit Tonic trinken. Von Kindern hatte er natürlich keine Ahnung; er hatte keine Ahnung, welche Angst Rose jedesmal ausstand, wenn er einen Selbstmordversuch machte und Rose mit der Möglichkeit rechnen mußte, vom Hofe verstoßen zu werden.

»Ja«, antwortete Rose, »es ist Ebbe.« Sie wußte nicht wirklich, ob Ebbe oder Flut war, sie hatte nicht auf den Strand geachtet, als sie über den Gartenweg zu Phillips Kate gekommen war, aber sie wollte ihrem Mann die Vorstellung von der Ebbe nicht nehmen; diese glitschigen Steine, die auftauchten, wenn das Salzwasser abzog und Tang und Grünalgen am Strand zurückließ, brachten Phillip zum Lächeln. Rose trank ihr Glas aus und sprach nicht mehr von Esther der Schwarzen; Phillip war eben doch ein Kranker. Statt dessen sprach sie von der Langeweile an einem Nachmittag in St. Fredrics, zählte auf, was es an den verschiedenen Wochentagen zu essen gab, und beschrieb einen Schwarm von sechzehn Blauhähern, die sich in den Mimosenbäumen vor dem Schlafzimmerfenster Esthers der Weißen niedergelassen hatten. Phillip hörte zu und wiegte sich in seinem Stuhl; dann ging er ans Fenster und hob den schweren Vorhang hoch. Er war so müde, daß seine Kraft vielleicht nicht mehr ausreichte, um über die Seemauer zu steigen; er war gespannt, ob Cohen es wieder fertigbringen würde, ihm nachzukommen.

Die Kate war für Phillips Genesungsperioden deshalb ausgewählt worden, weil sie als einziges Haus auf dem Hofe keinen Blick aufs Wasser hatte. Dennoch gab Phillip sich Mühe, etwas vom Hafen zu sehen, obgleich er nur das erste Stück vom Ostgelände im Blickfeld hatte, wo keine Blumen wuchsen, sondern nur Unkraut – Geißblatt und

Waldfeuerlilien – und wo das Kiefernwäldchen über die Seemauer ragte. Und dort, vor dem Wäldchen, stand Phillips Tochter. Jahrelang hatte Phillip sich belogen; er hatte sich eingeredet, der Name für seine Tochter sei ihm in einem Traum in der Nacht nach ihrer Geburt mitgeteilt worden. Tatsächlich wußte er aber, wie seine Mutter den Namen aufnehmen würde; er wußte, wenn der Name Esthers der Schwarzen ein für allemal schwarz auf weiß auf dem Geburtsschein stünde, würde Esther die Weiße erschauern. Er wußte, daß Esther die Weiße, obwohl sie alles aufgegeben hatte, was an ihre Vergangenheit erinnerte, sogar ihren Nachnamen, noch immer an Geister glaubte; und mehr als alles andere wünschte er sich, seine Mutter heimsuchen zu können, wenn er selber tot wäre.

Und jetzt beobachtete er Esther die Schwarze. Sie ging über den Rasen; sie bereitete sich auf das Treffen mit Ira Rath vor. Sie trug Jeans und ein rotschwarz gestreiftes T-Shirt. Sie ging hin und her auf der weiten Rasenfläche, und als sie zuletzt stehenblieb, schaute sie zu Phillips Fenster herüber. Ihr dunkles Haar verdeckte das Gesicht, und Phillip konnte ihre Augen nicht sehen, aber er wußte, wohin sie blickten. Er dachte, wie grausam es gewesen sei, daß Rose und er das Mädchen in ihren Streit mit Esther der Weißen hineingezogen hatten. Und er dachte, daß Esther die Schwarze vielleicht nicht nur ihre Großmutter heimsuchte, sondern auch ihn selbst. Sie beobachteten sich eine Zeitlang, blickten sich über den Hof hinweg an, während Rose weiter von den Blauhähern vor dem Fenster Esthers der Weißen erzählte, die so zahm seien, daß sie sich nicht scheuten, Weißbrotstückchen aus der Hand der alten Dame zu holen.

Esther die Schwarze hatte die Hände in die Hüften gestemmt. Sie konnte von Phillip nur den Schatten sehn oder die Bewegung des Vorhangs, der hinter dem Glas schwankte. Einen Augenblick lang dachte sie, es gebe nichts, was sie nicht tun könnte. Wenn sie wollte, könnte sie mit ihm sprechen, über den Rasen, durch das Fensterglas, durch die verschlossene Tür, durch das Hartholz. Wenn sie auch selten miteinander sprachen, glaubte sie nun doch, ihn erreichen zu können. Aber sie wandte sich fort, ganz plötzlich, als hätte hinter dem Kiefernwäldchen etwas nach ihr gerufen. Es hatte keinen Sinn, daß sie hier stand und glotzte; sie mußte sich mit Ira Rath treffen, sie mußte ihre Pläne machen. Also wandte Esther die Schwarze sich fort, und Phillip blieb an seinem Fenster allein. Und er sah ihr nach, als sie über die Kiefernnadeln ging, die unter ihren Sandalen brachen und ihren Geruch an die dichte Luft abgaben.

Esther die Schwarze ging weiter, bis Phillip sie nicht mehr sehen konnte. Sie glaubte, daß ihr Vater gerettet werden wollte, während er nur nicht mehr heimgesucht werden wollte. Und sie ging so schnell sie konnte nach St. Fredrics, zu ihrer Verabredung mit Ira Rath.

Als sie in den Seestern kam, saß Ira Rath schon an einem der hinteren Tische und trank dunkles Bier. Esther hatte ihn nicht mehr gesehen, seit er auf die Universität ging, und Ira hatte sich verändert; er hatte sich das Haar lang wachsen lassen, und seine Bluejeans waren eng und verblichen; eine Sicherheitsnadel am Ohrläppchen hing ihm bis fast auf den Kragen.

»Ira?« sagte Esther die Schwarze, im Zweifel, ob sie nicht einen Fremden mit dem Sohn ihres Vermögensverwalters verwechselte.

Ira Rath stand auf. »Esther«, sagte er und gab ihr die Hand. »Was ist in dich gefahren? Ich warte hier seit zwanzig Minuten, und die Kneipe, die du ausgesucht hast, ist ein Loch.«

Sie setzten sich zusammen hin und bestellten Bier. Esther die Schwarze musterte ihn. »Du siehst anders aus«, sagte sie. »Ich bin anders. Ich bin total eingestiegen in meine Musik. Ich ziehe nächstens in eine Dachwohnung mit meiner Band, *The Quick and the Mad.* Ich hab sogar gerichtlich meinen Namen ändern lassen, aber das hab ich meinem Alten noch nicht gesagt; wäre zuviel für ihn.«

Esther die Schwarze kniff die Augen zusammen. Wäre Ira Rath ein Fremder gewesen, hätte sie sich nicht an die Freitagabende erinnert, wo Ira in blauem Anzug zwischen Solomon Rath und Esther der Weißen gesessen und mehrere zweite Portionen Pudding gelöffelt hatte, so hätte er ihr gefallen können. »Wie heißt du denn jetzt?« fragte sie.

»Pagan. Pagan Rath.« Er trank von seinem Bier. »Das hat mehr so den Stil wie meine Musik.«

Esther die Schwarze runzelte die Stirn. Die Heirat mit einem, der so hieß, würde von ihrer Familie nicht gebilligt werden. »Von deiner Namensänderung sprechen wir bei mir zuhause lieber nicht«, sagte sie.

»Punk!« sagte Pagan Rath zu Esther. »Das ist mein Sound! Punk Rock.«

»Macht nichts!« sagte Esther. »Musik ist Musik.«

»Ich hab ein Lied gemacht«, sagte Pagan Rath. »Wenn das erst einmal ankommt, lasse ich's pressen. Darum hab ich jetzt nichts dagegen, daß wir deine Familie um ein Stück Geld bringen. *Nova Scotia Avenue* heißt mein Lied.« Er lächelte. »Merk dir den Titel; er kommt an die Spitze.«

Esther lächelte gezwungen. Sie hatte kein Radio, und es fiel ihr schwer, sich den Ira, den sie von früher kannte, als Rockmusiker vorzustellen. Er war behütet aufgewachsen, er besaß Aktien der Amerikanischen Telefongesellschaft auf seinen eigenen Namen.

»Was ist mit deinen Aktien?« fragte Esther.

»Verkauft«, sagte Pagan Rath. »Davon hab ich Lederzeug für *The Quick and the Mad* angeschafft und einen Skunkmantel für mich.«

»Na, dann sind wir beide pleite«, sagte Esther die Schwarze. »Aber ich hab einen Plan, von dem wir beide profitieren könnten.«

Pagan hatte die Augen geschlossen; ganz plötzlich begann er mit den Händen auf der Tischplatte einen Trommelwirbel anzudeuten. Er sang die Einleitungstakte von *Nova Scotia Avenue*: »Die Straßen sind eisglatt, dein Gesicht ist naß, aber warte nur, Alte, auf mein Glück ist Verlaß.«

»Ira«, unterbrach ihn Esther die Schwarze, »das hier ist mein Plan. Wir machen gemeinsame Sache. Wir geben bekannt, daß wir sofort heiraten wollen. Meine Großeltern lassen sich das Brautkleid, die Aussteuer und die Gebühr für den Rabbi mindestens tausend Dollar kosten. Nur kommt nichts von dem Geld in die Geschäfte oder zum Rabbi – sondern wir teilen's, du und ich. Achtzig Prozent für mich, zwanzig für dich.«

»Fifty-fifty«, sagte Pagan Rath.

»Ira, bitte«, seufzte Esther, »sei nicht so schwierig!«

»Pagan heiß ich«, korrigierte er. »Und das Geschäft lohnt sich nicht für zwanzig Prozent. Vielleicht kriege ich das Geld zusammen, um die Platte pressen zu lassen, aber ich muß auch noch einen Promoter engagieren, einen Agenten und ein paar Leute für die Tourneen. Und ich hab keine Zeit, rumzualbern, Esther, denn eins weiß ich sicher: Ich bin geeicht auf die Unsterblichkeit, und das Geld von deinen Großeltern kann mir weiterhelfen. Du bist zwar meine älteste Freundin, Mädchen« – Pagan zuckte die Achseln – »aber wenn's Schicksal ruft, geht's Geschäft vor. Also fünfzig Prozent!«

Es war fast Essenszeit, und die beiden wurden im Haupthaus erwartet. Esther hatte kaum eine Wahl; wenn Ira nicht mitmachte, wußte sie nicht weiter. Also versprach sie ihm, was er verlangte, und rief ein Taxi an, das sie vom Seestern abholte. Während der Fahrt überredete sie Pagan, sich zu kämmen und seine Sicherheitsnadel und die abgetragene Fliegerjacke zurückzulassen. Die wären gut aufgehoben, versicherte sie ihm, unter dem Rhododendronbusch am Tor des Hofes.

Als sie aus dem Taxi stiegen, bevor sie zum Tor gingen, sprach Pagan Rath von seinem Musikerleben; er prahlte mit Mundverkehr und Kokain und legte einen Arm um Esther. »Hör mal«, sagte er, »vielleicht können wir's nach dem Essen mal angehn lassen.«

Esther die Schwarze zog die Stirn kraus. »Wovon redest du?« »Weißt du schon!« Pagan lächelte. »Liebe!«

»Ach Ira!« sagte Esther, als sie den Kopf ans Fenster lehnte, »sei doch nicht albern! Geschäft geht vor.«

Pagan Rath streckte die Hände hoch. »Na schön!« sagte er. »Aber du wirst mich eines Tages noch anbetteln um ein bißchen Liebe, und da wirst du nicht die erste sein.«

Esther die Schwarze bezahlte das Taxi und sah zu, wie Pagan seine Punkerkleidung im Gebüsch versteckte. Jetzt, wo es fast soweit war, daß sie ihren Plan ausführen konnte, hatte Esther Angst. Sie fragte sich, wo sie eigentlich hin sollte, wenn sie erst ihre Eltern vom Hofe gerettet hätte, wenn sie erst frei wäre. Und als sie auf dem Gartenweg zum Haus ihrer Großeltern ging, versuchte sie sich davon zu überzeugen, daß ihre Befürchtungen allesamt grundlos seien. War sie doch denselben Weg schon tausendmal gegangen, hatte sie doch zeitlebens jeden Abend am Tisch ihrer Großeltern gesessen, und war ihr Plan, sie zu täuschen, doch narrensicher! Ehe sie sich's versah, würde sie zum letzten Male zum Tor hinausgehn. Es gab gar nichts, wovor sie Angst haben mußte. Und dennoch, als sie die Stufen zu der großen, hölzernen Veranda hinaufstieg, mußte Esther die Schwarze heftig schlucken; und es war nicht um irgendeiner Täuschung willen, daß sie Pagan fragte, ob sie ihn bei der Hand halten dürfe.

3

An diesem Abend, als Esther die Weiße das Freitagsmahl kochte, als sie den Lachs mit Zitronensaft, Schalotten und Petersilie zubereitete, schaute sie aus dem Küchenfenster und sah Mischa im Gespräch mit seinem Bruder, dem Zwerg. Mischas Arm langte abwärts um Maxens Schultern, und der Zwerg sprach mit vielen wütenden Gesten. Und als Esther die Weiße den Lachs in den Ofen schob, als sie sich an die kalte, ungekochte Zitronenmousse machte, am Spülbecken die Zitronen aufschnitt und die Sahne in eine braune Holzschale goß, da wurde sie bleich im Gesicht. Sie schaute noch einmal aus dem Fenster.

Dort draußen, wo das Geißblatt die Luft andickte, schwenkte Max eine Hand, deutete auf die Seemauer und den weiten grünen Rasen. Esther die Weiße hielt die leere Sahnetüte in der Hand; sie reckte sich, um besser sehen zu können; sie wünschte, sie könnte Lippen lesen, aber sie konnte nur aus dem Fenster schauen und sich Sorgen machen. Dem Zwerg traute sie nicht; er war ihr Feind, der jahrelang versucht hatte, Mischa zum Verkauf des Hofes zu überreden, des Landes, von dem Esther die Weiße schon immer geträumt hatte, schon vor jener Nacht, als sie ihr Heimatdorf verließ. Früher, in den Jahren vorher hätte sie sicher sein können, daß Mischa nicht auf seinen Bruder hörte; jetzt aber standen ihre Finanzen schlecht, wie niemand besser wußte als Esther die Weiße, die mit Rath, dem Verwalter, genau abrechnete. Jetzt also konnte es sein, daß Mischa nachgab. Jetzt, in der Geißblattluft, konnte es sein, daß er das Ohr dicht zum Munde seines Bruders hinneigte; und Esther die Weiße hatte Max nie getraut, sie hatte es nie bedauert, ihn an den Zirkus verkauft zu haben.

Max hatte seinerseits Mischa und Esther der Weißen nicht lange nachgetrauert. Im ersten Jahr war er mit dem Zirkus nach Spanien, Finnland, Dänemark und Holland gereist. Freude hatte er an der Vorstellung der Künstler, bei der er auf einem tragbaren hölzernen Podest neben dem Zirkusdirektor Solo, dem Tätowierten, und neben Thea stand, einer Frau aus München, die singen konnte wie ein Engel und behaart war wie ein Bär.

Max schlug vor, den Windhunden jede Woche ein bißchen mehr Fleisch zu geben, damit sie nicht mehr ganz so bissig wären. Er hatte viele Anregungen für den Zirkus, die Solo bei Julius, dem Besitzer, als seine eigenen Ideen vorbrachte. Max gewöhnte sich an, in jeder Stadt, wo sich der Zirkus aufhielt, ins Kino zu gehen, und besonders gut gefielen ihm die Filme mit Fred Astaire. Er verbesserte die Tanzschritte, die er von Madame Laverne in Marseille gelernt hatte, und brachte sich selbst das Stepptanzen bei. Nicht lange, so war er eine der größten Attraktionen, die sein Zirkus zu bieten hatte. Binnen eines Jahres hatte er völlig vergessen, wie Esther die Weiße aussah; ohnehin hatte er sich aus ihr nie viel gemacht.

In kurzer Zeit brachte Max sich auch die Buchführung bei, und nun wurde er unentbehrlich für Solo, den Direktor, der sich nur ungern mit den Büchern abgab und lieber seine Tage in einer Wolke von Opium hinbrachte. Das Publikum liebte Max und seine verwegenen Stepptänze zu neuen amerikanischen Melodien. Bei Thea aus München durfte er sich ankuscheln, wenn der Zirkus mit der Bahn von Stadt zu Stadt fuhr, und so war er fast nie allein. Schlimmstenfalls konnte er immer noch die große Seeschildkröte in ihrem Käfig besuchen. Dort lag er im lieblich duftenden Sägemehl und fütterte sie mit Möhren und Körnern. Er flüsterte und sang ihr etwas vor und ruhte unter ihren Schwimmhäuten; er nannte sie Miriam. Im Schutz von Miriams ledrigen, grünen Armen, unter ihren grauen Adern fühlte sich Max behaglich und zufrieden. Er streichelte ihr den gepanzerten Rücken, sprach von seinen geschlechtlichen Begierden und flüsterte von seiner Eifersucht auf Solo, der den Zwerg ohne Lob und Anerkennung zur Arbeit antrieb und freundliche Worte nur für die Damen hatte, die sich mit Seufzerschnelle in ihn verliebten.

Eben noch rechtzeitig entdeckte der Zirkusbesitzer Julius, daß Solo die Ursache seiner Geldsorgen war. Der Tätowierte hatte ein Drittel der Gewinne in die eigenen Taschen gleiten lassen; er brauchte Geld, Gold und Juwelen, um sein Opium zu bezahlen und um den Frauen Eindruck zu machen, die ihn überall, wo er hinkam, ins Bett begleiteten. Max war sprachlos, als er von Solos Betrügereien erfuhr; für ihn war der Direktor so etwas wie ein Held gewesen, denn was Solo von Brüsten und Schenkeln zu erzählen wußte, hatte Maxens Phantasie beflügelt. Solo rühmte sich der Erzeugerschaft an mindestens zwei Dutzend Kindern, doch waren es sicherlich mehr, denn auch über Deutschland und Frankreich war er nicht spurlos hinweggegangen.

Und als nun Julius seinen Direktor als Dieb entlarvt hatte und der Tätowierte mit mehreren tausend Dollar Einnahmen und einem Paar silberner Salzstreuer, die Julius' Mutter gehört hatten, in Südspanien verschwand, da war Max überzeugt, der Zirkus werde sich auflösen, und er säße auf der Straße, ohne Beruf und ohne Zuhause. Aber seine Verzweiflung wich, als ihm Julius den Posten des Zirkusdirektors antrug. Die finanziellen Nöte verringerten sich, und die Truppe gewann einen bescheidenen, aber sich ausbreitenden Ruf. Nach einigen Jahren wurde Max Teilhaber. Julius konnte sich bald nicht mehr vorstellen, wie er jemals ohne den Zwerg hatte auskommen können, und er segnete den Tag, an dem Solo verschwunden war.

Und so hatte Max nicht mehr viel Zeit zum Stepptanzen; er versah nun das Geschäftliche. Um seine eigene Tanznummer zu ersetzen, kaufte er einem trostlosen Paar in Ungarn dessen winzige Tochter Jenna ab und gab ihr persönlich Tanzunterricht. Und doch behielt Max seinen Hang zur Einsamkeit; er verbrachte ganze Stunden in Miriams Käfig. Nachdem er den ganzen Tag über den Abrechnungen und Quittungen gesessen hatte, beeilte er sich zu Miriam zu kommen, wo er Zigarren rauchte und den Himmel beschaute. Leckereien aß er nun soviel er nur mochte – Schokoladenkirschen und Melassegebäck. Seine kleinen Anzüge wurden ihm aus Leinen, Seide und feiner Wolle geschneidert. Die ganze Truppe achtete ihn, und Julius nannte ihn »Jungchen«. Trotzdem war er unglücklich.

Sein Herzenskummer war, daß er zu einer Zeit in seinem Leben, als er schon seit fast fünfzehn Jahren dem Zirkus diente, noch nie eine Frau gehabt hatte. Er vermißte Solos Geschichten von Liebe und Leidenschaft; er fürchtete, sein Leben werde hingehen, ohne daß er jemals sein Blut aufwallen spürte. Er fing an im Publikum herumzugehen, auf der Suche nach einer, in die er sich verlieben könnte.

Julius schüttelte den Kopf. »So macht man es nicht«, erklärte der Zirkusbesitzer seinem Juniorpartner. »Auf diese Weise findest du nie eine Frau.«

Aber in den Vororten von Wien, wo der Zirkus auf einem großen, runden Dorfanger seine Käfige und Zelte aufgebaut hatte, sah er Lisa. Im Handumdrehen war er verliebt.

Lisa war etliche Jahre jünger als Max; sie war eben erst fünfundzwanzig. Sie hatte lange Beine, Beine wie eine Tänzerin. Als Max sie schließlich ansprach, nach stundenlanger Selbsterforschung auf dem Boden des Schildkrötenkäfigs, da reichte sein Scheitel Lisa bis zum Gürtel. Er fragte sie, ob sie Tänzerin sei, womit er Lisa verblüffte, denn ebendies wäre sie gern gewesen. Max machte keine Umschweife und verlor keine Zeit; er gestand Lisa, daß er sie für die schönste Frau hielt, die er je gesehen hatte. Gewiß, er war ein Zwerg, aber er hatte ganz Europa bereist, und sein Lächeln hatte er von dem Tätowierten gelernt. Lisa war geschmeichelt. Als sie an diesem Abend zusammen aßen, gab es Kalbsleber mit Zwiebeln. In der Woche darauf schickte er ihr Veilchen und Opale. Am Tage, als die Truppe aus dem Dorf abreiste, machte er ihr ein Angebot: Sie sollte als Tänzerin mit dem Zirkus reisen. Lisa nahm an. Ein paar Monate später, in einem bayrischen Städtchen, das Maxen besonders niederdrückte, weil es ihn irgendwie an seinen Heimatflecken erinnerte, wurden die beiden getraut.

Max verlor alle Anzeichen seiner Niedergeschlagenheit. Er ging kaum mehr in den Schildkrötenkäfig, es sei denn, um sich ins Sägemehl zu legen und Hymnen auf Lisa zu singen. So oft sprach er von Lisas Augen, die angeblich wie zwei Brombeeren waren, daß die Schildkröte schließlich gelangweilt und angewidert beiseite kroch. Max war selig. Lisa jedoch war niedergeschmettert; Julius fand ihre Tanzkünste ungeeignet für den Zirkus.

»Sie will schön tanzen«, sagte Julius flüsternd zu Lisas Gatten. »Wenn die Leute etwas Schönes sehen wollen, kommen sie nicht zu uns. Wegen einer Schönheit geht man nicht in den Zirkus.«

Um Lisa aufzumuntern, bereiteten Max und Julius eine Amerika-Tournee vor. Jeden Abend, bevor Max den Liebesbeweis erbrachte, sagte er Lisa die Namen aller amerikanischen Städte auf, die Julius als Stationen für ihre Tournee ausersehen hatte.

»Minneapolis!« flüsterte er, während er ausführlich ihre Knie, dann ihr Schenkelpaar küßte. »Pittsburgh, Philadelphia, Trenton, New Jersey!«

Die Amerika-Tournee wurde kein großer Erfolg, aber auch kein Reinfall. Auf der Überfahrt erfror einer der

Windhunde, doch kaum war das Schiff in Boston vor Anker gegangen, da engagierte Julius einen jugoslawischen Matrosen, der jonglieren konnte, und damit waren alle Verluste aufgewogen. Lisa heiterte sich auf; das Reisen auf den vierspurigen Autobahnen im gelben Lastwagen der Truppe gefiel ihr, und als sie nach Miami kamen, kniff sie Maxen in die Nase, küßte ihn und seufzte. Für Lisa war Miami der Himmel auf Erden, aber der Zirkus konnte nicht lange dort bleiben; hatte man doch in Amerika noch kaum den Boden berührt. Das Erstaunliche an dieser Tournee war ihre Länge. Nach mehreren Jahren schien es immer noch, daß sie kaum ein Drittel des Landes besucht hatten. Also zogen sie weiter, spielten in den großen und in den kleinen Städten, grasten den Südosten und den Mittelwesten ab. Als sie sich auf den Weg nach Nordosten machten, begann Max, die Zeitungen zu lesen, in der Hoffnung, sein Englisch aufzupolieren, damit er Lisa in den Restaurants nicht mehr in Verlegenheit brächte. An einem Donnerstag, während sie im Lastwagen durch New Jersey fuhren, las er eine Nummer der *New York Times,* die ihm die Muskeldame geliehen hatte. Eine kleine Annonce auf der Immobilienseite beschrieb den Hof, und dabei stand schwarz auf weiß und in Englisch der Name, den sich die Brüder einst in ihrem Stall in Marseille von Esther der Weißen hatten geben lassen.

»Mein Bruder muß Millionär sein. Hier steht, er hat eine eigene Wohnungsbaugesellschaft. Er *ist* Millionär«, flüsterte Max mit heißem Atem Lisa zu, als der Zirkus auf der Suche nach einem Lagerplatz über die Autobahn von New Jersey fuhr. Die beiden begannen ein konspiratives Flüstergespräch, obwohl einzig der jugoslawische Jongleur sie hätte hören können.

»Sind wir schon in Amerika?« fragte der Jongleur auf Jugoslawisch, eine Sprache, die niemand in der Truppe verstand.

Als sie im südlichen Jersey ihre Zelte aufschlugen, rief Julius aus: »Wo sind wir hier? Ist das Sumpf? Treibsand?«

Max ging zu seinem Partner. »Ich steige aus, alter Freund! Ich ziehe mich vom Geschäft zurück.«

»Aber hör doch!« wollte Julius den Zwerg besänftigen. »So schlimm ist es doch nicht. Wir bleiben nur noch eine Woche in New Jersey. Die stehen wir schon durch!«

»Nein, nein. New Jersey stört mich gar nicht. Ich habe festgestellt, daß ich einen Bruder hier habe.« Julius winkte ab. »Einen reichen Bruder!« fuhr Max fort. »Und ich bleibe in Amerika.«

Lisa redete Max zu, dem Zirkus den Rücken zu kehren. Und als sie erfuhr, mit welcher Herzlosigkeit Max von Esther verkauft worden war, da rief sie aus, Max solle sich nur jeden Cent, jedes Stück Leinen, Schmuck und Silberzeug, das er irgend bekommen könne, von seinem Bruder holen. Sie war vom Zirkusdasein ehrlich enttäuscht und meinte, daß es ihnen beiden viel besser gehn könnte, jetzt, wo sie von dem überströmenden Reichtum Amerikas so viel gesehen hatten. Julius händigte Max die Hälfte ihrer gemeinsamen Ersparnisse aus, und die beiden Partner drückten sich feierlich die Hand. Ein letztes Mal ging der Zwerg am Käfig der Seeschildkröte vorbei. Tränen standen ihm in den Augen, aber seit er verheiratet war, hatte ihre Beziehung sich zu einer bloßen Erinnerung verflüchtigt, und die Seeschildkröte wandte kaum ein altes, gelbes Auge zu ihm hin, als vor ihrem Käfig das Taxi hielt, das Max und Lisa abholte.

Max floß nicht gerade über vor Familiensinn, und an seine Kindheit erinnerte er sich kaum mehr; aber von den Jahren des Tanzens und vom vielen Reisen begannen ihm die Füße zu schmerzen, und er wußte, daß Lisa unzufrieden war.

Als das Taxi an der Veranda des Haupthauses vorfuhr, saß die Familie gerade beim Tee. Esther die Schwarze war erst ein paar Tage alt; ihre Wiege schaukelte von alleine im Wind. Als Esther die Weiße die Gestalt des kleinen Männleins im Taxi sah, war ihr, als würde sie ohnmächtig. Sie trat zu Mischa und legte ihm eine Hand auf den Arm.

»Besuch?« fragte Rose.

»Nein«, sagte Esther. »Kein Besuch.«

Auf dem Sandweg stand jemand, der Rose und Phillip wie ein zehnjähriger Junge erschien. Hinter ihm kam eine große blonde Frau mit einer riesigen ledernen Handtasche. Der Taxifahrer begann, Kisten und Koffer abzuladen.

»Stellt euch vor!« sagte Phillip mit Entzücken, »das ist gar keine Junge, das ist ein Zwerg.«

Als Max mit viel Mühe die Stufen heraufkam, begann Esther die Schwarze in ihrer Wiege zu schreien. Der Zwerg hatte sich nicht sehr verändert; darum war es Mischa, als träume er vielleicht nur, daß sein Bruder, das Baby, die Treppe zu seinem Hause heraufkäme, in einem dreiteiligen himmelblauen Anzug. Denn Mischa hatte ein Vierteljahrhundert lang von seinem Bruder geträumt. Niemand anders als das Baby war Mischa getreulich jede Nacht erschienen und hatte ihn in Geschäfts- und Herzensdingen beraten. Manchmal, meistens gegen drei oder vier Uhr morgens trat Max, in eine kleine, imaginäre Daunendecke gehüllt, ans Fußende von Mischas Bett und nannte seinen Bruder vertraulich Hund, Verräter und Schmeißfliege. Mischa zwinkerte mit seinen großen gelbbraunen Augen, denn der Bruder seiner Träume stand vor ihm. Er war sprachlos. Nicht so Esther die Weiße. Sie war wütend, daß Max sie gefunden hatte. Sie hatte dem Zwerg geholfen, aus ihrem Heimatdorf zu entkommen, sie hatte einen Beruf für ihn gefunden, und dafür erwartete sie nun, daß er sie und Mischa in Frieden ließ, frei vom Vergangenen.

»Was bildest du dir ein, was du hier machst?« sagte sie

zu Max, als er Esther die Schwarze in ihrer Wiege betrachtete.

Max kicherte; er beugte sich über das schreiende Kind und streichelte ihm die kleine Stirn. Dann ging er zu Mischa, streckte ihm die kleine Hand hin und sagte: »Lassen wir das Vergangene vergangen sein!«

Mischa war sprachlos, aber er nickte zustimmend und umarmte den Zwerg so stürmisch, daß er ihn vom Boden abhob und ihn herumwirbelte.

Mischa und Max umarmten sich weiter, Lisa ließ ihre schwere Handtasche auf die Veranda plumpsen, und Phillip lief ins Wohnzimmer, eine Flasche Sherry holen, um die Ankunft seines unbekannten Onkels zu feiern. Nur Esther die Weiße blieb still; sie saß schwer in ihrem Korbstuhl und legte eine Hand auf die Wiege mit Esther der Schwarzen. Sie schaukelte die hölzerne Wiege so heftig, daß sie fast von der Veranda gestürzt und das Kind hinausgefallen wäre. Die Ankunft des Zwerges erschien Esther der Weißen damals als ein schlechtes Omen: Wenn die Vergangenheit sie so leicht aufspüren konnte, dann war alles möglich, und die Erde selbst mochte sich auftun.

Und jetzt, als sie die Brüder beobachtete, wie sie verschwörerisch an der Seemauer standen, wußte sie, daß sie recht gehabt hatte. Nichts Gutes konnte aus diesem Bunde zwischen Max und ihrem Mann entstehen. Esther die Weiße zuckte die Achseln. Mögen die beiden tun, was sie wollen, dachte sie, solange sie von mir nichts wollen. Solange sie mich und meinen Hof in Frieden lassen. Aber sie bezweifelte, daß Max je vergessen könnte, daß sie es gewesen war, die ihn an den Zirkus verkauft hatte, und daß Mischa seine Mitschuld vergessen könnte; und plötzlich, während sie Zitrone, Gelatine und Sahne in einen Mischbecher goß, kam sie sich ohnmächtig vor. Vielleicht hatte sie Mischa nie wirklich in ihrer Gewalt gehabt; vielleicht war sie schon immer allein gestanden.

Sie beobachtete die Brüder noch eine Weile, bis sie roch, wie der Lachs im Herd anbrannte. Und dann mußte sie sich beeilen, die Pfanne herauszuziehen, ehe das Abendessen völlig ungenießbar wurde. Sie verbrannte sich an der Hand, wenn auch nur ein wenig, und als sie das kalte Wasser über ihre blasse Haut laufen ließ, wäre ihr Händezittern von niemandem zu bemerken gewesen.

4

An diesem Abend erklärte Mischa beim Essen, als die Zitronenmousse gerade aufgetragen war, daß er beschlossen habe, den Ostteil des Hofes zu verkaufen. Nur der Gast Ira »Pagan« Rath löffelte weiter sein Dessert; alle andern kamen zur Ruhe.

»Offen gesagt, ich meine, du solltest den ganzen Hof verkaufen«, rief Max. »Er war von vornherein eine miserable Idee, und ein bißchen Bargeld hätten wir alle nötig.«

»Natürlich«, sagte Mischa zu der versammelten Familie, »hält sich jeder Idiot hier für sachverständig.«

Lisa schaufelte Zucker in Maxens Teetasse, aber der Zwerg schob ihren Arm weg. »Hast du mich eben einen Idioten genannt? Habe ich eben richtig gehört?«

»Mein Gott!« sagte Esther die Weiße so leise, daß es kaum zu hören war.

Mischa achtete nicht auf seine Frau; es war freilich leichter, mit seinem Bruder zu streiten, als Esther der Weißen eine Erklärung zu geben. Noch nie zuvor hatte er einen wichtigen Beschluß gefaßt, ohne sie zu fragen, und er hätte es auch jetzt nicht getan, hätte nicht sein Vermögensverwalter Solomon Rath ihn gezwungen. »Hat er gehört, was ich gesagt habe, oder ist er taub?« sagte Mischa zu Lisa, als ob sie für den Zwerg dolmetschen müßte.

Esther die Schwarze, die sich diesen Abend so genau überlegt hatte, an dem sie Ira Rath in den Mittelpunkt stellen und um das Geld für ihre Aussteuer bitten wollte, begriff nun, daß die Anwesenheit ihres Verlobten von allen vergessen war. Pagan selbst schien von der ganzen Aufregung nichts zu bemerken; er wandte sich Cohen zu und fragte, ob er sein Dessert haben könne. Der Landschaftsgärtner antwortete nur mit einer ungeduldigen Armbewegung; er beobachtete Esther die Weiße und hatte keine Zeit, mit dem Sohn des Vermögensverwalters zu reden.

In der Mitte des Tisches stand eine Vase mit weißen Rosen und hohen, blassen Margeriten. Max konnte nicht über die Vase hinwegsehen. »Moment mal!« rief er seinem Bruder zu. »Wenn du mit mir reden willst, dann nimm die Blumen weg!« Er hob seine dünne Stimme. »Nimm die Blumen weg!«

»Esther!« sagte Rose, und Esther die Schwarze stand auf, nahm die Vase vom Tisch und stellte sie aufs Likörschränkchen.

»Ich sehe dich gern an, wenn ich mit dir rede«, sagte Max. Die Brüder starrten sich an. »So«, sagte Max schließlich, »jetzt sag du mir bloß mal ins Gesicht, daß ich nicht deine wohlverstandenen Interessen im Sinn habe. Ich bin ganz einig mit Solomon Rath – es ist der richtige Zeitpunkt, um zu verkaufen. Meiner Meinung nach, wenn du schlau bist, läßt du Rath jetzt gleich alles verkaufen.«

Mischa hatte zu spät erkannt, daß er die Verfügung über den Familienbesitz verloren hatte. Die Entscheidung, ein großes Stück des Hofes an Sam Gardner zu verkaufen, den Bauunternehmer, der St. Fredrics mit billigen Wohnsiedlungen umringte, hatte Solomon Rath getroffen. Rath hatte nicht einmal mehr Mischas Unterschrift einholen müssen. Esther der Weißen, die am Tisch saß und die Zitronenmousse unberührt von sich wegschob, mußte man nicht erst sagen, daß Mischa eine so folgenreiche Entscheidung niemals ohne sie getroffen hätte. Sie setzte ein Glas Wasser an, konnte aber nicht schlucken. Ihr Leben lang hatte sie sich einen Platz gewünscht, der ihr gehörte, und nun sollte sie ein Stück davon verlieren, vielleicht alles. Niemanden traf ein Vorwurf; sie hielt es nicht für nötig, auch nur einen Blick gegen Mischa zu erheben. Niemanden traf ein Vorwurf, bis auf Esther die Weiße selbst – denn niemand anders als sie hatte Solomon Rath zu der Vollmacht verholfen.

Als Max auf den Hof gekommen war, hatte Esther die Weiße Angst bekommen. Sie dachte sich, daß der Zwerg womöglich die Hälfte von ihrem ganzen Besitz verlangen würde – sie dachte sich, daß Mischa womöglich einwilligen würde, um die Jahre gutzumachen, in denen Max mit dem Zirkus herumgereist war. Und daher hatte sich Esther die Weiße auf einen Handel mit Solomon Rath eingelassen.

Sie hatte Solomon Rath in seinem Büro aufgesucht, wie schon immer; Mischa überließ ihr die finanziellen Angelegenheiten, denn er selbst hatte seit dem Mißerfolg mit dem Hofe keinen Sinn mehr für Geschäfte. In Raths Büro war an diesem Tag die Klimaanlage eingeschaltet; Eis bildete sich am Fenster, während die Madison Avenue draußen vor Hitze dampfte. Esther die Weiße sprach gleich ihre Befürchtung aus, daß Max versuchen könnte, die Verfügung über den Familienbesitz zu erlangen; sie beachtete den Teller mit Rugulatsch nicht, den Raths Sekretärin neben sie hinstellte.

»Na!« hatte Rath gesagt, »das haben wir gar nicht gern. Nein! Hüten wir uns vor Schnorrern und verschollenen Verwandten!« Er langte nach dem Gebäck; Krümel klebten in seinen Mundwinkeln.

»Mein Mann ist naiv«, sagte Esther die Weiße. »Mein Mann ist vertrauensselig. Ich, ich weiß, daß jeder an sich denken muß, und ich möchte die Verfügung über den Besitz haben.«

Rath schlug sich an die Stirn. »Nicht dumm!« sagte er.

»Aber ich will nicht, daß Mischa auf dumme Gedanken kommt«, hatte Esther die Weiße gesagt. »Er soll nicht denken, daß ich ihm nicht traue.«

»Natürlich!« hatte Rath gesagt. »Was wäre sonst der Zweck einer Ehe?« Er ging dreimal um seinen Schreibtisch. Und dann blieb er regungslos auf dem beigefarbenen Orientteppich stehen. »Natürlich!« sagte er. »Was Sie brauchen, ist ein Bevollmächtigter. Jemand, der über alles Bescheid weiß – der juristisch für alle Geschäftsabschlüsse und Gewinne verantwortlich ist – der aber auch weiß, wem er die Gewinne aushändigt – nämlich Ihnen.«

»Ja.« Esther die Weiße lächelte und ließ sich von Rath eine Isoliertasse mit schwarzem, dampfendem Tee geben. »Solomon Rath, und dieser Mann sind Sie.«

Die nötigen Papiere wurden gleich am selben Nachmittag aufgesetzt. Und als Esther die Schwarze auf den Hof zurückkam, stieg sie so schnell vom Rücksitz des Cadillacs, daß Cohen nicht einmal mehr den Kopf nach ihr umwenden konnte.

»Mischa«, sagte sie, als sie zur Haustür hereinkam, »unterschreib mal hier!« Esther die Weiße gab ihm juristische Formulare in dreifacher Ausfertigung, dann setzte sie sich auf die Samtcouch.

Mischa zog einen silbernen Füllhalter aus der Westentasche. »Esther«, sagte er, während er unterschrieb, »ist das schon wieder eine von Raths schlechten Investitionen? Wieder ein Chemiewerk?«

»Nein!« sagte Esther die Weiße und hielt sich selbst für die perfekte, vorsorgende Ehefrau. »Eine Versicherung. Versicherung gegen Diebe.«

Aber bald darauf merkte Esther die Weiße, daß Solomon Rath nicht auf ihrer Seite stand; der Vermögensverwalter dachte an sich.

»Sie müssen verstehen«, erklärte ihr Rath bei der nächsten Zusammenkunft, als sich Esther die Weiße über einen nicht eingelösten Scheck beschwerte, »daß ich sehr sorgfältig darauf achten muß, wieviel Sie ausgeben. Ich muß Investitionen machen. Für Sie und Mischa wäre es besser, Sie bekämen einen festen monatlichen Betrag.«

»Was für Investitionen?« hatte Esther die Weiße gefragt.

»Esther!« seufzte Solomon Rath. »Was verstehen Sie von Geschäften? Überlassen Sie alles nur mir!«

»Und wenn ich nein sage?« fragte Esther die Weiße.

Solomon Rath öffnete weit seine großen Hände und zuckte die Achseln. »Dann muß ich leider darauf bestehen«, hatte er gesagt.

Aber Esther die Weiße hatte nie geglaubt, daß Rath den Hof verkaufen würde, schon gar nicht an Gardner, einen Mann, der Wohnsiedlungen plante, in denen jeder Baum entwurzelt wurde; Bulldozer würden jede Bodenwelle einebnen.

»Mutter«, rief Esther die Schwarze, denn sie hatte keine Zeit zu verlieren – der Hof zerbröckelte, und sie mußte nun zum Zuge kommen, wenn sie das Geld einstreichen wollte, das sie zur Flucht brauchte. »Hast du gewußt, daß Ira sich mächtig für Musik interessiert?«

Pagan Rath nickte, während er seine Zitronenmousse auslöffelte.

Rose hatte allerhand zu verlieren, vielleicht auch etwas zu gewinnen, und ihre Aufmerksamkeit konzentrierte sich auf die Brüder. »Nett!« sagte sie geistesabwesend zu Esther der Schwarzen.

»Wenn wir ehrlich gegeneinander sein wollen«, sagte Max nun, »mußt du zugeben, daß ich moralisch und auch rechtlich einen Anspruch auf die Hälfte dessen habe, was der Verkauf des Ostteils bringen wird.«

»Du bist Gast hier«, sagte Mischa.

Max war zuversichtlich und ein wenig arrogant; er hatte Fett angesetzt in den zwanzig Jahren, die er im größten

Haus auf dem Hofe wie ein Gast versorgt worden war. Also sprach er nun endlich einmal von dem Vergangenen, das ihn schon immer geärgert hatte. »Wer hat mich in den Dschungel hinausgestoßen?« sagte er. »Wer hat mich den Bestien vorgeworfen, wehrlos wie ich war? Das könnte ich euch fragen, aber natürlich weiß ich schon die Antwort. Ich weiß, wer für mein Elend verantwortlich war.« Er stellte sich auf den samtenen Sitz seines Eßzimmerstuhls. »Du« – er deutete anklagend auf Esther die Weiße – »du bist diejenige!« Max setzte sich wieder hin und beobachtete, ob Esther die Weiße eine Reaktion zeigte. Er steckte sich eine Zigarre an, und der Rauch wand sich in einer dünnen blauen Spirale über den Spiegel an der Eßzimmerwand.

»Max«, sagte Mischa nun mit erweichter Stimme, »laß das Vergangne vergangen sein!«

Bisher hatte Esther die Weiße Maxens Anklage nicht beachtet; war ihr doch damals nicht viel anderes übriggeblieben, als sie Maxen bei der Hand genommen und zu den Docks gebracht hatte, wo der Zirkus stand. Und wenn es darum ginge, nach New York zu kommen, den Hof zu kaufen und von ihrem Fenster aus den grünen Steinstrand zu sehen, so würde sie es wieder tun. Ohne zu zögern, würde sie ihn wieder an den Zirkus verkaufen.

»Dann hör mir mal zu!« sagte Max zu Mischa. »Hör, was ich dir sag, und geh noch weiter als Solomon Rath! Wir machen den doppelten Gewinn, wenn wir gleich alles verkaufen. Die Häuser, alle Strandrechte. Mit Esther der Weißen bin ich nie ausgekommen, soviel ist richtig: Zwischen uns steht eine Vergangenheit. Wir könnten uns trennen. Fort Lauderdale, Miami, Los Angeles – jeder geht, wohin er will.«

»Ich möchte bloß gern mal sagen«, sagte Esther die Schwarze, »daß Ira und ich heiraten wollen.«

»Erst verkaufst du die Häuser, Strandlage mit Blick

aufs Wasser. Dann legst du den Hafen trocken und verkaufst noch mehr Häuser, Strandlage mit Blick aufs Wasser«, sagte Max träumerisch.

Rose brachte ihre Tochter zum Schweigen. »Das wissen wir ja alle, daß du Ira irgendwann heiratest.«

»Aber gleich jetzt!« beharrte Esther die Weiße, während sie überlegte, wie es Phillip wohl aufnehmen würde, wenn er erfuhr, daß man den Hafen, den er liebte, trokkenlegen könnte, damit neue Häuser unter der Seemauer Platz hätten. »Nächsten Monat!« rief Esther die Schwarze, »wir haben einen Termin festgesetzt.«

Rose erstrahlte. »Hast du das gehört, Mutter?« sagte sie zu Esther der Weißen. »Sie haben's offiziell gemacht.« Sie klatschte in die Hände. »Jetzt müssen wir über die Hochzeit reden.«

»Wen kümmert eure verdammte Hochzeit?« sagte Mischa.

»Aber die Kapellen müssen bestellt werden und ein Saal und die Blumen«, sagte Rose. Und während ihre Mutter sich ereiferte, blickte Esther sich am Tisch um und begriff, daß sie ihren Plan vergessen konnte – das Geld für die Aussteuer, von dem sie geträumt hatte und von dem sie die Flugkarten bezahlen wollte, schien nun unerreichbar.

»Rose«, sagte Esther die Weiße langsam, wie wenn sie zu einem Kinde spräche, »das ist jetzt nicht die Zeit.«

»Verdammt recht hast du, das ist allerdings nicht die Zeit«, brüllte Mischa. »Und ich bin mir gar nicht so sicher, daß ich diese Heirat überhaupt gestatte.« Esther die Schwarze bekam große Augen; hatte sie doch immer geglaubt, dies sei das Einzige, was die Familie von ihr verlangte – eine gute, gesicherte Ehe mit dem Sohn des Vermögensverwalters. »Wenn du einen nennen willst, der Leute in den Dschungel hinausstößt, dann kannst du Solomon Rath nennen.«

»Tatsache?« fragte Pagan Rath.

»Wenn du wissen willst, wer mich bis auf den letzten Cent aussaugt, weil meine Frau ihm alles überschrieben hat, was ich mal besessen habe, dann frag nur deinen Vater!« sagte Mischa zu Pagan. Dann wandte er sich an Esther die Weiße. »Rath hat es mir gesagt, als er mir die Papiere gezeigt hat, die er mit Gardner unterzeichnet hat. Esther!« sagte er, »wie konntest du?«

Esther die Weiße zuckte die Achseln. »Ich hab ihm getraut«, sagte sie.

»Du warst doch immer so helle!« sagte Mischa. »Ich konnte mich doch immer auf dich verlassen!«

Cohen wandte sich plötzlich an Mischa. »Was ist mit den Fischern?« fragte er.

»Zum Teufel mit denen!« sagte Max.

»Sollen sie einen anderen Strand versauen!« pflichtete Mischa bei.

»Sie sollen einfach verschwinden?« sagte Cohen.

»Seit wann interessieren Sie sich so für diese Stranddiebe? Seit wann ist das Ihre Sache?« schimpfte Mischa.

Cohen schob seinen Stuhl vom Tisch weg. »Ich bin der Wächter«, sagte er.

»Und weil Sie als Wächter nie berühmt gewesen sind, können Sie dankbar sein«, sagte Mischa.

Cohen war nun aufgestanden; seine Hände waren geballt, die Knöchel schneeweiß. Was dachten diese Brüder, wer sie seien, daß sie fast dreißig Leute vertreiben könnten und Esther die Weiße so unglücklich machen, daß sie, ohne die Lider zu bewegen, auf die blanke Tischplatte starrte? »Sie überlegen sich besser genau«, sagte Cohen, »was passieren wird, wenn die Fischer davon hören. Ich werde nicht verantwortlich sein.« Er hob die Hände in die Luft. »Ich werde nicht verantwortlich sein«, versprach er.

Cohen drehte sich um, und als er aus dem Zimmer ging,

rief Mischa ihm nach: »Warum sollten Sie auch auf einmal für etwas verantwortlich sein? Wenn Sie als Wächter Ihre Pflicht getan hätten, wären die Fischer seit Jahren fort.«

Cohen drehte sich nicht um und gab keine Antwort, aber er wünschte sich, daß er nicht so alt, daß er ein Held wäre, daß er die Fischer und Esther die Weiße retten und die Brüder von der Seemauer herab verlachen könnte.

»Diese Pflaume!« sagte Mischa, nachdem Cohen aus dem Zimmer war. »Was denkt der, wer er ist?«

Esther die Schwarze schaute in ihre Kaffeetasse, als ob sie etwas darin zu finden hoffte, das über dem Zucker und der Sahne schwämme. Geld gäbe es keines, ihre Flucht fände nicht statt, das Ostgelände ginge verloren und ebenso der grüne Steinstrand, den Phillip liebte. Sie schluckte, dann sagte sie: »Was wird aus meinem Vater? Was denkt ihr, was er tun wird, wenn er erfährt, daß ihr so viel Land verkauft habe, daß neue Häuser vor den Strand kommen?«

»Wird er sich mit abfinden müssen. Seine Wasserschluckerei wird er vergessen müssen«, sagte Mischa.

Esther die Weiße hob die Augen. »Und wenn er nicht vergessen kann?« sagte sie.

Esther die Schwarze sah über den Tisch. Die Augen ihrer Großmutter waren wäßrig; das Tuch, das lose um ihre Schultern gelegen war, hatte sie sich um den Kopf geschlagen. Ihre hellen, scharfumrandeten Augen blickten wie die Augen einer Zigeunerin oder eines Gespenstes.

»Wir müssen an Phillip denken«, sagte Esther die Weiße, »daran, wie er es aufnehmen wird.«

Esther die Schwarze dachte, wenn sie noch länger über den Tisch hinweg diese Frau anschaute, nach der sie ihren Namen hatte, diese Frau, der sie nie zugetraut hätte, daß sie Phillip verteidigte, so müßte der Kloß aus ihrer Kehle wie ein Frosch auf die weiße Tischdecke hüpfen. Und darum nickte sie, ihrer Großmutter beipflichtend, und schob die Kaffeetasse von sich weg.

»Wir sagen's ihm nicht«, sagte Rose.

»Oh, doch, wir sagen es ihm«, sagte Esther die Weiße und überlegte, ob sie nicht die Tür in der Strandmauer hätte aufschließen sollen, ehe man ihnen die Strandrechte unter den Füßen weg verkaufte.

Pagan Rath lehnte sich über den Tisch und flüsterte Esther der Schwarzen zu: »Heißt das, daß es aus ist mit unsern Plänen?«

Esther die Schwarze nickte. »Bedank dich bei deinem Vater!« sagte sie. »Er hat alles gestohlen. Er macht sich einen Dreck draus, ob mein Vater wegen des Strandverkaufs wieder ins Wasser geht. Dein Vater ist schuld«, sagte sie zu Pagan, als sie hinausging, um ein Taxi zu rufen. »Und wenn du jemals wieder Geld brauchst, komm nicht zu mir oder zu meiner Familie. Hol es dir von deinem Vater, der hat es.«

Pagan stand auf und lächelte. »Na, dankeschön fürs Essen.« sagte er. Aber niemand antwortete; die Familie saß eingemauert in Schweigen, wie zu einem Fries erstarrt. »Die Zitronenmousse war besonders köstlich«, sagte er.

Als Esther die Schwarze hinausging, um Pagan zum Tor zu bringen, stand Mischa auf und trat ans Likörschränkchen. »Was sitzt ihr denn alle so da?« sagte er. »Was haben wir denn, eine Beerdigung? Wir müssen es feiern. Etwas Geld holen wir schon noch aus Raths Verkauf.« Er holte eine Karaffe Apricot Brandy hervor und schenkte fünf Gläschen randvoll. »Auf den Verkauf des Ostteils!« sagte er.

Die anderen hoben die Gläser und stießen mit Mischa an – alle bis auf Esther die Weiße, die geduckt unter ihrem blauen, seidenen Kopftuch dasaß. Sie hörte es nicht einmal, als Mischa sie fragte, ob sie lieber Whisky möchte als den süßen Likör. Sie hörte es nicht, denn sie hatte zu kämpfen; die Füße standen nicht mehr fest auf dem Boden, denn unter den Schuhsohlen spürte Esther die Weiße, wie ihr der Hof entglitt, als ob der Sand in Wirbeln um den Eßzimmertisch wehte.

III Blutstreifen

1 Esther die Schwarze und Cohen hatten nach Mischas Ankündigung die gleiche Eingebung, und so waren sie beide bald unterwegs zum Fischerlager. Bevor aber Cohen sich aufmachte, ging er zuerst in seinen Leuchtturm, um nach dem gestohlenen Jadegehänge und den diamantbesetzten Ohrringen zu suchen; er wollte sie den Fischersleuten geben, damit sie sich gegen die Familie wehren könnten. Er wühlte in verstaubten Regalen und in Schubladen voller Gerümpel, und erst nach einer ganzen Weile fiel ihm ein, daß er das Futter seiner alten Schaffelljacke auftrennen mußte, wo er die Schmuckstücke vor langer Zeit versteckt hatte. Daher kam Esther die Schwarze als erste ins Lager. Sie war so lange nicht mehr dort gewesen, daß sie fast den Weg nicht mehr wußte, und als sie auf die Lichtung trat, fühlte sie sich fremd – doch nichts, kein Sandkorn hatte sich verändert.

Niemand schien sie zu bemerken, niemand blickte auf. Die Fischersmänner flickten ihre Netze oder spielten Karten. Nur die kleinsten Kinder, die Kinder der Frauen, mit denen Esther früher am Steinstrand gespielt hatte, starrten sie an; für sie war Esther eine Fremde. Esther stand im Schatten unter einer großen Kiefer; sie hatte keine Zeit zu verlieren. Wenn das Ostgelände verkauft war, würde das Lager mit Häusern und reinlichen Vorgärtchen bedeckt werden, und die Fischer würden auseinandergetrieben, zum Sozialamt, in billige Wohnungen über der Automatenwäscherei in St. Fredrics. Das einzige, was sie dann noch gemeinsam hätten, wären die schmalen blauen Bänder, die sie um die Stirn trugen. Esther mochte der Familie nicht angehören, die den Fischern solches antun, die ein Papier unterzeichnen würde, nach dem jeder Baum, auch der, unter dem sie nun stand, dem Boden gleichgemacht werden konnte.

Und sie fragte sich, ob sie auch wirklich auf alles gefaßt war, was Phillip tun mochte, wenn er erfuhr, daß der

Strand verkauft war. Obwohl Esther die Schwarze sich immer einen Schlüssel für die Seemauer gewünscht hatte, wollte sie doch nicht, wenn sie über die Steine stieg, die Fußspur ihres Vaters im Sande finden; sie wollte nicht, daß er sich ertränkte. Und so suchte sie nach Terry, obwohl er ihr nicht getraut hatte, als er ihr Geliebter gewesen war, und ihr vermutlich um so weniger jetzt trauen würde. Sie klopfte an die Schirmtür seines Wohnwagens; der Tisch drinnen war mit Angelhaken übersät. Esther der Schwarzen war zum Heulen, aber für dergleichen hatte sie keine Zeit. Als Terrys Frau auf ihr Klopfen öffnete, ging sie gleich hinein, ohne zu wissen, ob sie überhaupt ein Wort herausbringen könnte.

»Hör zu!« sagte Esther und achtete nicht auf Terry, der anfing, ihr seine Frau vorzustellen, mit langsamen, bedächtigen Worten, um Esther von vornherein wissen zu lassen, daß zwischen ihnen beiden nie wieder etwas sein könne. »Es gibt Probleme«, sagte sie zu ihm. »Meine Familie hat gerade diesen Teil des Hofes verkauft.«

Terry sah seine Frau an und dann wieder Esther. »So?« sagte er und öffnete beide Handflächen. »Was geht es uns an, wer der Besitzer ist? Ob deine Familie oder eine andere?«

Uns, dachte Esther die Weiße; er zieht gleich einen Trennstrich zwischen mir und allen Fischersleuten. »Diesmal ist es etwas anderes«, sagte sie. »Diesmal ist es an eine Landerschließungsfirma verkauft worden, an Sam Gardner. Der pflügt alles um. Ihr werdet hier nicht bleiben können, wenn ihr nichts dagegen tut.«

»Versuchen wird er's«, lachte Terry und zupfte an seinem blauen Stirnband, seinem Talisman, seinem Glück.

»Er wird's versuchen«, beharrte Esther die Schwarze.

»Esther die Schwarze«, sagte Terry und bot ihr eine Tasse Kaffee an, »du machst dir viel zu viel Sorgen. Nimm's nicht so ernst!«

Esther die Schwarze wollte keinen Kaffee; sie wandte sich an Terrys Frau. »Glaub mir's!« sagte sie, »ich will euer Bestes.«

Die Frau lächelte. »Wie soll man das glauben?« sagte sie. »Und es wäre dumm von dir, wenn es stimmte. Das ist deine Familie. Du solltest an sie denken.«

Esther die Schwarze fühlte sich schuldig; sie unterließ jeden Einwand – denn es stimmte, sie dachte an die eigene Familie, an ihren Vater, an sich. Aber es stimmte auch, daß sie an die Mimosenbäume dachte, die man abholzen, an das Lager, das man einebnen, an das Meer, das nie mehr zu etwas anderem dienen würde als zum Baden. Sie zuckte die Achseln und griff nach der Türklinke.

»Trink doch einen Kaffee!« rief Terry ihr zu, aber sie schüttelte den Kopf und stieg die Stufen des Wohnwagens hinunter. Im Gehen hörte sie, wie seine Frau sie die Tochter des Ertrunkenen Mannes nannte – und es stimmte, die war sie. Das Ostgelände konnte sie ohne die Hilfe der Fischer nicht retten, aber vielleicht konnte sie ihren Vater retten. Wenn sie nur genug Geld in die Hand bekäme, um ihre Eltern beide vom Hofe fortzubringen, ehe die Verwüstung ihren Anfang nähme, so müßte Phillip niemals erfahren, daß sein Strand verkauft war, er würde sich nie mehr drum kümmern, er könnte in Las Vegas meilenweit laufen, ohne je ans Wasser oder ans Ertrinken erinnert zu werden. Esther kam auf den heimischen Teil des Hofes; sie stieg leise die Treppe im Haus ihrer Eltern hinauf. Als sie in ihrem Zimmer im Obergeschoß war, ging sie ans Fenster und sah den Bewegungen im nächtlichen Hafen zu. Sie konnte nicht schlafen in dieser Nacht, und jedesmal, wenn die Wellen ans Ufer schlugen, war ihr, als hörte sie Phillip schreien.

Bald nachdem Esther die Schwarze fort war, kam Cohen ins Fischerlager; er trug ein ärmelloses T-Shirt und ausgebeulte graue Arbeitshosen. In der Mitte des Lagerplatzes schwenkte er die Arme wie eine brüllende Vogelscheuche. Ein paar Kinder drehten sich nach ihm um, aber Cohen war im Lager eine vertraute Erscheinung, und die Fischer achteten nicht auf ihn. Der Landschaftsgärtner hatte sich zu einem schweren Entschluß durchgerungen. Er wollte das Gehänge und die Ohrringe zu Geld machen und tun, was in seinen Kräften stand, um den Verkauf des Ostgeländes zu verhindern; er wollte es tun für Esther die Weiße. Und als nun sein Erscheinen nicht beachtet wurde, ließ er die Arme sinken und zog sich die Hosen hoch. »Was ist los mit euch, Leute?« fragte er. »Habt ihr mich nicht gehört?«

»Sei schon still, Alter!« sagte ein Fünfzehnjähriger. »Die spielen dort Bolo.« Er zeigte auf eine kleine Gruppe von Bolospielern.

»Nenne mich nicht Alter!« sagte Cohen. »Hört ihr mich denn nicht?« rief er den Bolospielern zu. »Sie haben das Ostgelände verkauft.«

Cohen stand da, verblüfft, daß man seiner Nachricht keine Beachtung schenkte. Ohne die Fischer war er hilflos; die Schmuckstücke würden nicht so viel Geld bringen, daß er das Land zurückkaufen könnte, aber für Flinten und Munition würde es reichen, und vielleicht konnte man Gardner damit soweit einschüchtern, daß er für immer wegblieb. Cohen schwieg, bis ein alter Fischer, ein Bolomeister, der auf seinen Zug wartete, ihn zum Kreis der Spieler heranwinkte. »Hör mir mal zu!« sagte der Alte, der nicht mehr auf Fang mit ausfahren konnte, weil ihm die Finger von der Arbeit im Freien und dem Salz im Winter zerfressen und von Arthritis steif waren. »Diese Familie kann uns das Land nicht stehlen.« Beim Sprechen ließ der Alte die Augen nicht vom Spiel; er blickte nur auf die Hände seines Gegners, während die Stückchen des weißen Skeletts zueinander traten. »Der Platz hier gehört uns.«

»Vielleicht bist du schon zu alt, um richtig zu hören«, sagte Cohen. »Er gehört euch nicht. Sie haben ihn verkauft.« Er klatschte in die Hände. »Peng! Grad so! Weg!«

Alle Spieler hörten Cohen, sie konnten nun nicht mehr umhin, ihn zu hören; aber keiner antwortete, keiner sagte etwas.

»Bä!« brummte Cohen. »Ihr Feiglinge!« sagte er.

Der alte Mann, der auf seinen Zug wartete, sagte: »Das verstehst du nicht. Wenn die Familie längst tot und begraben und unter der Erde ist, dann sind wir immer noch hier. Wir sind immer hier gewesen.«

»Diesmal ist es anders« beharrte Cohen. »Das Land wird nicht von einer anderen Familie gekauft, sondern von einem Landerschließer.«

Der Gegenspieler des Alten patzte mit den Kiemenknochen. Der Alte lächelte; aber bevor er seinen Zug machte, legte er seine steife Hand auf Cohens bloßen Arm. »Wir sind immer noch hier«, sagte er.

Cohen war angewidert. Von den Fischern, von der Familie, von sich selber. Er trennte sich von den Bolospielern, um sich aus der großen Kanne, die auf einem Petroleumherd in der Mitte des Lagerplatzes stand, eine Tasse Kaffee zu nehmen. Er überlegte, was er eigentlich besaß; alles, was er wollte, gehörte Mischa. Mit ein paar Worten und einer Unterschrift konnte Mischa das Ostgelände verschwinden machen, er konnte Esther die Weiße am Eßtisch aschfahl werden lassen, er konnte sogar beschließen, sie fortzubringen. Erst als Cohen den heißen, schwarzen Kaffee trank, als er sich in seine Verzweiflung hüllte wie in eine Mohairdecke, sah er die Gruppe junger Männer und Frauen, die sich vor einem metallenen Wohnwagen versammelten. Die Jugend, dachte er. Er kniff die Augen zusammen und leckte sich die Oberlippe.

»He, du!« rief Cohen einen Mann an, der zu den anderen sprach. »Du da!« wiederholte er. »Wie heißt du?«

»Terry«, sagte der Fischer, der den anderen berichtete, was er von Esther der Schwarzen gehört hatte.

»Und du?« Cohen zeigte auf einen anderen jungen Mann.

»Daniel«, sagte der Fischer. »Was geht's dich an?«

Cohen setzte sich auf einen verwitterten Holzklotz. »Interessiert mich bloß«, sagte Cohen. »Interessiert mich bloß, ob ihr hier bleiben wollt oder nicht.«

»Was willst du? Sag, was du willst!« sagte Daniel.

»Das Ostgelände ist von der Familie verkauft worden«, sagte Cohen und war gespannt, welchen Eindruck es diesmal machen würde.

»Na und?« rief ihm Terry zu. »Es ist schon öfter verkauft worden.«

Cohen schüttelte den Kopf; kein Feuer mehr, die jungen Männer! Aber eine junge Frau, nicht viel älter als Esther die Schwarze, sprach zu ihm: »Was sollen wir denn tun?« fragte sie. »Legale Rechte haben wir keine.«

Cohen nickte; hätte er wissen können und sich gleich an eine Frau wenden! »Nur moralische Rechte, die habt ihr«, sagte er.

»Was nützen moralische Rechte gegen Bulldozer?« fragte die Frau.

Feuer! Cohen lächelte. »Flinten nützen etwas gegen Bulldozer«, sagte er.

Männer und Frauen begannen sich von Terrys Wagentür zu entfernen; sie sammelten sich um Cohens Holzklotz. Aber er sprach nicht; er steckte sich eine Zigarette an und wartete, bis alles still war, bis die Pulsschläge angehalten wurden in der Erwartung, daß er weiterredete. Cohen schüttelte die Decke seiner Hilflosigkeit ab; vor Augen stand ihm das Gesicht Esthers der Weißen, die hohen Backenknochen, die Wölbung ihres Halses, wenn sie den Kopf reckte, um aus ihrem Fenster auf den Hafen zu sehen. Er könnte sie gewinnen, dachte er, wenn er ihr das Ostgelände schenkte. Und, wenn Mischa ohne den Landverkauf ruiniert war, was sollte sie hindern, ihren Mann zu verlassen? Und sie würde ihn mit Cohen verlassen, nur mit Cohen!

»Ihr braucht alles nur mir zu überlassen«, sagte Cohen. »Ich kann euch das Geld für Flinten verschaffen.«

»Warum hört ihr euch das an?« rief Terry von seinem Wohnwagen herüber. »Das kann einen Mord geben, und vermutlich ist es dann einer von uns gewesen.«

»Wer hat etwas von Mord gesagt?« antwortete Cohen. »Probleme, Ärger! Widerstand heißt nicht Mord. Einschußlöcher in den Reifen der Bulldozer, das ist Widerstand!«

»Schön!« sagte die junge Frau neben Cohen. »Ich mach mit.«

Cohen stellte sich vor, wie er den Caddy vor dem Waffengeschäft an der Route 16 parkte. Er würde den Motor laufen lassen, die junge Frau würde am Steuer sitzen, und er würde mit Hosenträgern und Brille gehen; niemand würde ihn für einen Revolutionär halten; er würde aussehen wie ein alter Herr. Und draußen würde die Frau im Wagen warten, der Motor würde laufen, das Auspuffgas in die dunkle Luft steigen.

Cohen warf seine Zigarette zu Boden und trat sie mit dem Arbeitsstiefel aus. Idiot! sagte er sich. Denk bloß nicht an sowas! So werden sie alle erwischt! Bevor noch die Revolution richtig losgeht, werden sie erwischt, wie sie im Supermarkt eine Büchse Suppe oder ein Paar Sokken klauen, oder auch Flinten und Patronen. Er war ein alter Mann, zu alt, um mit gestohlener Munition herumzulaufen. Er würde die Juwelen Esthers der Weißen versetzen und die Flinten schlicht kaufen. Nicht romantisch, dachte Cohen, aber zuverlässig!

»Sag mal«, fragte ein junger Mann, »wo nimmst du denn das Geld für die Waffen her?«

»Da mach du dir keine Gedanken!« sagte Cohen. »Wo ich das Geld hernehme, ist meine Sache, und das weitere überlaß ich dann euch.«

Cohen ging fort, einen der Pfade entlang, die vom Ostgelände zu seinem Leuchtturm führten. Die jungen Männer und Frauen im Lager stritten weiter und träumten von ihrer Revolution unter den Mimosenbäumen, unter den Sternen. Cohen seinerseits träumte vom Gesicht einer Frau. In seinem Leuchtturm legte er sich den Schafspelzmantel auf die Knie und schlitzte mit einem Tranchiermesser das Futter auf. Das Jadegehänge, das Esther die Weiße vor vielen Jahren gestohlen hatte, fiel mit dumpfem Laut auf den harten Holzfußboden. Selbst im Staub und im grauen Zwielicht leuchtete das Rotgold wie das Herz einer Frau.

Esther die Schwarze, oben in ihrem dunklen Zimmer, konnte nicht wissen, was Cohen vorhatte; sie konnte nicht sehen, wie Cohen sich bückte und das Gehänge aufhob, wie er den kalten Jade und das Gold streichelte, bis der Stein warm war. Cohen starrte das Bild an, das in den Stein geschnitten war, so lange bis alle Linien, die der Juwelier gezogen hatte, gelöscht waren und das Bild sein eigen war. Und dann, als hätte schon die Einbildung allein ihn erschöpft, legte Cohen den Kopf auf den Tisch und schlief ein, die Finger fest um das Gehänge, den Kopf im Staub.

Am Morgen war Esther die Schwarze fast von Sinnen; sie hatte nicht geschlafen, sie hatte keine Pläne, niemanden, an den sie sich wenden konnte, und keinen Freund außer Ira Rath. So beugte sie sich über das Telefon in der Diele ihrer Großeltern und wählte Solomon Raths Nummer – er war ein Verräter an ihrer Familie, aber Esther die Schwarze unterdrückte ihren Stolz, und als der Verwalter sich meldete, verlangte sie seinen Sohn zu sprechen.

Solomon Rath seufzte tief. »Sprechen Sie mir nicht mehr von diesem Stinktier! Ich weiß nicht mal mehr, wie er heißt. Er sagt, er hat seinen Namen geändert. Ich glaube, Savage nennt er sich jetzt.«

»Schön«, versprach ihm Esther. »Aber lassen Sie mich nur jetzt mit ihm reden.«

»Warum sollte ich?« sagte der Verwalter. »Waren Sie es nicht, die ihm eingeredet hat, ich hätte Ihre Familie ruiniert? Obwohl Ihre Familie sich doch wahrhaftig schnell genug ohne mich ruiniert haben könnte – Ihr Großvater sollte mir auf den Knien danken, daß ich einen Käufer für dieses Stück Sandwüste gefunden habe, das er sein Ostgelände nennt. Klar, ich will auch meinen Schnitt – warum nicht? Ist mein Beruf!«

»Bitte«, sagte Esther die Schwarze. »Ira ist immer mein Freund gewesen – ich möchte gern mit ihm sprechen.«

»Na, geht einfach nicht«, sagte Solomon Rath. »Weil er nicht hier ist. Diesen Morgen zieht er in ein Mietshaus in der Zehnten Avenue, und ich hoffe, da bleibt er. Ich habe Sie für ein vernünftiges Mädel gehalten, Esther. Ich dachte, Sie würden wenigstens begreifen, daß das Geld, das ich jetzt beim Verkauf des Ostgeländes vielleicht nehme, ja doch gleich wieder an Sie zurückgefallen wäre, wenn Sie meinen Sohn geheiratet hätten. Aber nein! So weit konnten Sie nicht sehen. Machen Sie mir keine Vorwürfe! Aber jetzt haben Sie einen dummen Bengel dazu gebracht, daß er aus seinem schönen Elternhaus fortläuft und auf die Straße geht.«

»Auf die Straße?« fragte Esther. »Aber er hat doch eine Wohnung.«

»Eine Höhle!«

Esther die Schwarze bettelte, und schließlich sagte ihr Solomon Rath, wo sein Sohn jetzt wohnte. Sie schrieb die Adresse auf und dankte dem Verwalter.

»Er sagt, die Musik ist sein Leben«, sagte Rath. »Er

sagt, ich könnte's doch nicht verstehn. Aber sagen Sie ihm, sagen Sie ihm, Esther, er kann mich auch niemals verstehn.«

Esther die Schwarze hängte auf; sie hatte nur begriffen, daß Solomon Rath alle Mitglieder ihrer Familie in Verwirrung gestürzt hatte – und daß er durch den Verkauf des Landes ihren Vater zu einem neuen Selbstmordversuch treiben könnte, solange der Strand noch leer genug war, daß er über die Steine rennen konnte. Also vergaß sie Raths Mahnung an seinen Sohn und griff sich die Zweitschlüssel für den Wagen aus der Tischschublade auf der Diele im Haus ihrer Großeltern. Sie hatte keine Zeit zu verlieren, sie rannte, und ihr war, als renne sie immer noch, als sie den Caddy startete und durchs Tor des Hofes hinausfuhr.

Esthers Fuß stand schwer auf dem Gaspedal, als sie die Route 16 entlangfuhr; die Reifen sprangen von den Bordsteinen ab, wenn sie die Straßenecken schnitt. Sie parkte den Caddy an den Docks, dicht beim Eingang zur Fähre. Ihre Finger umklammerten das Lenkrad, und als sie schließlich den Motor abstellte, war sie müde, plötzlich müde vom Rennen über den Hof und durch die Stadt, vom Hinrennen zu einem Mann, der ihr vielleicht nicht helfen konnte oder nicht wollte. Aber immerhin stieg sie aus; sie hielt sich nicht damit auf, bei Woolworth vorbeizugehn und sich wegen ihres Fehlens zu entschuldigen – für langsames Geldverdienen blieb keine Zeit mehr. Sie mußte schnell machen – auch wenn das hieß, daß sie Ira Rath um Geld und um einen Plan anbetteln mußte. Also ließ Esther die Schwarze ihres Großvaters Cadillac auf dem Parkplatz bei der Fähre stehen. Die Zündschlüssel steckten noch, als sie eine Einfachkarte nach Manhattan löste.

Als Esther die Schwarze auf das Fährschiff trat, war sie nicht sicher, ob sie je wieder zurückkäme – sie war nicht sicher, daß sie noch einmal dem kühlen Blick ihrer Großmutter standhalten oder daß sie es mitanhören könnte, wenn sie Phillip endlich sagten, er müßte das ganze Jahr über in sein Häuschen eingeschlossen bleiben. Und als der Pfiff kam und die Taue des Schiffs losgemacht wurden und von den Dockgeländern fielen, da war Esther die Schwarze unterwegs nach New York City und den fremdesten Gebieten, die zu finden waren.

2 Bald nachdem die Polizisten von St. Fredrics den verlassenen Cadillac gefunden hatten, begannen sie in parkende Wagen an einsamen Straßen und Wegen hineinzulugen; sie verhörten durchreisende Matrosen, die sich in der Stadt herumtrieben. Nachdem sie das Hafenbecken abgesucht hatten und Esther die Schwarze noch immer nicht gefunden war, befand Mischa, daß es Zeit wurde, Phillip aus seiner Kate herauszulassen. Es wurde Zeit, daß Phillip der Realität ins Auge blickte: Seine Tochter war verschwunden, und seine Frau war außer sich, denn Rose hatte sich eingeredet, wenn Esther die Schwarze nicht ermordet oder entführt wäre, so läge sie zumindest mit dem Tode ringend an einem verlassenen Strand.

Aber Phillip winkte ab, als Mischa sein Häuschen aufgeschlossen und ihn von Esthers Verschwinden unterrichtet hatte.

»Sie weiß schon, was sie will«, sagte Phillip. »Ich würde sie nicht als vermißt melden.«

Dann ließ Phillip seinen Vater stehen und ging auf den Hafen zu. Er zog sich einen bunten Liegestuhl dicht an die Seemauer, so daß er die Turnschuhe an die unebenen Sandsteinblöcke stützen konnte, und atmete die Seeluft ein. Er döste in der Sonne. Mücken flogen langsam im Kreis um sein Haar. Und als Phillip einzuschlafen begann, als die Flut hereinkam und das Treibholz und die grünen Steine bedeckte, da entschied sich Esther die Weiße, daß es ihr nicht mehr genügte, von ihrem Sohn zu träumen: Sie wollte mit ihm reden. Den Schmerz in ihrer Seite nicht beachtend, ging sie über den weiten grünen Rasen, in der Angst, ihre Enkelin nun auf dieselbe Weise verloren zu haben wie ihren Sohn. Ohne sie je gekannt zu haben – ohne gemeinsame Erinnerungen und ohne Spur.

Als Esther die Weiße zu Phillip kam, tippte sie ihm an die Schulter.

»Wach auf!« sagte sie, denn seine Augen waren weit und leer, und sie sah, daß er geträumt haben mußte. Vielleicht vom Vergangenen.

Phillip blickte auf und legte die Hand vor die Augen. »Hast du ein Streichholz?« fragte er und nahm eine Filterzigarette aus der Hemdtasche.

Esther die Weiße hielt ihrem Sohn das angezündete Streichholz hin. Über dem Rasen stand die Sonne schon tiefer am Himmel; es war August, und die Ertrinkenszeit war fast vorüber, die Tage wurden kürzer. Esther der Weißen schlossen sich nun die Augen; sie hatte ihre neuen Demeroltabletten genommen, und das Medikament folgte ihr wie ein Schatten. Fast vergaß sie, daß sie an die Seemauer gekommen war, um Phillip zu sagen, daß sein geliebter Strand bald mit Häusern verstellt und daß das Wasser, das ihn zu sich rief, bald so ruhig wie in einer Badewanne sein würde, jede Welle von einem Badegast beschwommen oder beritten.

»Bist du aus einem bestimmten Grund hier?« fragte Phillip seine Mutter, denn obwohl es sein erster Nachmittag im Freien war, überraschte es ihn, daß sie eigens zu ihm gekommen war.

Hoch über ihnen kreisten Möwen, Aasfresser, verkleidet in weißen Federmänteln. »Ja«, sagte Esther die Weiße, in Gedanken, wie lange noch das Schuldgefühl über

Phillips Kindheit wie ein Stein in ihr festsitzen werde, in ihrem Magen, im Hals, in dem Blut, das sie durchfloß. »Ja«, sagte Esther. »Ich bin gekommen, um dir zu sagen, daß ich sterbe.«

Die eigenen Worte überraschten sie, und sie legte die Lippen fest aufeinander. Phillip blickte sie an, ganz deutlich, mit seinen tiefen gelben Augen, und Esther konnte sich nicht mehr erinnern, ob Solos Augen wirklich wie diese gewesen waren. Nach all den Jahren konnte sie sich nicht mehr erinnern. »Nun ja«, lächelte Phillip. »Muß das nicht jeder?«

Esther steckte sich eine Zigarette an. »Ich sterbe schneller als andere. Ich habe Krebs. Niemand weiß davon.« Erwartet hatte sie, daß sie vom Verschwinden Esthers der Schwarzen sprechen, daß sie Phillip den Verkauf des Ostgeländes mitteilen würde. Die eigene Furcht auszusprechen, hatte sie nicht beabsichtigt. Sie fragte sich, ob sie nach Teilnahme, nach dem Ende ihres Schuldgefühls, nach der endgültigen Erlösung suche; aber es war zu spät, nach dem Warum zu fragen; sie hatte es ausgesprochen, und Phillip betrachtete die Seemauer und nickte feierlich. »Es tut mir leid«, sagte er.

»Wirklich?« fragte Esther die Weiße. »Tut es dir wirklich leid?« Was wäre gewesen, dachte Esther die Weiße, wenn ich so getan hätte, als ob ich ihn liebte? Wenn das Kindermädchen ihm den Kopf nicht so lange unter Wasser gehalten hätte? Hätte er mich trotzdem gehaßt? Der Schmerz in ihrer Seite regte sich wie ein kaltes Feuer, das Demerol ließ ihren Blick verschwimmen, als ob Phillip, wie sie ihn jetzt vor sich sah, nur ein altes Foto wäre. Jetzt, wo das Mädchen fort war, wurde es Zeit, endlich die Frage zu stellen, die sie immer für sich behalten hatte. »Warum hast du sie Esther genannt?«

»Es ist doch ein sehr schöner Name«, sagte Phillip, hielt seine Zigarette hin und gab ein Zeichen, daß er noch einmal Feuer brauchte. Wie ein Häftling oder ein Pyromane durfte Phillip keine Streichhölzer bei sich haben. Dabei hätte jedes Kind Mischa sagen können, daß Phillip sich für Feuer nicht im mindesten interessierte; nicht dies war sein Element.

»Es gibt tausend schöne Namen«, drängte Esther die Weiße.

»Stimmt«, sagte Phillip. »Cathleen ist ganz hübsch. Sally auch. Marion, Jane.«

»Du hast ihr meinen Namen gegeben«, sagte Esther die Weiße. »Meinen!«

»Ich wollte's eben so und nichts weiter!« maulte Phillip.

»Ach, hör auf damit!« sagte Esther die Weiße. Sie wollte es wissen, sie mußte es wissen, sie würde vielleicht keine andere Gelegenheit mehr haben, ihn zu fragen. »Hör auf, so kindisch zu sein!«

Phillip sah sie durchtrieben an. »Dann hör du auf, mich wie ein Kind zu behandeln! Kinder hast du nie gemocht, meine Beste! Also laß das sein! Und als erstes gib mir gleich mal ein Heft Streichhölzer!«

Esther die Weiße schaute auf den Hafen; das Wasser war in der gleißenden Sonne fast unsichtbar. Sie wünschte, sie hätte ihren Sohn lieben können. Und es fröstelte sie, trotz der heißen Sonne. Ihre Augen waren bewölkt, ihre Augen waren feucht; sie war den Tränen nah, allzu nah.

»Laß es sein, Alte!« sagte Phillip leise, so zärtlich wie er noch nie mit ihr gesprochen hatte.

Esther die Weiße wischte sich schnell mit ihrem Kopftuch die Augen; sie gab Phillip ein Heftchen Streichhölzer.

»Erfolg ohne Studium«, las Phillip das Aufgedruckte. Er lachte, zündete sich seine Zigarette an und steckte das Heftchen in die Hemdtasche. »Vielleicht war das der

Kern meines Problems«, sagte er, in der Hoffnung, dem Gespräch einen leichteren Ton geben. »Dieser Rat hat mir gefehlt, als ich ihn am dringendsten brauchte.«

Esther die Weiße schaute ihren Sohn an. »Ich weiß immer noch nicht, warum du ihr meinen Namen gegeben hast«, sagte sie.

Phillip zog an seiner Zigarette; Rauchringe verhüllten sein Gesicht, seine wilden, gelben Augen. »Ich habe meine Tochter Esther genannt«, sagte er schließlich, während die Möwen ins Wasser herabstießen und längs des Ufers einander anschrien, »weil ich wußte, du würdest den Namen hassen. Du würdest sie hassen. Und weil ich dich bestehlen, dich in ein Gespenst verwandeln wollte.«

Esther die Weiße nickte; ihr Kopftuch blähte sich im Wind wie ein Schleier. Die Augen brannten ihr, aber dennoch, sie mit der Hand abschirmend, schaute sie ihren Sohn an, sah zu, wie er mit jeder Sekunde älter zu werden schien, grad vor ihren Augen.

»Übrigens«, sagte Phillip nun, »ist Esther die Schwarze auch mein Gespenst. Interessant, wie es dazu gekommen ist, aber es stimmt. Wir haben ein und dasselbe Gespenst.« Er lächelte.

»Das Mädchen wird vermißt«, sagte Esther die Weiße. »Du sagst, sie sei dein Gespenst, aber sie scheint dich nicht heimzusuchen. Du scheinst dir keine Sorgen zu machen. Du sitzt hier an deiner Mauer und schaust auf deinen Hafen. Nicht sehr besorgt!« Sie schüttelte den Kopf.

»Ich finde nicht, daß sie vermißt wird, bloß weil sie nicht auf dem Hof ist. Vielmehr betrachte ich sie als unerwünscht. Ungeliebt. Es gibt Schlimmeres, als vermißt zu werden«, sagte Phillip. »Es gibt Sachen, die können ein Gespenst dazu zwingen, daß es dir ewig nachspukt.«

Esther die Weiße hörte nicht, was Phillip sagte. Sie dachte an den Tag, als sie draußen vor dem kleinen Haus ihrer Eltern stand, Jahre bevor die Perlen der zerrissenen

Kette über den Fußboden gerollt waren, Jahre bevor Esther bemerkte, daß ihre Augen von einem reinen, harten Blau waren. Es war kurz nach ihrem zehnten Geburtstag gewesen, und der Vorfrühling war plötzlich hereingebrochen. Ein wenig hatte der Schnee schon zu schmelzen begonnen, und oben in den Bergen heulten morgens die Wölfe, als könnte das Geheul den Schnee zurückrufen, der ihre Fährten verbarg.

An diesem Tag war Esther zum Fluß geschickt worden, um Wasser zu holen. Am Ufer war das Eis geschmolzen, und ein großer Eimer hing Esther an einem dicken braunen Seil über die Schulter. Sie trug ein wollenes Kleid, das sie an den Knien kratzte, und blaue Bänder an den Zöpfen. Aber der Tag war zu warm, um Wassereimer zu schleppen, und so ging Esther am Ufer vorbei. Sie stakste über dem dunklen, schlammigen Boden zu den Hügeln hinauf, hinter denen die Berge lagen. Sie hatte noch keine Angst vor Wölfen oder vor dem Alleinsein; und weil der Winter plötzlich, wie durch Zauberei verschwunden war, entfernte sie sich vom Dorfe weiter als je zuvor.

Als sie auf den Gipfel des ersten Hügels kam, glaubte sie Stimmen zu hören, aber es war niemand zu sehen. Vielleicht war es nur ein Echo, das von droben, vom Berg herabkam, von jenem, den man den Wilden Hund nannte, weil seine Vorsprünge wie Reißzähne und der Schnee auf dem Gipfel wie der Schaum ums Maul eines tollen Hundes aussahen. Jedenfalls, Esther die Weiße hörte Stimmen, und als sie ein kleines Stück weiterging, sah sie ein sechzehnjähriges Mädchen aus dem Dorfe. Esther atmete auf; es waren keine Kosaken, Räuber oder Zigeuner, nur Rifka, die einen langen Pelzumhang trug, obwohl es ein warmer Tag war und die ersten Vögel schon aus dem Süden zurückkehrten. Rifka drehte sich zu ihr um, ehe noch Esther die Weiße sie anrufen oder ein Lächeln aufsetzen konnte.

»Was tust du hier?« sagte Rifka. Ihr tiefrotes Haar hing ihr bis auf den Gürtel; ihr Gesicht war weiß und hohl. Esther wußte, daß sie den ganzen Winter im Hause ihrer Eltern gelegen, über Schmerzen geklagt und sich geweigert hatte, mit ihrem Vetter Lazar zu sprechen, der sie jeden Abend besuchen kam. »Was tust du hier?« fragte Rifka ein zweites Mal. Ihre Stimme war weich wie eine Schlange, und sie schwenkte ein schweres Baumwolltuch durch die Luft. »Hier gibt es Wölfe«, sagte sie.

»Es gibt keine«, widersprach Esther die Weiße. »Wölfe gibt es nur da oben.« Sie deutete zum Wilden Hund hinauf. Als sie den Arm hob, um auf die Bergspitze zu zeigen, bemerkte sie das Blut an Rifkas Tuch. Aber sie sagte nichts, kein Sterbenswort. Sie blickte auf die Schlammpfützen um ihre Füße hinab.

»Doch!« beharrte Rifka. »Es gibt auch Wölfe hier. Sie kommen nachts wie Gespenster, wenn alle Leute schlafen.«

Esther die Weiße spürte ein Kribbeln auf der Haut. Ein Bündel lag auf der Erde, dicht unter dem Saum von Rifkas Umhang.

»Mach lieber gleich, daß du fortkommst!« forderte Rifka sie auf.

»Was ist das?« fragte Esther die Weiße und zeigte auf das Bündel.

»Was?« fragte Rifka.

»Das!« Esther zeigte darauf; es sah aus wie ein Haufen Lumpen, aber darin bewegte sich etwas auf der nassen, immer noch kalten Erde.

Rifka trat zurück. Esther die Weiße konnte ein winzigkleines Kind sehen; Arme und Beine eines Säuglings ruderten, eine Säuglingsstimme schrie, als Rifka sich entfernte. Aber der Schrei war schwach, und niemand anders konnte ihn gehört haben, außer vielleicht den Wölfen.

»Wessen ist das?« fragte Esther die Weiße.

Rifka stand jetzt dicht vor ihr; ihr Haar war so lang, daß die Spitzen, als sie sich umdrehte und zurückblickte, Esthers Gesicht berührten und über ihre Haut strichen wie gefiedertes Blut.

»Niemandes!« sagte Rifka, obwohl sie beide den Säugling schreien hörten. »Niemandem gehört es, und wage du nur, jemandem zu sagen, was du gesehn hast, Esther die Weiße!« sagte Rifka. »Hast du verstanden?«

Esther die Weiße konnte die Augen nicht abwenden.

»Hast du verstanden?« Rifka zog Esther die Weiße an einem ihrer Zöpfe; dann ging sie zurück und stopfte das Bündel unter einen niedrigen Busch. Rifka strich sich das Haar glatt und kniff sich in die bleichen Wangen, damit sie wieder Farbe bekämen. Sie faßte Esther die Weiße bei der Hand und führte sie weg.

»Glaubst du, jemand wird es finden?« fragte Esther die Weiße.

Rifka kniff sich noch stärker in die Haut. Sie gingen zusammen zum Fluß hinunter; Rifka wartete, bis Esther die Weiße ihren Eimer gefüllt hatte. Wenn sie erst ins Dorf kämen, würden sie jede zu ihrer Mutter heimgehen. Rifkas Mutter würde den Kopf schütteln, wenn Rifka ihr sagte, daß ihr wieder schlecht sei; und wenn die Tochter in ihre Schlafkoje hinaufstieg, wo sie mit leerem Blick und bleichen Wangen die Wand anstarren konnte, würde die Mutter abermals den Kopf schütteln und sich fragen, wie so ein kränkliches Mädchen jemals einen Mann finden sollte. Esther die Weiße würde von ihrer Mutter gescholten werden, weil sie so lange zum Wasserholen gebraucht hatte; vielleicht würde es auch eins mit dem Handrücken ins Gesicht geben. Die beiden Mädchen dachten an ihre Mütter, als sie über den Sandweg heimgingen, der sich durchs Dorf wand; die Füße glitten im Schlamm aus, und das Wasser in Esthers Eimer schwappte über den Rand und über ihre Schultern.

»Rifka!« sagte Esther die Weiße und dachte an das Blut, das sie an dem Tuch gesehen hatte, »hat es weh getan? War es schlimm?«

Rifka legte einen Finger an die Lippen. Sie waren jetzt dicht bei Esthers Haus; die Mutter stand vor der Tür und stampfte mit dem Fuß auf. »Ja«, flüsterte Rifka. »Furchtbar!«

Esther die Weiße blickte Rifka nach; aber Rifka ging schnurstracks weiter. Sie schaute sich nicht um nach den Hügeln, nicht ein Mal. Und in dieser Nacht, als sie zwischen ihren Brüdern im Bett lag, hörte Esther oben in den Bergen die Wölfe heulen. Der Mond schien sehr hell, und Esther konnte an nichts anderes denken als an den Säugling, wie er unter einem kleinen, entlaubten Busch lag. Mehrere Nächte lang träumte sie von Babies, von Kindern, die sich im Walde verlaufen hatten. Sie hätte gern gewußt, ob auch Rifka solche Träume hatte. Eines Abends, als Esthers Familie bei Rifkas Eltern zu Besuch war, hatte Rifka klare Augen, und sie sah Esther überhaupt nicht an; ihre Wangen waren frisch wie Rosenblüten.

Esther die Weiße gab sich alle Mühe, den Glauben zu wahren, daß jemand das Kind finden werde – eine kinderlose Frau aus dem Dorfe, ein Zigeuner oder ein Edelmann. Aber immer noch heulten nachts die Wölfe, und das Wetter schlug noch einmal um, bis der falsche Frühling verschwunden und die Schlammpfützen wieder gefroren waren. Nun erst beschloß Esther, selber noch einmal auf den Hügel zu steigen und nach dem Kinde zu suchen. Ihre Mutter könnte es aufziehen, als Esthers Bruder oder Schwester; und wenn sie selbst heiratete, so würde sie es vielleicht in ihr neues Haus mitnehmen. Oder vielleicht würde Rifka einsehen, was für einen furchtbaren Fehler sie gemacht hatte, und Esther unter Küssen und Tränen danken, wenn sie ihr das Kind zurückbrachte.

Und so ging Esther die Weiße eines Morgens wieder auf den Hügel, wo sie Rifka getroffen hatte. Es war weder Winter noch Frühling, sondern die graue Zwischenzeit. Auf dem Hügel war es still, und der Gipfel des Wilden Hundes stand hinter Wolken verborgen, so daß es aussah, als wäre da gar kein Berg, der dunkel über das Dorf, den Fluß und die Hügel aufragte. Esther konnte das Kind nicht finden. Sie schaute sich eine ganze Weile um und überlegte, ob ein in Lumpen gehüllter Säugling wohl den Hügel hinab gerollt oder irgendwie davongekrochen sein könnte. Aber kein Anzeichen verriet mehr, daß das Kind jemals da gelegen hatte; selbst die Lumpen waren fort. Im Eis, das den Hang überzog, waren keine Spuren zu sehen – weder von einem Frauenschuh noch von Wolfspfoten. Und Esther die Weiße setzte sich auf den kalten, harten Boden und horchte, ob das Kind irgendwo schrie; und sie zitterte, als ob man sie selbst im Walde allein gelassen hätte, schutzlos und wartend, ob irgendein Fußtritt sich nahte.

Zu der Zeit, als sie selber schwanger war, hatte Esther Rifkas verschwundenes Kind längst vergessen. Jetzt aber, wo von Gespenstern die Rede war, hatte sie plötzlich daran denken müssen, und sie empfand den Verlust stärker denn je. Sie sah ihren Sohn an, als wäre er das Kind gewesen, das man in Lumpen gepackt und auf dem Eis hatte liegenlassen. Was sie sah, an diesem Augustnachmittag, war nur ein Fremder, ein Mann, der alt aussah, mit grauem Bart, überhaupt nicht ihr Kind, der dünne, bleiche Junge mit dem wassertriefenden Haar.

»Ich hätte dich lieben sollen«, sagte Esther die Weiße.

»Dazu ist es nun zu spät«, sagte Phillip. »Warum versuchst du nicht deine Enkelin zu lieben? Ich möchte, daß sie etwas hat; ich möchte, daß meine Tochter anders wird, daß sie geliebt wird. Du weißt doch, Mutter« – er senkte die Stimme – »ich komme nach dir. Ich kann nicht lieben.«

Esther die Weiße blickte zu Boden; er hatte recht, er war ihr Sohn, ob nun Mischa sein Vater war oder nicht, er war der Ihre, und noch nie zuvor hatte sie es einsehen können. Sie hatte das Gefühl, ihm etwas schuldig zu sein, und sei es auch nur, weil er der Ihre war. »Ich bin hergekommen, um dir zu sagen, daß dein Vater und Max beschlossen haben, das Ostgelände des Hofes zu verkaufen. Max redet deinem Vater zu, alles zu verkaufen. Ich rede ihm zu, es nicht zu tun.«

Phillip schaute sie ruhig an; er sah vernünftig aus – ein alter, vernünftiger Fremder. »Das haben sie getan?« sagte er. »Tatsächlich?«

»Ich konnte sie nicht daran hindern.«

»Natürlich nicht!« sagte Phillip. »Nun, dann ist es aus mit meinem Hafen. Nicht mal mehr ein Plätzchen zum Spuken!«

»Du bist gar nicht überrascht?« fragte Esther. Sie hatte sich wirklich davor gefürchtet, wie er es aufnehmen werde; sie hatte sich vorgestellt, er würde gleich von seinem Liegestuhl aufspringen, um ein letztes Mal über die Seemauer zu klettern.

»Das hab ich auch sein gelassen«, sagte Phillip. »Überraschtsein, Haß, alles!«

Seine Hände waren so schwächlich, daß Esther sich fragte, wie er mit ihnen über die Seemauer klettern konnte; sie fragte sich, ob sie für einen zweiten Versuch in diesem Sommer stark genug seien.

»Ich möchte etwas tun«, sagte Esther die Weiße. »Ich möchte etwas für sie sein. Aber es ist zu spät dazu.«

»Nie!« sagte Phillip. »Gar nichts ist zu spät.«

»Ich kann nichts tun.« Esther die Weiße ließ die geschlossenen Hände auf den Schoß sinken. »Ich sterbe doch«, sagte sie.

»Ja, du stirbst«, sagte Phillip. »Aber noch bist du nicht tot.«

Esther die Weiße schloß die Augen. »Ich will's versuchen«, sagte sie.

»Versuch es!« sagte Phillip und lehnte sich zufrieden lächelnd in seinen Liegestuhl zurück. »Ich fühle mich schon sehr erleichtert jetzt.« Und es stimmte; seine Augen waren schwer von Valium und Sonne. »Tu etwas, und vielleicht können wir uns dann alle von unsern Gespenstern trennen«, sagte er jetzt, aber er sah Esther die Weiße nicht an, und ihr war ungewiß, ob er es tatsächlich gesagt habe. »Da schau!« sagte er, als Dr. Otto, sein Analytiker, im MG durchs Gartentor hereingefahren kam. »Der Mann ist rührend«, vertraute er Esther an. »Aber es macht Vergnügen, ihn zu verwirren. Immer wenn er denkt, er hat mich festgenagelt und mein Fall ist erledigt, erfinde ich neue Symptome. Diese Sitzungen sind sehr amüsant.«

Phillip nickte, als der Psychiater über den Rasen auf sie zukam.

Dr. Otto beugte sich zu ihnen herab und gab Esther der Weißen die Hand.

»Herr Doktor«, sagte Phillip, »kennen Sie schon die Frau, die behauptet, sie sei meine Mutter?«

Der Psychiater drückte Esther der Weißen die Hand wie ein Mitverschworener, aber Esther war nicht auf seiner Seite; sie war es nie gewesen. »Ich geh jetzt«, sagte sie zu Phillip.

»Müssen Sie?« fragte Dr. Otto, der nun seine Autohandschuhe auszog. »Ich dachte, da Sie schon einmal da sind, könnten wir es gleich mit ein wenig Konfrontationstherapie versuchen. Das könnte uns bei ihrem Sohn geradewegs zum Kern seiner Probleme führen.«

»Angeblichen Sohn!« sagte Phillip.

»Der Kern meines Problems«, sagte Esther die Weiße, so gewandt wie möglich vom Rasen aufstehend, obwohl ihr der Schmerz wie eine Woge durch den Leib ging und sie Phillip eigentlich nicht von der Seite gehn mochte, »ist derzeit das Bedürfnis nach einem Nickerchen.«

Während Esther die Weiße über den Rasen ging, hörte sie Phillip lachen, und der helle, milde Klang, wie er über dem Hofe nachhallte, setzte sich in ihr fest. Angeblicher Sohn, angeblicher Bastard, angeblicher Irrer; Phillips Lachen dehnte sich in ihr und flatterte wie ein Vogel.

Esther die Weiße hatte kein eigenes Geld zur Verfügung – dafür hatte Solomon Rath gesorgt –, aber irgendwo im Kiefernwäldchen hatte sie doch das Jadegehänge versteckt, und das konnte etliche tausend Dollar bringen. Sie wollte das Jadegehänge Esther der Schwarzen geben, sobald das Mädchen auf den Hof zurückkäme. Dann würde Esther die Schwarze für ihr Leben etwas Spielraum haben – und außerdem: Sie würde Esther der Weißen trauen, sie würde sie lieben, sich an sie erinnern.

Sie wünschte, sie hätte schon eher etwas zu geben gehabt, als Phillip noch jung war; aber es war noch nicht zu spät. Zuerst mußte sie Cohen suchen und sich eine Schaufel oder einen Spaten holen. Sie würden das ganze Kiefernwäldchen umgraben, wenn es sein mußte. Doch als sie zur Veranda des Haupthauses kam, mußte Esther die Weiße haltmachen. Der Kopf schwamm ihr, der Leib war voll eisiger Luft, und der Schmerz war schwerer als die Erde, die sie würde aufgraben müssen.

Esther die Weiße trat in den dunklen Flur ihres Hauses. Als sie an die Treppe kam, hielt sie sich am Geländer fest und zählte von hundert rückwärts, eine Methode, deren sie sich seit Beginn ihrer Schmerzen bedient hatte. Aber heute konnte sie nicht mehr rückwärts zählen, sie wußte nicht mehr, welche Zahl nach sechsundachtzig kam, sie spürte nicht einmal mehr das hölzerne Geländer unter ihren Händen.

Esther die Weiße ging an diesem Tag nicht mit einem

Spaten ins Kiefernwäldchen, sie rief nicht nach Cohen. Statt dessen stieg sie die Treppe hinauf und ging in ihr Zimmer. Sie schloß die Tür hinter sich ab und löste das Demerol in einem Glas warmen Fruchtsafts auf, das sie auf ihrem Schreibtisch hatte stehn lassen. Als der Schmerz stumpfer wurde, als das Demerol durch ihre Blutbahnen floß, dankte Esther die Weiße im Stillen ihrem Sohn, daß er ihr eine zweite Chance gelassen, daß er sie überzeugt hatte, noch etwas geben zu können. Gewiß, das Mädchen war verschwunden, aber Esther die Weiße brauchte sich keine Sorgen zu machen; Esther die Schwarze würde zurückkommen, sie mußte. Das war nichts weiter. Die ganze Nacht durch schlief Esther die Weiße traumlos; dennoch hätte sie schwören können, als sie aufwachte, von etwas Schönem geträumt zu haben.

3

Am nächsten Morgen kamen Cohens Pläne durcheinander. Er hatte vorgehabt, die Fähre nach Manhattan zu nehmen, wo er das Jadegehänge und vielleicht auch die kleinen Ohrringe zu Geld machen und Schrotflinten kaufen wollte; statt dessen fand er einen Zettel von Esther der Weißen vor, die ihn aufforderte, sich am Schuppen mit ihr zu treffen. Esther die Weiße erwartete ihn unter einer Kiefer, die Sonnenbrille hoch in das weiße Haar zurückgeschoben und eine Schaufel in der Hand.

»Wie üblich«, sagte sie, »bleibt alles, was wir tun, unter uns.«

Cohen schluckte; das Jadegehänge, das er in seinem Arbeitsstiefel versteckt trug, begann durch seinen Schienbeinknochen hindurchzubrennen. »Es ist zu heiß heute, um draußen zu arbeiten, gehn wir hinein und trinken wir eine Limonade. Tee ist gut an so einem Tag – wärmt einem die Eingeweide durch, daß sie nicht mehr ein noch aus wissen.«

Esther die Weiße schüttelte den Kopf. »Meine Enkelin wird vermißt, wissen Sie das schon?« fragte sie.

Cohen schwenkte die Hand durch die Luft. »Machen Sie sich keine Sorgen!« sagte er. »Die ist wahrscheinlich bei ihrem Ira Rath. Allerdings, vielleicht ist das nun auch wieder ein Grund zur Besorgnis; mir kann der gestohlen bleiben.«

Esther die Weiße dachte an ihren Entschluß, der schon so lange zurücklag, die Vergangenheit in der Erde zu begraben, die Kindheit zu vergessen und alles, auch ihr Gedächtnis, vom Geißblatt überwachsen zu lassen, dessen Geruch auf dem Hofe so stark war, daß er über dem Eis gehangen hatte, als Esther der Weißen beim Vergraben des Schmucks die Finger aufplatzten vor Kälte. Und jetzt, als sie neben Cohen stand, erfüllte sie der Geruch desselben Krautes, als wären Schmerz und Gedächtnis durch ein Kraut, durch einen Geruch zu löschen.

Cohen wünschte sich sehnlich, er könnte Esther die Weiße von dem Kiefernwäldchen fortbringen; er brauchte Zeit – Zeit, um in die Stadt zu fahren, den Jadestein zu versetzen und das Ostgelände zu retten. Er nahm Esther die Schaufel aus der Hand und faßte sie leicht bei der Schulter. »Es dauert vielleicht nicht mehr lange, und ihr Mann entschließt sich, den ganzen Hof zu verkaufen. Ich bin alt, ich finde keinen neuen Job mehr, ich werde herumsitzen müssen wie ein Häher und zusehen, wie die Blumen wachsen. Also lassen Sie uns ausruhen! Was sollen wir herumsausen an einem so heißen Tag?« Er setzte sich auf einen großen Stein und stützte die Schaufel auf den Boden.

»Hören Sie zu!« sagte Esther die Weiße, und sie schien über ihn aufzuragen, ihr Schatten bedeckte ihn. »Ich möchte meiner Enkelin etwas schenken. Damals hatte ich einen Stein, ein Juwel, im Kiefernwäldchen vergraben. Es ist allerhand wert. Esther die Schwarze kann nach Europa gehn oder auf die Universität, sie kann tun, was sie will.«

Cohen machte die Augen zu. Warum bloß jetzt? dachte er. Nach all den Jahren, warum muß sie jetzt danach suchen? »Ein Juwel?« sagte er.

»Richtig!« Esther nickte.

»Und allerhand wert?« wiederholte er. Und als Esther nickte, sagte er: »Warum wollen Sie's nicht für sich nehmen?« Er hustete; Schlucken war wie in Staub beißen. »Sie könnten das Juwel verkaufen und vom Hofe fortziehen.«

»Fortziehen?« sagte Esther die Weiße. »Dazu bin ich zu alt.« Sie kniff die Augen zusammen. »Warum sollte ich jemals von hier fort wollen? Ich habe mein Leben lang zu tun gehabt, daß ich hierher kam.«

»Ich hatte Angst, Sie würden fortgehen«, sagte Cohen leise. »Davor hatte ich schon immer Angst.«

»Cohen«, sagte Esther die Weiße, »ich muß zugeben, ich weiß nicht mehr, wo ich es vergraben habe.«

Sie würde ihn nicht verlassen. Dennoch, er hatte den Fischern die Flinten versprochen, und er würde ihr die Wahrheit sagen müssen – daß er sie bestohlen, daß er die Juwelen die ganze Zeit über verwahrt hatte.

»Cohen«, sagte sie gerade, »erinnern Sie sich noch?«

Cohen zuckte die Achseln. »Mal überlegen!« sagte er.

Esther die Weiße setzte sich neben Cohen und ächzte. »Ich bin müde«, sagte sie.

»Macht die Hitze«, sagte ihr Cohen. Er überlegte, was wohl im Gange sein mochte; warum Esther die Weiße plötzlich beschlossen hatte, nach ihrem Schmuck zu suchen; warum sie wohl an einem Augustnachmittag neben ihm auf einem großen grauen Felsbrocken saß. Aber die Frau neben ihm, die sich eine Zigarette anzündete und leicht hüstelte, hatte weißes Haar, und er selber war fast kahl; es blieb keine Zeit, lange zu überlegen, was als nächstes zu tun wäre. Er redete drauflos. »Hören Sie zu!« sagte er. »Ich hab nicht viel Zeit. Der Hof geht in die Brüche – und bald wird ein Landschaftsgärtner Ihrem Mann so unnötig vorkommen wie ein Kropf. Ich bin ein alter Mann«, sagte Cohen, aber dann berichtigte er sich: »Ich bin fast ein alter Mann.« Er tastete nach Worten, er sah ihr nicht in die Augen. »Hören Sie«, sagte Cohen rasch, »vielleicht sollten Sie mich heiraten.«

Esther die Weiße hatte daran gedacht, wie überrascht Esther die Schwarze dreinschauen würde, wenn sie ihr das Jadegehänge gab; als Cohen sprach, packte Esther die Weiße ihre eine Hand mit der anderen; die blaßblauen Adern im Handgelenk wurden violett. Sie sprach wie im Traum. »Aber ich bin doch schon verheiratet«, sagte sie.

Cohen zündete sich eine Zigarette an, er wischte den Rauch mit der Hand beiseite. »Schön!« sagte er. »Wir können auch so zusammenleben. Heutzutage geht das ohne weiteres. Und offen gesagt, ich find es unnötig, daß die Behörde mein Leben in den Akten hat. Aber überlegen Sie sich's, denn ich meine, wir sollten uns zusammentun.«

»Warum?« sagte Esther die Weiße.

»Warum?« wiederholte Cohen. »Weil wir es eben tun sollten. Wir hätten's schon längst tun sollen.«

Cohens Worte hallten ihm im Kopf nach; es war, als ob jemand anders sie gesprochen, sie herausgeschrien hätte in dem Vakuum zwischen den Kiefern. Sowohl Esther wie Cohen waren stumm, verlegen; ein Irrer, ein Wahnsinniger hatte soeben ihr gemeinsames Schweigen mit den Zähnen aufgerissen, und Esther und Cohen sahen nun höflich über die Wunden hinweg.

Esther die Weiße konnte nicht umhin sich zu fragen, was wohl gewesen wäre, hätte Cohen dieselben Worte vor Jahren gesprochen, als sie beide noch jung waren, als sie zum ersten Mal begriffen hatte, daß Cohen ihretwegen auf dem Hofe blieb.

»Ich weiß nicht«, sagte Esther die Weiße mit leiser Stimme.

Cohen war bereit, jedes Wort von Esther der Weißen als Ermutigung aufzunehmen. »Sie sind sich nicht zu fein«, sagte er. »Ich glaube, es macht Ihnen nichts aus, daß ich mein Gehalt von Ihrem Mann bekomme. Tatsächlich«, sagte Cohen achselzuckend, »hat er mir auch schon seit Monaten keines mehr ausgezahlt.«

Esther nickte: Cohen war ein Gentleman, sonst wäre er nicht auf dem Hofe geblieben. In ihrer linken Seite kam der Schmerz wieder auf, und sie drückte sich den Arm hart gegen die Rippen. »Ich weiß nicht«, sagte sie zerstreut, »ich bin verheiratet.«

Esther die Weiße wußte, daß sie ihm vor Jahren niemals ihr Ja gegeben hätte. Sie hätte alles aufgeben müssen um seinetwillen. Dennoch, sie erinnerte sich wohl daran, wie er ausgesehen hatte an dem Abend, als er auf dem Eis kniete, als er sie in dem Schwarzkiefernwäldchen beobachtete. »Es ist zu spät«, sagte sie. »Zu spät!«

»Wer sagt das?« wollte Cohen wissen.

»Gehen wir!« sagte Esther die Weiße, strich sich ihr bleiches Haar zurück und griff nach der Schaufel. »Helfen Sie mir, wenigstens dies eine zu regeln!«

»Esther!« rief Cohen. »Was hätten Sie gesagt, wenn ich Sie schon früher gefragt hätte? Als wir jünger waren?«

Esther die Weiße lächelte und stützte sich auf die Schaufel. »Ich hätte mir's vielleicht überlegt«, log sie.

Der Vormittag ging zuende. Während Cohen zuschaute, wie Esther die Weiße die Erde aufgrub, wurde es immer heißer, bis kein Zweifel mehr war, daß es einen Hitzerekord geben würde, und selbst Esther die Weiße, die immer unter dem Schmerz fror, der sie durchströmte, zog den Pullover aus und fächelte sich mit ihrer bleichen, schlaffen Hand Luft zu.

Cohen griff in seinen Stiefel und ging durch das Wäldchen. Das Herz klopfte ihm, die Beine fühlten sich steif an. »Esther!« sagte er. Esther die Weiße hörte auf zu graben und trat neben ihn. »Ich habe doch den Fischern versprochen, ich würde ihnen helfen, sich gegen Gardner und seine Bulldozer zu wehren«, sagte er.

»Cohen!« sagte Esther die Weiße. »Sie doch nicht!«

»Doch!« sagte Cohen. »Natürlich hab ich ihnen das versprochen. Sollen die Fischer denn tot umfallen, sollen sie mit dem Nachtzug nach Miami verschwinden, bloß weil Ihr Mann es so will?«

»Bitte, sagen Sie nicht ›Ihr Mann‹!« sagte Esther die Weiße; der Ausdruck ging ihr auf die Nerven.

»Natürlich können die Fischer auch ohne meine Hilfe für genug Ärger sorgen«, sagte Cohen. »Den Tag möcht ich noch erleben, an dem man den Fischern diesen Hafen wegnimmt.«

Esther die Weiße wandte sich von Cohen ab und betrachtete die Löcher, die sie gegraben hatte. »Ich kann mich einfach nicht mehr erinnern«, sagte sie zu sich selbst.

»Sie sind nicht schlecht mit der Schaufel«, sagte Cohen.

»Bleibt mir denn etwas anderes übrig?« Esther die Weiße war müde und verschwitzt; sie wünschte sich Regen herbei oder eine Flutwelle, die das Kiefernwäldchen fortspülte, und sie würde sich nur noch bücken müssen und den Schatz aus der Erde ziehen. Sie war sicher, daß nur die Hitze Cohen gezwungen hatte, von Liebe zu reden. Was die Hitze nicht alles macht! dachte Esther die Weiße. Vielleicht hatte sie Cohen das Gedächtnis verwirrt; er war auch nicht mehr der Jüngste.

Und als sie sich umdrehte und von den Kiefern wegblickte, als sie Cohen gerade von neuem fragen wollte, ob er sich denn nicht erinnerte, wo er sie vor so langer Zeit gesehen hatte, da ließ Cohen das Jadegehänge in ihre Hand gleiten.

»Vergessen Sie bloß nicht«, sagte Cohen, »daß Sie mir

überhaupt nichts schuldig sind! Wenn Sie sich entscheiden, mich zu heiraten, was eine vortreffliche Idee wäre, dann vergessen Sie bloß nicht, daß Sie es nicht deshalb tun, weil Sie mir etwas schuldig wären!«

Esther die Weiße mußte sich setzen; sie dachte, die Beine würden sie nicht mehr tragen. Sie saß im Sand zwischen den Kiefern, wie ein Kind. Sie fragte Cohen nicht, wie er zu dem Gehänge kam, sie dankte ihm nicht; aber sie begann zu glauben, daß sein Angebot nicht nur von Erinnerungen herrührte.

»Cohen«, sagte sie, und der Landschaftsgärtner mußte sich hinknien, um ihre Stimme zu hören, »war da nicht auch noch ein Paar diamantbesetzte Ohrringe?«

Esther die Weiße war jetzt im Zweifel, ob sie dies eine Geschenk, das ihr Solo gemacht hatte, überhaupt erkennen würde. Sie wußte nicht mehr, ob die kleinen Steine oval oder birnenförmig gewesen waren, ob es sie überhaupt je gegeben hatte.

Cohen zog seine Mütze aus der Hosentasche und setzte sie auf, zum Schutz gegen die Sonne. Aber ihm war schwindlig, der Kopf so leicht wie Nebel. Er hatte sich immer gedacht, die Ohrringe seien ein Geschenk von Mischa; oder auch von einem Geliebten, vielleicht von einem, den Esther einmal angebetet hatte. »Möchten Sie denn, daß auch Ohrringe dagewesen wären?« fragte er.

Esther die Weiße antwortete schnell. »Nein!« sagte sie. Sie wollte sich nicht an Solo erinnern oder an das Geschenk, das er ihr gemacht hatte.

»Nein«, sagte Cohen. »Ohrringe nicht!«

Der Landschaftsgärtner half Esther wieder auf die Füße, und als er mit ihr über den Rasen ging, hörte sie sich seine Sorgen mit den Fischersleuten an, und sie nickte, als er ihr erklärte, daß er jetzt ins Ostgelände hinüber müsse. Sie blieb an der Seemauer stehen und sah zu, wie er durch die Kiefern ging; aber Esther die Weiße sah nicht wie

Cohen die Diamantohrringe über die Seemauer schmiß, sie sah nicht, wie sie zwischen Tausende von grünen Steinen fielen. Und während Esther Cohen nachschaute, das Jadegehänge zwischen den Fingern, traf sie eine neue Entscheidung: Sie wollte Cohens Angebot annehmen. Sie hatte beschlossen, ihn zu lieben.

Cohen wußte nicht, was er von den jungen Fischersleuten zu erwarten hatte, wenn er ihnen seine Entscheidung mitteilte. Er fand die Gruppe am Strand, wo sie die geflochtenen Netze auf den Felsen trockneten und über die schlechte Qualität der Muscheln sprechen, die sie diesen Sommer aus dem Hafen fischten. Die Hitzewelle nahm zu; und die Frauen trugen Shorts und Bikini-Oberteile, das lange Haar mit den blauen Stirnbändern zu langen dunklen Mähnen aufgebunden.

Cohen setzte sich auf einen großen algenbedeckten Felsen, der noch naß und kühl war von der Flut.

»So«, sagte eine junge Frau, die zerrissene Schnüre in einem großen Fischnetz wieder zusammenknüpfte, »da ist er ja, unser Held!«

Cohen winkte ab. »Von wegen Held!«

»Bittschön!« sagte der junge Fischer Daniel, der sich zu Cohen gesetzt hatte. »Warum so bescheiden, Cohen?« Er zog seine nackten Füße auf den dunkeln, nassen Felsen hinauf und öffnete eine große Tüte. Er war bei McDonalds an der Route 16 gewesen und hatte so gut wie allen am Strand etwas zu essen mitgebracht. Daniel aß einen Hamburger. »Hätte ich gewußt, daß du hier bist«, entschuldigte er sich, »hätte ich dir auch was mitgebracht.« Er bot Cohen von seinen Pommes frites an. »Das ist ein Essen aus festlichem Anlaß heute, denn morgen sollen die Bauarbeiten anfangen.«

»Ich kann diese Hamburger nicht essen«, sagte Cohen. »Magensache!«

Daniel nickte und aß. Ein paar von den jungen Männern und Frauen kamen und setzten sich zu Cohen; die älteren mieden ihn und nannten ihn bei sich einen Störenfried. Cohen zog sein ärmelloses Unterhemd aus und wischte sich das Gesicht ab. Er aß ein blasses Stück Pomme frite, aber es klebte ihm wie Papier im Halse. Er litt unter der Hitze, unter der Traurigkeit und unter der Freude. Er wünschte sich, die Fischer würden ihn nicht so ansehen, nicht so darauf warten, seine köstlichen Worte in die Ohren geträufelt zu bekommen. Aber er hatte es so gewollt; niemand hatte ihn um Hilfe gebeten.

Wenn er ihnen sagte, daß er keine Flinten hatte, würde er ihnen dann auch erklären können, daß er kein Verräter war, daß er den Hof und sein Ostgelände darum nicht weniger liebte? Konnte er ihnen sagen, daß für ihn der Hof eins war mit Esther der Weißen? Wenn er sie sah, sah er das Kiefernwäldchen im Winter, eisbedeckt, sah er den Hafensand ziehen in den Linien ihres Gesichts, mit den Schuppen der Hafenfische in jedem blassen Äderchen; und die Gardenien, die er jahrelang angepflockt hatte, wurden von ihrem glatten blauen Kopftuch getragen.

Die jungen Fischer wurden unruhig. »Wann bekommen wir nun die Flinten? Wann überlegen wir uns, wie wir vorgehen?« fragte einer von ihnen.

Cohen schaute zu der klaren Küstenlinie von Connecticut jenseits des Sundes hinüber. »Ich hab keine Flinten«, sagte er ihnen.

»Willst du uns veralbern?« sagte Daniel.

»Mein Ernst!« sagte ihm Cohen. »Es hat nicht geklappt.«

Unter einer Birke spielten drei alte Fischer im Schatten Bolo. Als am Strand die Stimmen gehoben wurden, ließen die Veteranen ihr Fischgrätenspiel liegen, um zu sehen, was es für Unruhe gab.

»Du Verräter!« sagte Terry, der Freund Esthers der Schwarzen.

»Arbeitest du jetzt gegen uns?« fragte eine Frau und hörte auf, ihre Muscheln zu putzen. »Hältst du's jetzt mit der Familie? Wieviel haben sie dir gezahlt?«

Cohen senkte die Augen. Niemand hätte ihm mehr zahlen können als Esther die Weiße mit ihrem klaren Blick, mit der Berührung ihrer Finger, als er das Gehänge in ihre Hand gleiten ließ.

Der Älteste unter den Fischern, der Bolomeister, der Cohen anderntags, als er ihnen die Nachricht brachte, nicht beachtet hatte, drängte sich zwischen den jungen Männern und Frauen durch. Er blickte aus seinen sonnenverkleinerten dunklen Augen auf Cohen. »Brüllt ihn nicht so an!« sagte der Alte. »Macht nicht so viel Lärm! Ein Geschrei wie die Möwen!«

»Ich hab ihnen Flinten versprochen«, erklärte Cohen dem Alten.

»Ich weiß«, sagte der Fischer.

»Und er hat keine gekriegt«, sagte ein Siebzehnjähriger anklagend.

»Gut!« sagte der alte Fischer. »Wir brauchen auch keine.« Er lächelte Cohen zu. »Aber die Idee war sehr nett. Sehr romantisch. Konnte nicht gutgehn, aber romantisch!«

»Was sollen wir denn machen?« rief Daniel. »Einfach weggehn?«

»Ja!« Der alte Fischer blinzelte ins Sonnenlicht.

»Diese alten Kerle!« sagte Daniel zu seinen Freunden. »Die sind doch schon so gut wie tot.«

Cohen lachte, denn soeben hatte er sich den Liebesakt mit Esther der Weißen vorgestellt. Der alte Fischer blickte zu ihm her. »Tot?« sagte der Alte. »Ganz im Gegenteil! Lebendiger als du denkst, mein Junge!« Er tippte sich an die Stirn. »Und gescheiter!«

»So gescheit, einfach wegzugehn und alles stehn und liegen zu lassen!« rief jemand.

»Ganz recht!« sagte der alte Fischer. »Aber wo wir hingehn, hab ich euch wohl noch nicht gesagt, oder?«

Mit diesen Worten brachte er die Gruppe zum Schweigen, die sich von Cohen abgewandt hatte. Auch der Landschaftsgärtner war neugierig. Auch er konnte in dem Lächeln des Alten einen besseren Plan erkennen als sein Flintenabenteuer.

»Also«, fragte Cohen, »was ist denn dein Plan?«

Der Fischer tippte sich abermals an den Kopf. In der Hand hielt er eine trockne Fischgräte aus dem Bolospiel, und sie hinterließ Sandspuren auf seiner Wange.

»Tut mir leid!« sagte er. »Du stehst auf mehreren Seiten. Kann ich dir's leichter machen, wenn ich dir sage, daß dieser Plan nur für uns ist?«

Eine Weile saß Cohen allein auf dem nassen Felsen und badete die Füße in der Flut, aber er kam sich verlassen vor. So zog er sein feuchtes Unterhemd wieder an und ging über den Strand. Er kletterte über die Seemauer und drehte sich um. Die Fischer waren wie Schatten unter der Birke; sie hatten ihn schon vergessen. Cohen ging über den Rasen und dachte, daß der alte Fischer recht hatte – besser, er wußte nichts! Von manchen Dingen. Von manchen Dingen war es besser, man wußte. Zum Beispiel, was aus seinem Leben werden würde und aus Esther der Weißen. Alles könnte sein, dachte Cohen, als er über den weiten Rasen ging. Nichts könnte sein.

Von seinem Fenster, an das er sich einen Sessel gerückt hatte um den Hof in Ruhe betrachten zu können, konnte Phillip Cohens Hängeschultern sehen, er konnte die Schweißringe auf seinem Unterhemd sehen. Und er konnte auch seine Mutter sehen, wie sie im schwindenden Licht auf der Veranda saß. Esther die Weiße saß an einem Korbtischchen. »Cohen!« rief sie und winkte ihm, »ich habe Tee gemacht.«

»Tee?« sagte Cohen. Er kratzte sich den Kopf und gab

sich Mühe, ihren Gesichtsausdruck zu erkennen, aber ihre Augen waren blaß und klar wie immer.

Phillip rückte dichter ans Fenster, er drückte die Nase gegen die Scheibe. Auf der andern Seite des Zimmers kuckte Rose in den Fernseher, aber das einzige, was Phillip sehn wollte, war der Hof, die Art, wie die Schatten über die Bäume fielen.

»Ganz recht!« sagte Esther die Weiße und schenkte Tee in eine zweite blaue Porzellantasse. »Pfefferminz!« sagte sie.

Auf der andern Seite des Hofes holte Phillip sein Fernglas hervor. Er lag regungslos hinter dem Fenster. Er konnte Cohens Kehlkopfbewegungen sehen, als er im letzten Sonnenlicht den heißen Tee schluckte; er konnte die Möwen sehn, die sich auf den Birkenästen und Telefondrähten niedergelassen hatten. Phillip lächelte, als er sah, wie Cohen hinüberlangte und Esther die Weiße bei der Hand berührte. Wenn seine Mutter jetzt etwas empfand – jetzt könnte es ihr etwas bedeuten, könnte sich ihr einprägen, wenn er ins Wasser ging. Ja, es war der bestmögliche Augenblick; aber wie Esther die Weiße es aufnahm, war nicht das Wichtigste – es war nur ein interessanter Nebenumstand. Und so wandte Phillip sein Fernglas ab; er überließ Cohen und Esther die Weiße allein ihrem Teegespräch, ohne neutralen Beobachter, und er wandte sich den Hoftoren zu.

Er hatte das Rumpeln schon gehört, sobald ihn Esther die Weiße vom Verkauf des Ostgeländes unterrichtet hatte. Jenseits der Rasenfläche, hinter den Mimosen und den Kiefern, draußen vor dem Eisentor trafen die ersten Bulldozer ein. Phillip sah auf die Uhr. Er hatte sich ausgerechnet, daß die Bulldozer abends zur Essenszeit kommen und sich draußen sammeln würden wie Hirsche um einen kühlen, dunklen Teich. Nicht schlecht, lächelte Phillip; er hatte die Zeit nahezu exakt vorausgesehen. Er schaute durchs Fernrohr, weit vorbei an Esther der Weißen, die nun mit ihren schmalen, unsicheren Händen Honig in den Pfefferminztee löffelte. Phillip hielt das Fernglas dichter ans Fenster. Er hatte die Sinne eines Fischs – er hatte die Bulldozer schon gehört, als sie fürs bloße Auge noch unsichtbar, für jedes andere Ohr noch unhörbar waren. Und er saß so still, so unbewegt, daß er jede Fliege, die sich auf seiner heißen, feuchten Haut niederließ, mit einem Züngeln hätte erhaschen können.

4 Esther die Schwarze war auf das Ungewöhnliche nicht vorbereitet. Niemand hatte ihr gesagt, daß die Sonne nicht immer über dem Hafen aufging und daß nicht alle Väter sich regelmäßig wie nach der Uhr einmal pro Jahr umzubringen versuchten. Sie hätte es sich nie vorstellen können, daß ihre Großmutter vor einem italienischen Rauchglasspiegel Stunden damit zubrachte, eine Rede einzustudieren, die sie Esther der Schwarzen vortragen wollte, wenn sie ihr das Jadegehänge schenkte. Esther die Schwarze hätte es nie erraten, daß Cohen beschlossen hatte, für die Frau, die er liebte, die Freundschaft der Fischer aufs Spiel zu setzen – oder, sollte sie sich in einer verträumten Stunde so viel gedacht haben, so hätte sie doch nie geahnt, daß diese Frau ihre Großmutter war, Esther die Weiße.

Und als sie nach Manhattan kam und die Zehnte Avenue entlanggging, da ahnte sie nicht, daß Ira Rath sich in sie verlieben würde. Als Esther die Schwarze zu der Wohnung kam, wo Ira mit seiner Band nun hauste, da wußte sie, was sie wollte. Sie kam, um ein Darlehen zu erbitten – sie war sicher, daß Solomon Rath jeder Laune seines Sohnes nachgeben würde –, und wenn man ihn darum bat, so würde Rath Senior so viel Geld locker machen, daß sie Phillip und Rose irgendwo fern vom Hofe unterbringen könnte, ehe noch Phillip in seinem Drang zum Wasser durch die Einebnung des Ostgeländes zum Äußersten getrieben würde. So hatte Esther die Schwarze an die Tür von Ira Raths neuer Wohnung geklopft, sie hatte sich mit der Hand übers Haar gestrichen, die Finger als Kamm benutzend. Sie wartete in dem dunklen Flur. Das Schloß klickte dreimal, und Ira machte auf.

Er starrte sie an, voll Überraschung. »Du riechst nach Fisch«, sagte er.

»Von der Fähre«, erklärte Esther die Schwarze. »Kann ich reinkommen?«

»Natürlich.« Er gab ihr mit der Hand ein Zeichen, einzutreten. »Bitte«, sagte er. Esther die Schwarze schaute an ihm vorbei in die große Altbauwohnung, in der sich seine Musiker, *The Quick and the Mad*, verstreut hatten; sie zögerte.

»Esther, du kommst genau richtig«, versicherte er ihr. »Heute abend bin ich berühmt. Die Welt dreht sich um mich«, sagte er zuversichtlich. »Und dazu wäre es ohne dich nie gekommen.«

»Ira«, sagte Esther die Schwarze, sobald sie drinnen war, »ich bin hier, weil ich deine Hilfe brauche.« Sie sprach laut, um gegen die Stimmen seiner Bandmusiker durchzudringen, die mit einer Flasche Tequila und einer aufgeschnittenen Pampelmuse auf dem Boden saßen.

Er legte einen Finger auf die Lippen. »Pssst!« machte er. »Hier nennt man mich Pagan. Nicht mal mein Bassist kennt meinen richtigen Namen.«

Pagan setzte sich auf einen rotledernen Schlagzeugerstuhl. »Esther«, sagte er, »ich glaube, du verstehst gar nicht, was ich für einen Treffer gelandet habe. Den Abend, nachdem ich bei euch zum Essen gewesen bin, hab ich mir's überlegt, was mein Vater gemacht hat – und da ist mir aufgegangen, wenn er euch bestehlen kann, kann ich ebensogut ihn bestehlen. Wozu mich abplagen wie alle diese halbverhungerten Musiker, wenn ich von dem alten Herrn das Geld doch bloß zu verlangen brauche? Er hat sich gewehrt, klar, aber ich hab's drauf ankommen lassen. Papa, hab ich ihm gesagt, entweder du spuckst zwei Dicke aus, oder ich geh meinen Arsch versilbern, wenn's sein muß. Meinen Arsch versilbern, das hab ich ihm gesagt. Er hat das Geld rausgerückt, und wir haben *Nova Scotia Avenue* aufgenommen. Einen Vertrieb haben wir auch, und Sam Goodys Laden hat die Platte schon bestellt. WNEW hat die Bandaufnahme gespielt, mindestens zweimal täglich. Und ich mache mir keine Vorwürfe, Esther, und dir hab ich das zu verdanken! Überhaupt keine Vorwürfe! Wie ich gestern da rausgeh bei meinem alten Herrn, und er sagt: ›Wie kannst du hier fortgehn nach allem, was ich für dich getan hab und nachdem du das Geld für deine verfluchte Platte hast?‹, da hab ich mich umgedreht, und weißt du, was ich ihm gesagt hab?«

Esther die Schwarze mußte schwer schlucken. »Nein«, sagte sie.

»Ich hab gesagt, wenn ich irgendwem dankbar bin, dann Esther der Schwarzen. Es war ihr Geld und nicht deins, womit ich *Nova Scotia Avenue* bezahlt hab. Die Welt dreht sich um mich, Esther!« sagte Pagan. »Ich bin berühmt.« Er seufzte.

»Prima!« sagte Esther die Schwarze. »Wunderbar! Aber, Ira, Tatsache ist, ich brauche auch ein bißchen Geld. Ich muß meinen Vater vom Hof fortbringen, bevor er weiß, daß er verkauft wird. Bloß ein paar Hunderter«, sagte sie. »Bloß geliehen!«

Die Straße dröhnte unter den Lastwagen, die nach New Jersey unterwegs waren, als Esther die Schwarze auf eine Antwort wartete. Schließlich schüttelte Pagan Rath den Kopf. »Tut mir leid«, sagte er, »aber du mußt mich verstehen, das Plattengeschäft ist teuer. Ich muß die Gebühren für meinen Agenten bezahlen, einen Reisemanager, neue Ausstaffierung für *The Quick and The Mad*, und mein Vorschuß für das Album, das wir machen, ist noch nicht gekommen. Kein Geld da, Esther! Ich dachte, das hast du begriffen. Nichts mehr übrig jetzt – aber bald bin ich reich – bald kann ich dir leihen, soviel du willst. Ach was, leihen – ich schenk dir's!«

Esther die Schwarze zündete sich eine Zigarette an und schloß die Augen. Was tat sie hier in dieser Wohnung mit einem, um den sich die Welt drehte, während ihre Welt Minute für Minute enger zu werden schien? Esther lehnte sich an die schmuddlige Wand und wünschte, sie könnte sich in den Gips verkriechen.

»Du funkst mir sehr negative Wellen rüber, Esther! Geld ist doch nicht alles.« Pagan Rath schwang seine Wildlederstiefel von dem Trommelsatz herunter und trat neben sie. »WNEW spielt mein Lied. Stell dir das vor, Herrje, das Radio!«

Esther die Schwarze entschuldigte sich wegen ihrer mangelnden Begeisterung; sie wünschte, sie hätte ihm zu seinem Glück gratulieren können, aber es ging nicht, es käme nicht von Herzen. Sie strich mit den Fingern auf und ab an der gelben Wand; alle ihre Pläne waren zu Staub zerfallen. Ihr Leben lang hatte sie gegen den Hof und gegen ihre Großmutter angekämpft, und nun blieb keine Zeit mehr, jetzt, wo das Ostgelände verkauft war und man Phillip alles zutrauen konnte, aber auch alles!

»Was ich mir immer gewünscht habe, das hab ich jetzt«, sagte Ira Rath soeben. »Bei allen heiße ich jetzt Pagan. Es ist, wie wenn man ein neuer Mensch wäre.«

Dann schlug einer aus der Band vor, zu einer Party nach Newark zu gehen, um den Erfolg zu feiern. »Gehn wir, Pagan!« rief der Schlagzeuger. »New Jersey erwartet uns.«

Aber Pagan Rath schüttelte den Kopf und wandte sich zu Esther. »Bleib da!« sagte er.

»Ich?« sagte Esther die Schwarze.

»Ich geh nicht zu der Party in Newark«, sagte Pagan Rath. »Ich bleib lieber da, mit dir.«

The Quick and the Mad nahmen ihren Tequila, ihre Gitarren und ihre Freundinnen mit; sie schlurften hinaus und hinterließen Spuren von Zigarettenasche und von Erfolg in bizarren Zirkeln. Esther die Schwarze fühlte sich allein auf der Welt. Ihrerseits ohne Erfolg und ohne neue Pläne, fand sie den Gedanken an die Rückfahrt nach St. Fredrics unerträglich. Sie entschied sich, zu bleiben. Sie zog ihre Kleider aus und willigte ein in den Liebesakt mit Pagan Rath auf einer Matratze ohne Laken.

»Tut mir leid«, entschuldigte er sich, »aber ich bin grad erst eingezogen und war noch nicht in der Wäscherei. Eine hektische Woche war das.«

Aber Esther die Schwarze störte es nicht; sie seufzte, weil sie, als Pagan Rath ihre Brüste berührte, die Farbe des Hafensands am späten Vormittag vergessen konnte. Und weil sie, als er sich in ihr regte, die Käuzchenschreie im Kiefernwäldchen nicht mehr hörte. »Danke!« sagte sie ihm, als sie fertig waren; aber als sie nach ihren Kleidern langte, die neben der Matratze auf dem Boden lagen, hielt Pagan Rath ihre Hand fest. »Du mußt nicht fort«, sagte er. »Geh heut nicht mehr weg!«

Pagan Raths Augen waren rot und müde; Esther konnte ihr Spiegelbild in den Pupillen sehen.

»Hast du manchmal Angst im Dunkeln?« fragte sie und dachte an das Licht im Schlafzimmer ihrer Großmutter, das ständig brannte, von spät bis früh.

»Ich hab Angst vor *Nova Scotia Avenue*«, sagte Pagan.

Sie sagte ihm, sie bliebe, aber nur bis zum Morgen. Am Morgen aber bettelte Rath, daß sie mitginge ins Studio, wo die *Quick and the Mad* ihr Album *Dog in Pain* auf Band nahmen.

Esther die Schwarze hatte schnell begriffen, daß Ira die

Aufnahmesitzung nicht überstehen konnte ohne eine Flasche Jack Daniels oder ohne daß sie ihm die Hand hielt.

Und später, beim Essen in einem Delikatessenladen an der Siebenten Avenue, fragte Pagan, ob sie nicht glaube, daß sie ihn lieben könnte.

»Ich glaube nicht«, antwortete Esther.

»Ich glaube, es könnte gutgehen«, sagte Pagan, nachdem er ein Corned-Beef-Sandwich bestellt hatte. »Ich glaube, es könnte gutgehen. Du hast mein Leben verändert. Du hast mir die Augen geöffnet. Du hast mir gezeigt, daß man sich nimmt, was man unbedingt haben will – auch wenn es vom eigenen Vater ist. Du bist die Richtige für mich, ich merk das doch!«

»Ira«, sagte Esther die Schwarze, »ich kann mir nicht einreden, daß ich dich liebe.«

Pagan Rath hielt ihre Hand ganz fest. »Liebe kommt schon, wenn du willst – wenn du's richtig versuchst.« Er unterbrach sich und zog ein Notizheft aus der Tasche seiner Lederjacke. »Prima Vers!« sagte er. »Siehst du, du inspirierst mich. Komm mit mir auf die Tournee! Mein Manager hat vier Konzerte in Kalifornien abgemacht. Du bist die einzige, die mich wirklich kennt. Du bist die einzige, die Ira zu mir sagt.«

»Ich weiß nicht«, sagte Esther die Schwarze, doch in Wahrheit hätte sie gern ja gesagt – sie mochte es, wie seine Zunge auf und nieder über ihre Haut ging, sie mochte es, wie er sie brauchte.

»Überleg dir's!« sagte Pagan und summte den ersten Takt der Titelnummer aus *Dog in Pain.*

Aber Esther liebte Pagan nicht, und sie konnte den Hof nicht verlassen. Als sie über die Siebente Avenue heimgingen, konnte sie die Mimosenbäume nicht vergessen, die Augen ihres Vaters oder den kühlen Steinstrand bei Ebbe. Den Tag und die Nacht über blieb sie noch bei Pagan, aber sie hatte schon beschlossen, heimzufahren.

Am Morgen, bevor die Sonne aufgegangen war und als Pagan noch schlief, zog Esther die Schwarze sich an und ging rasch durchs Wohnzimmer, wo der erste Gitarrist auf der Couch eingeschlafen war, die Tequilaflasche noch in der Hand. Sie setzte sich in die Küche und fing an, Ira einen Zettel zu schreiben. Sie versuchte ihm zu erklären, warum sie nicht füreinander geschaffen seien, als das Telefon klingelte.

Am Abend vorher hatte die Familie festgestellt, daß Esther die Schwarze nicht mehr die einzige Person war, die auf dem Hofe vermißt wurde. Phillip war nicht zuhause bei Rose, er war nicht in seiner Genesungskate, er saß weder auf dem Rasen noch am Steinstrand. Cohen hatte die ganze Nacht hindurch nach ihm gesucht, und am Morgen, als Sam Gardners Bulldozer, die nachts vor dem Tor an der Route 16 geparkt hatten, durchs Tor hereingefahren kamen, sagte Cohen zu Esther der Weißen, daß man Esther die Schwarze suchen müsse. Cohen hatte von Anfang an geglaubt, daß Esther die Schwarze bei Ira Rath zu finden sei – sie hatte nicht viele Freunde zur Auswahl. Er rief Solomon Rath an und schrieb sich Iras neue Telefonnummer auf.

»Esther?« sagte Cohen, als Esther die Schwarze den Hörer abnahm. »Esther?« wiederholte er, ohne noch ihre Stimme gehört zu haben. Draußen auf der Zehnten Avenue fuhren noch keine Busse. Die Stadt war dunkel, schwarz wie die Nacht; aber über den Fluß schimmerte schon von New Jersey ein fahles Licht herüber.

»Was ist?« fragte Esther die Schwarze. Sie wußte, es war etwas; es war allzu früh, allzu dunkel.

»Ich kann doch nicht ganz blöd sein«, sagte Cohen. »Ich habe mir's gedacht, wo du steckst.« Seine Stimme war leise; er hörte sich an wie ein alter Mann.

»Ist was passiert?« fragte Esther die Schwarze.

»Dein Vater!« sagte Cohen. »Phillip ist fort.«

Esther die Schwarze rannte die drei Treppen hinunter; sie nahm sich an der Zwanzigsten Straße ein Taxi; ihre Knöchel waren weiß, als sie durch die leeren morgendlichen Straßen zu dem Pier fuhr, wo das Fährschiff nach St. Fredrics lag. Nachdem sie die Fahrkarte gelöst hatte, wartete sie auf dem Pier, bis sie an Bord gehen durfte. Während der graue Himmel in Sommerblau überging, versuchte sie sich abzulenken, sie stellte sich Ira Rath vor, aber sie spürte nichts von Liebe, nur Schuld, weil sie gegangen war, als er in seiner dunklen Wohnung noch schlief und von *Nova Scotia Avenue* träumte. Sie überlegte, ob er sie nicht nur deshalb so dringend brauchte, weil sie immer noch Ira zu ihm sagte; aber selbst damit war es vorbei: Auch für sie hieß er nun Pagan.

Als das Schiff schließlich seine Passagiere aufgenommen hatte und die Maschinen angeworfen waren, als das Schiff langsam vom Pier ablegte, konnte Esther die Schwarze es nicht länger vermeiden – sie schaute über das vorbeiziehende Wasser und dachte an Phillip. Und immer wieder wünschte sie sich, daß es nicht zu spät sei, obwohl sie wußte, daß es für manche Dinge immer zu spät war. Sie wußte, daß sie Phillip auch nicht hätte halten können, wenn sie letzten Abend auf dem Hofe gewesen wäre. Sie hätte es vielleicht nicht einmal gewollt.

Es war eine allbekannte Tatsache, daß Phillip nur einmal pro Jahr ins Wasser ging, aber dieses Jahr war nicht wie die anderen, dieses Jahr bebte die Erde, und die Kiefern warteten darauf, eine nach der andern abgehauen zu werden. Niemand hatte wissen können, daß Phillip so spät im Sommer noch einmal zur Seemauer hinabgehen oder daß er die Kraft haben würde, sie zu übersteigen. Aber seine bloßen Füße hafteten am Sandstein wie Kletten. Als er an den Strand kam, ging sein Atem schwer; er glitt aus auf den glatten grünen Steinen und zerschnitt sich die Fußsohlen. Er hätte gern Halt gemacht und ein Weilchen gewartet, nicht wegen des Bluts, das ihm aus den Füßen sickerte, sondern um sich im Hafen umzusehn. Aber er hatte einfach keine Zeit. Er hatte keine mehr, seit er zum ersten Male das Rumpeln gehört hatte.

Und so ging er die Felsen entlang; die Sonne schien hell, ihm war leicht im Kopfe, und hinter ihm blieb auf den Algen eine dünne Blutspur zurück. Es war Ebbe; der Geruch von Meerlavendel und Seetang umschloß den Strand wie eine Faust. Phillips Füße sanken in den nassen Sand ein; zwischen seinen Zehen verfingen sich Tangsträhnen und zersplitterte Muscheln, die die hochfliegenden Möwen fallengelassen hatten. Seine Pupillen waren wie feine dunkle Nadelköpfe; sie sahen nur den Horizont, die Mitte, wo sich Blau mit Blau trifft, wo alles in eins fließt. Jetzt wußte er, daß alles Bisherige nur Übung gewesen war, alles Bisherige nur auf diesen einen Abend in der letzten Augustwoche hin.

Bisher war es halb im Spiel gewesen – er war nicht weit genug hinausgeschwommen oder nicht schnell genug, in einem langsam strömenden Fluß oder einem warmen See. Bisher hatte er Zeit in Fülle gehabt. Und er hatte eine Tochter gehabt, um die er sich sorgte. Jetzt aber spürte Phillip, daß Esther die Weiße sich um das Mädchen kümmern würde; und jetzt standen die Bulldozer bereit, sich durch das Ostgelände des Hofes ihren Weg zum Hafen zu bahnen. Er hatte keine Zeit.

Phillip stand bis zu den Hüften im Wasser. Seine hellbeigefarbenen Hosen wurden zu Schwimmhäuten, die Haare an seinen Beinen und Genitalien wurden von der kalten Augustflut gewaschen. Und vor ihm war das Blau, da wo es auf sich selber traf, und hinter ihm seine Familie, die noch immer glaubte, daß er sich bloß umbringen wollte. Phillip lächelte bei dem Gedanken, während sich Königskrabben um ihn sammelten, wie Untersee-Panzer, die ihn eskortierten. Er atmete so tief er konnte; Wellen durchtränkten sein T-Shirt, bis der Stoff wie ein Firnis an ihm klebte.

Das blaue Licht vom Horizont blieb schützend bei ihm, auch als Phillip schon tiefer tauchte; und bald mußte er nicht mehr tauchen – er wurde von der Flut mitgeführt, ringsum und hinab. Er wurde geschwenkt wie ein Tänzer, hinab wie ein Tänzer, die klaren Augen geschlossen. Erst spät am nächsten Nachmittag gab der Hafen ihn her, nachdem die Strömung ihn meilenweit den Strand entlang getrieben und Phillips eines Hosenbein sich an einem hölzernen Pfahl der Docks von St. Fredrics verfangen hatte.

Fährschiffe nach Manhattan und Connecticut schäumten an ihm vorüber, Möwen ließen sich nieder auf seine Knie. Schließlich fanden ihn zwei Dockarbeiter, die ihren Lunch jeden Nachmittag auf derselben Docktreppe aßen. An dem Tag, als Esther die Schwarze auf den Hof zurückkam, teilten sich die beiden ihre Brote, Bier, Pfirsiche und Pasteten; und während sie aßen und die Krümel und Krustenstückchen ins Wasser warfen, konnten sie nicht recht sehen, was es war, das da unterhalb des Docks mit ruhigen Bewegungen im Wasser schaukelte, elegant wie ein großer Fisch. Als sie dann erkannten, daß es ein Mensch war, bewegte sich Phillips Haar langsam in Ringeln, und sein Gesicht war klar und glatt wie ein Stein.

IV Einholen der Netze

1 Sie bestatteten ihn schnell. Sie mußten; Mischa befürchtete, sonst werde der Rabbi, den er nach vielem Zureden für Phillips Begräbnis gewonnen hatte, die Möglichkeit eines Selbstmords erkennen. Die Stelle, die sie wählten, lag so nahe bei der Seemauer, wie es der Sandboden nur zuließ; sie hörten die Bulldozer brummen wie die Fliegen. Niemand trug Schwarz. Mischa stützte sich auf einen eleganten Spazierstock, Rose trug ein pastellfarbenes Baumwollkleid, Esther die Weiße beugte den Kopf in einem hellblauen Seidentuch, Esther die Schwarze trug Sonnenbrille und ihre Jeansmütze. Von weitem sah es aus, als ob die Familie zu einem Picknick auszöge; nur die beiden Totengräber lehnten sich auf ihre Schippen und fluchten über die Hitze und den feinsandigen Boden, in dem das ausgehobene Loch immer von neuem zufiel.

Niemand weinte, bis auf Rose, als sie den rosa Chiffonschleier beiseiteschob, der schlaff von der Krempe ihres Strohhuts herabhing; sie hatte den ganzen Vormittag getrunken und machte sich über ihre Finanzlage Sorgen. Esther die Schwarze weinte nicht, weil sie nicht glauben konnte, daß ihr Vater in dem Sarg liege, der auf zwei Brettern über dem offenen Grabe stand; sie stellte sich vor, man habe den Falschen gefunden. Phillip konnte nicht in diesem Kasten sein; er trieb irgendwo in den Hafengewässern. Und wäre er doch da drinnen, dachte Esther die Schwarze, so müßte sie nur ein Messer holen und das schwarze Band zerschneiden, das wie ein Siegel um die Mitte des Sargs geschlungen war; dann würde sie ihn noch einmal sehn, zusehn, wie Phillip heraussprang, als Überlebender eines von vielen Untergängen.

Esther die Weiße war die einzige in der Familie, die Phillips zweiter Versuch in diesem Sommer nicht im mindesten überrascht hatte; sie glaubte, daß in dem Sarg wirklich ihr Sohn liege. Obwohl sie immer sicher gewesen war, ihn zu überleben, obwohl sie sich Phillips Begräbnis dutzendemal vorgestellt hatte, hatte sie doch nicht gedacht, daß sie am offenen Grabe so fricren oder daß sie so wütend sein würde über die Arbeiter, die weiter über die Hitze fluchten, als sie den Sarg in die Grube hinabließen; und ganz gewiß hatte sie nicht gedacht, daß sie so müde sein und sich auf Cohens Arm würde stützen müssen.

»Esther«, flüsterte Cohen ihr zu, als der Rabbi zu rezitieren anfing, »wie geht's?«

»Nicht besonders«, sagte Esther die Weiße.

»Sind Sie krank?« fragte Cohen.

Esther die Weiße schüttelte den Kopf. »Müde.«

Esther die Schwarze konnte nicht länger den Rabbi oder den Sarg ansehen; sie schaute über den Rasen des Hofes. Sie überlegte, ob Phillips Tod ihre Schuld war, ob Phillip, wäre sie dagewesen, vielleicht nicht ertrunken wäre. Vielleicht wäre sie über die grünen Steine gerannt und hätte die Arme um ihn geschlungen; er war ja so leicht, daß sie ihn hätte heben und über die Seemauer tragen können. Aber Cohen war da gewesen, ohne Zweifel ein viel besserer Leibwächter, als es Esther die Schwarze je hätte sein können. Und eigentlich hatte Esther die Schwarze schon immer gewußt, daß es eines gab, was Phillip wollte: Er wollte davongespült werden, mitten in der Nacht mit den Wellen durch Algen und Sand treiben, still wie ein Fisch und viel, viel leichter als Luft. Esther die Schwarze nahm die Sonnenbrille ab, sie dachte sich Phillip freischwebend in den Wellen, sie erinnerte sich, wie klar seine Augen waren; dann sah sie ganz weit hinten etwas über den Rasen kommen; sie sah es als erste. Langsam, wie wenn die Flut stiege, kamen die Fischersleute über den Rasen. Manche gingen zu Fuß, manche fuhren in ihren alten Liefer- und Kombiwagen geradewegs über die eingeebnete Fläche, wo einmal das Kiefernwäldchen gestanden hatte. Esther die Schwarze fing einen Blick von

Cohen ein und nickte zum Ostgelände hin. Die Reihe der Fischer kam näher; Kinder und Frauen beschirmten sich die Köpfe mit Tüchern gegen die helle Sonne, die Männer hatten Mützen auf. Die Erde bebte unter ihren Schritten.

»Was ist das?« sagte Mischa, als die Fischer die Grabstätte umringten.

Der Rabbi blickte auf und nahm seine Brille ab. »Soll ich fortfahren?« fragte er Mischa.

»Was ist das?« Mischa zeigte mit dem Finger auf mehrere alte Männer, die sich ihm näherten.

Die Fischer waren still; sie hielten die Köpfe gebeugt.

»Soll ich den Gottesdienst abbrechen?« fragte der Rabbi.

Mischa stieß seinen Spazierstock auf den Boden. »Fort!« sagte er zu den Leuten. »Machen Sie, daß Sie hier fortkommen!«

»Wir sind hier, um dem Ertrunkenen Mann Ehre zu erweisen«, sagte der älteste von den Bolospielern.

»Was wissen Sie von Ehre?« sagte Max. »Sie haben die Stirn, meinen armen Bruder zu belästigen, wo sein Sohn noch nicht unter der Erde ist. Es ist nicht zu glauben!«

»Glauben Sie's lieber!« rief einer der jungen Fischer.

»Bitte!« sagte der Rabbi.

»Machen Sie weiter!« sagte ihm Esther die Weiße.

»Wie sollen wir denn weitermachen, wenn all diese Diebe mich auf drei Schritt anhauchen?« sagte Mischa.

Esther die Weiße hatte die Fischer noch nie aus solcher Nähe gesehen. Sie wußte, daß Cohen mit ihnen befreundet war; sie hatte sich vorgestellt, wie Cohen bei ihnen im Lager säße, sie hatte sich vorgestellt, wie das Licht von ihren blauen Stirnbändern blitzte, wenn sie sich über das Feuer beugten, um die eiserne Kaffeekanne abzunehmen. Als der alte Bolospieler an Esther die Weiße herantrat und ihr die Hand hinstreckte, bemerkte sie, daß seine Hand wie eine Klaue war.

»Mein Beileid!« sagte der alte Fischer.

Esther die Weiße nahm seine Hand und nickte. Sie sah keinen Grund, warum diesc Lcute, die in dem Hafen arbeiteten, den ihr Sohn geliebt hatte, nicht hier sein sollten. »Machen Sie weiter!« rief sie laut zum Rabbi hinüber.

Der Rabbi begann schnell zu psalmodieren; Gerüche von Benzin, Fisch und Salz stiegen in die Luft. Die Totengräber hoben ihre Schippen auf und nahmen Haltung an; der Rabbi warf die erste Handvoll Erde aufs Grab.

»Ich will nicht, daß die ihn begraben«, sagte Esther die Weiße zu Cohen. »Die beiden!« sie deutete auf die Totengräber. »Ich will nicht, daß die ihn begraben.«

Cohen löste sich von ihrer Seite. Als er zu dem einen der Totengräber hintrat und ihm die Schippe aus der Hand nahm, beruhigte sich Esther die Weiße. Es war richtig, daß Cohen ihn begrub; sich um Phillip zu kümmern, war sein Amt gewesen. Die Erde schlug laut auf das Holz; Möwen kreisten. Niemand verließ die Grabstätte, bis die Arbeit getan war, bis Cohen dem Totengräber seine Schippe wiedergegeben hatte und der Rabbi gegangen war.

Rose lehnte sich an die Seemauer und weinte; die Hitze und der Gin, den sie vorher getrunken hatte, durchströmten sie; sie wischte sich mit der Faust die Augen und rückte den Schleier an ihrem Strohhut zurecht. Sie hatte nicht das Nutznießerrecht auf Phillips Lebensversicherung – doch die war nicht viel wert. Solomon Rath hatte die Police bei einer kleinen Firma in New Jersey besorgt, aus Gefälligkeit für die Familie, damit Mischa seinem Sohn zeigen konnte, wie lächerlich seine Selbstmordversuche seien: Nicht einmal eine Versicherungsgesellschaft mochte an sie glauben. Die Tränen klebten den rosa Schleier an Roses Gesicht; eine Witwe war sie, allein an der Seemauer, mit nichts, worauf sie zählen konnte, als der Großmut ihrer Familie. Und jetzt würde man gut zu ihr sein. Rose lächelte. Sie war eine Witwe, und Witwen saßen nicht am Swimming Pool im Hotel zu den Dünen und zogen den schwarzen Schleier durch das Chlorwasser; Witwen wurden von ihren überlebenden Angehörigen geachtet und versorgt.

»Esther!« rief Rose ihre Schwiegermutter, als Esther die Weiße sich vom Grabe abwandte. Rose trat von der Seemauer weg, froh, daß man nun die Grabstätte verließ und aus der weißglühenden Sonne herauskam, »Esther, komm, ich helf dir!«

Esther die Weiße hielt an; sie sah zu, wie Rose nach ihrem Arm griff. »Brauche ich denn Hilfe?« sagte sie.

»Du hast einen Schock erlitten«, sagte Rose und schob sich den rosa Schleier von der Schulter.

»Was für einen Schock?« sagte Esther die Weiße. »Wo hast du denn gelebt, daß Phillips Tod dich überrascht?«

Rose hielt Esthers Arm fest und begann sie zum Haupthaus zu führen. »Verlassen wir die Unglücksstätte!« flüsterte sie, wie eine Witwe, wie eine Nonne.

Die Familie machte sich auf den Weg zum Haupthaus; die Fischer gingen hinterdrein. Mischa bückte sich zu seinem Bruder hinab und sagte, »Moment mal!« Er drehte sich zu der stummen Schar der Fischer um und schrie: »Gehn Sie! Fort mit Ihnen!« Er wedelte mit der Hand in der Luft, als wollte er Krähen verscheuchen. Die Familie ging weiter. »So muß man mit denen umspringen!« erklärte Mischa seinem Bruder.

»Aber sie sind immer noch hinter uns«, sagte Max.

Mischa wandte sich wieder zu den Fischern um. »Weshalb kommen Sie uns nach?« brüllte er die Leute an.

Esther die Weiße drehte sich um. »Schrei nicht so!« sagte sie. »Es schadet dir.«

Cohen ging neben dem alten Bolomeister. »Was habt ihr vor?« fragte er.

Der Alte winkte ab.

»Wollt ihr die Familie als Geiseln nehmen und Lösegeld verlangen?« Die Fischer kamen über den Rasen; bald würden sie an den Stufen zur Veranda sein. »Ihr habt nicht einmal Waffen – ihr werdet doch nicht an einem so heißen Tag und ohne Waffen Leute als Geiseln nehmen wollen? Kann nicht gutgehn!«

»Keine Geiseln!« sagte der Alte. »Keine Waffen! Wir gehn einfach nicht weg.«

Cohen hatte seit einer Woche den Rasen nicht mehr gemäht; bald, wenn er nicht aufpaßte, würde Löwenzahn wachsen.

»Was ist denn euer Plan?« flüsterte Cohen.

»Kein Plan!« antwortete der Fischer. »Einfach nicht weggehn.«

Cohen klopfte dem Bolomeister auf die Schulter. »Nette Idee!« sagte er. Er schritt schneller voran, um Mischa und Max einzuholen. »Hören Sie sich das an!« rief er. Mischa wehrte ihn mit einer ärgerlichen Handbewegung ab. »Hören Sie, die sagen, sie gehn hier nicht weg.«

»Ha!« sagte Mischa.

Cohen zuckte die Achseln. Die Familie hatte jetzt das Haupthaus erreicht, aber die Schar der Fischersmänner und Fischersfrauen war noch immer versammelt. Und nachdem Cohen sie eine Weile betrachtet hatte, begriff er, daß der Alte nicht im Scherz gesprochen hatte, Die Fischer blieben da. »Das ist kein Spaß«, sagte er zu niemandem, zu sich selber. Und dann schwenkte er die Arme in der Luft. »Ihr seid verrückt!« schrie er. »Viel Glück!« sagte er zu ihnen.

»Cohen!« brüllte Mischa von der Verandatreppe. »Cohen, Sie Verräter! Halten Sie den Mund und kommen Sie hierher!«

»Schrei nicht so!« sagte Esther die Weiße zu ihrem Mann, aber auch sie war auf der Treppe stehen geblieben, um die Fischer zu beobachten.

Der junge Fischer Daniel hob beide Arme, und auf dieses Zeichen begannen die Fischer zu rennen. Sie rannten über den Rasen, sie rannten über die Wege und wirbelten mit den Füßen den Sand auf.

»Ruf die Polizei!« sagte Max.

»Das werden sie noch bereuen!« sagte Mischa. »Wenn die Polizei sie nicht rausjagt, mach ich's.«

»Was kümmert's dich?« sagte Esther die Weiße. Der Rasen des Hofes war in Bewegung, ein Durcheinander von Leibern und Zurufen. »Rechtlich gehört dieser Ort jetzt Solomon Rath. Das ist jetzt seine Sorge. Also, was macht es, daß sie hier sind?«

»Die Sache hat eine moralische Seite, Esther!«

Esther die Weiße seufzte. In ihrer Tasche strich sie mit den Fingern über das Jadegehänge, das sie ihrer Enkelin geben wollte; sie wünschte sich, daß alle ins Haus gingen und sie beide draußen allein ließen. »Es macht nichts, wenn sie bleiben«, sagte sie zu Mischa.

»Es macht nichts?« wiederholte Mischa. »Da schau doch!« Und er zeigte mit dem Finger. Die Fischer öffneten die Türen zu allen Häusern – zu der Kate, wo man Phillip zwanzig Jahre lang während der Ertrinkenstage eingeschlossen hatte, zu dem Haus, wo Phillip mit Rose und Esther der Schwarzen zu allen anderen Jahreszeiten gewohnt hatte, Maxens Haus, der Leuchtturm und die Häuser, die überhaupt noch nie bewohnt gewesen waren. Es gab ein leises, anhaltendes Gemurmel, während jedes Haus und jedes Zimmer untersucht wurde. Jedes Haus bis auf das Haupthaus, wo Esther die Weiße und Mischa wohnten. Nicht einer von den Fischern stieg die Treppe zu diesem Hause hinauf. Als ein Vierzehnjähriger das Küchenfenster öffnen und hindurchklettern wollte, wobei er Fußstapfen auf dem Fensterbrett hinterließ, kam ein älterer Mann, der Vater oder Onkel des Jungen, packte ihn beim Arm und führte ihn weg. Esther die Schwarze setzte sich in den Schaukelstuhl und zündete sich eine Zigarette an; sie sah, daß in ihrem Zimmer Licht angeknipst wurde. Die Fischersleute waren dic Treppen hinaufgestiegen, ihre Kinder waren an den Wänden hinaufgeklettert, und jetzt machten sie alle Fenster auf; die Vorhänge in Esthers Zimmer bewegten sich in der Nacht. Esther die Schwarze sah zu, als ob das Zimmer jemand anderem gehörte, und dann sprach sie den Landschaftsgärtner an, der sich aufs Geländer lehnte.

»Cohen«, fragte sie, »glaubst du, daß sie hierbleiben?«

Kinder liefen auf dem Rasen herum, Kombiwagen parkten auf den Gartenwegen, die bald von den Septemberrosen eingefaßt sein würden. Mischas Gesicht war weiß vor Wut, Maxens rot vor Angst. Später am Abend würden ein paar Gäste zum Schiwa für Phillip kommen: Rath, der Vermögensverwalter, den Esther die Weiße nun ohne Mühe höflich behandeln konnte, weil es nicht mehr wichtig war, wer auf den Hof den Rechtsanspruch hatte, und der seinerseits einem Sohn nachweinen konnte, der ihm um des Rock and Roll willen davongelaufen war; Sam Gardner, der Bauherr, der süßen Sherry trinken und sich Fusseln von seiner braunen Jacke streifen würde; Dr. Otto, Phillips Analytiker, würde freilich nicht kommen, denn er packte schon für den Winter in Manhattan und hatte eben noch Zeit, ein Telegramm zu schicken.

»Ob sie wirklich hierbleiben?« fragte Esther die Schwarze noch einmal, während Max sich gerade in die Diele schlich, um die Speditionsfirma anzurufen, mit der er sich schon vor einigen Wochen verständigt hatte, als Sam Gardners Unterschrift auf dem Kaufvertrag für das Ostgelände noch feucht war. Er wollte seine Möbel fortschaffen lassen, ehe die Fischer den Samt und das Holz ruinierten; er wollte mit Lisa nach Miami flüchten und gedachte sich durch Phillips Tod und den Einzug der Fischer von seinen Plänen nicht abbringen zu lassen.

Cohen zündete ein Streichholz an; dann drückte er zwischen seinen schwieligen Fingern die Flamme aus. Er fragte sich, ob Esther die Weiße ihn nun vergessen werde – ob Mischa sie von den Fischern fortschaffen, schnell mit ihr nach Manhattan oder Südfrankreich verschwinden werde. »Die bleiben!« versicherte Cohen. Er stubste Esther der Schwarzen leicht an den Kopf. »Warum sollen sie nicht bleiben? Wohnt doch niemand in diesen Häusern!«

Esther die Schwarze saß noch immer auf der Veranda, nachdem alle andern längst ins Haus gegangen waren. Sie hörte, wie im Wohnzimmer Stühle übereinander gestellt wurden, sie hörte, wie Mischa mit der Polizei telefonierte, sie hörte ihn brüllen, als er sich über den Unterschied zwischen rechtmäßigen und unrechtmäßigen Bewohnern ereiferte. Aber nach einer Weile waren nur noch die Fischer zu hören. Als es auf dem Hofe dunkel wurde, gingen hinter den Fenstern aller Häuser die Lichter an, elektrische oder Kerzen. Esther die Schwarze schaute in die Dunkelheit und in die Lichter; sie ließ sich Phillips Gesicht durchs Gedächtnis gehen. Ihr Vater war kein Gefangener mehr, den man vom Wasser fernhielt und in eine Kate sperrte, die für jeden Menschen zu klein und zu dunkel war. Er war jetzt dicht genug beim Hafen; wahrscheinlich spürte er beim Gezeitenwechsel, wie die Erde sich drehte.

Esther die Schwarze hatte seit ihrer Rückkehr aus Manhattan mit niemandem aus der Familie mehr als ein paar Sätze geredet. Der einzige, mit dem sie vielleicht gern gesprochen hätte, war Phillip, aber dazu war es zu spät – sie konnte nichts weiter tun, als auf den Hafen hinausschauen und sich sein Gesicht dazu denken. Also blieb Esther die Schwarze im Dunkeln sitzen und hörte zu, wie die Fischer sangen. Ihre Stimmen wurden hoch über den Hof emporgetragen, sie flogen bis an die Seemauer, bis zu Phillips Grab. Esther die Schwarze lauschte aufmerksam den neuen Klängen des Hofes; sie lauschte, bis die Töne zu zart wurden für das Ohr jedes Fremden, und dann, langsam, ging sie ins einzige Haus, das noch blieb.

2 Am nächsten Morgen war aus dem Hof ein kleines Dorf geworden. Die ganze Nacht hindurch hatten die Fischer ihre Habe in die Häuser geschafft; manche hatten Wohnwagen und Zelte aufgestellt. Sie nickten Esther der Schwarzen zu, wenn sie vorüberging, aber mehr nicht. Esther die Schwarze spürte, wie sich das Alleinsein verdichtete, ihr ums Herz wuchs, während sie zusah, wie die Fischer vom Hofe Besitz ergriffen. In aller Frühe ging sie in die Stadt, um zu sehen, ob sie ihre alte Stelle wieder antreten könnte.

Aber als sie ins Büro des Warenhauses kam, blickte der Geschäftsführer nur einmal kurz auf und sah gleich wieder weg. »Keine Zeit für Launen!« sagte er ihr. »Sie haben sich nicht als zuverlässige Kraft bewährt.« Dann machte sich Esther die Schwarze in der Mittagshitze auf den Heimweg; sie hatte keine Stelle und konnte nirgendwohin, sie konnte nur der Straße nachgehen, die zum Tor des Hofes führte. Dort, auf der vorderen Veranda hatte Esther die Weiße seit dem Morgen auf sie gewartet.

Wieder und wieder zog Esther die Weiße das Jadegehänge hervor und strich mit den Fingern über das kühle Frauengesicht, das in den Stein geschnitten war. Während sie auf ihre Enkelin wartete, wünschte sie sich Cohen herbei – damit er ihr Mut machte, nur deshalb. Cohen könnte als Vermittler dienen; wenn er Esther der Schwarzen das Jadegehänge gäbe, wäre das Mädchen vielleicht nicht so schnell bereit, die Gabe in den Sand zu werfen – oder, noch schlimmer, einfach vorbeizugehen und die Hand nicht zu beachten, die Esther die Weiße ihm hinstreckte.

Als es später wurde an diesem Tag in der letzten Augustwoche, als es heißer wurde, begriff Esther die Weiße, daß sie Cohen nicht nur zu ihrer Ermutigung herbeiwünschte. Mischa war nach draußen gekommen, um in der Sonne seinen Kaffee zu trinken und mit giftigen Blicken die Fischer zu verfolgen, die der Sheriff nicht austreiben wollte. Doch als Esther schließlich Cohen über den Rasen aufs Haupthaus zukommen sah, da wußte sie, wen sie bei sich haben wollte.

Cohen grüßte jeden Fischer im Vorbeigehen; er lüftete seine Mütze, als wäre sie eine Melone. Als er zum größten der Häuser kam, blieb er stehen. Koffer waren auf der Veranda gestapelt, manche Meerestierskelette aus der Sammlung Esthers der Schwarzen, mit denen auf allen Veranden die Geländer behangen waren, lagen herabgerissen im Sand. Zur Vordertür hastete Lisa mit großen Pappkartons ein und aus, während eine Gruppe Bolospieler auf sie herabblickte, die um einen Tisch am Fenster des Obergeschosses saß. Cohen winkte zu den Bolospielern hinauf und wandte sich an Lisa.

»Gnädige Frau«, sagte er, »was gibt's denn hier? Einen Umzug?«

Lisa stemmte die Hände in die Hüften. »Stehn Sie nicht herum, helfen Sie mir!«

Cohen stöhnte. »Gnädige Frau«, sagte er, »müssen Sie sich diese Hitzewelle aussuchen, um Ihre Möbel umzurükken? Warten Sie bis morgen!«

Lisa schürzte die Lippen. »Alle sind wir nicht so faul. Alle können wir nicht bis morgen warten.«

Cohen winkte ab; Esther die Weiße wartete auf ihn, er hatte keine Zeit für Möbel und Kartons.

»Cohen!«

»Ich bin Landschaftsgärtner«, erklärte Cohen, »und kein Möbelträger.«

Max trat auf die Veranda in einem rotgelben Hawaiihemd. »Kommen Sie schon!« sagte er zu Cohen. »Der Möbelwagen soll noch vor zwölf hier sein. Ich möchte alle Möbel draußen auf dem Rasen haben.«

Cohen lächelte. »Sagen Sie mal ehrlich!« sagte er. »Sind Sie nicht ein bißchen aufgebracht über Ihre neuen Mieter?« Er deutete auf die Fischer, die sie vom Obergeschoßfenster aus beobachteten.

Max faltete die Hände vor der Brust. Er wollte den Hof in aller Stille verlassen, mit der Hälfte des Erlöses aus dem Landverkauf auf seinem Scheckkonto und ohne Mischa zu verärgern. Er wollte Mischa von dem Umzug nichts sagen, bis alle Möbel in Sicherheit wären und die Aussichten auf einen Streit unter den Brüdern sich verringerten. »Cohen!« sagte er, »Sie sind hier Angestellter, und wir sind beim Umziehen nach Miami. Ich sag es Ihnen zum zweitenmal, alle Möbel kommen auf den Rasen.«

Cohen lächelte breit. »Kreuz!« sagte er.

»Was?« knurrte Max.

»Schlimmes Kreuz!« erklärte Cohen.

»Ein Glück für Sie«, fauchte Max, »daß wir hier fortziehen! Sonst würde ich Sie entlassen.«

Cohen zuckte die Achseln, aber er war bester Laune, als er über den Rasen weiterging. »Guten Morgen!« sagte er zu Esther der Weißen. »Ich hab mich eben verabschiedet«, erzählte er Mischa. »Tut mir ja leid, daß ich ihnen nicht umziehen helfen konnte, aber wenn man's im Kreuz hat, faßt man beim Möbeltragen besser nicht mit an.«

»Wem umziehen helfen?« fragte Mischa. Er trug ein weißes Leinenhemd; er machte den obersten Knopf auf.

»Ihrem Bruder«, sagte Cohen harmlos.

»Meinem Bruder?« sagte Mischa.

»Nach Miami«, sagte Cohen. »Ich wünsch ihnen alles Schöne.«

Esther die Weiße lächelte. »Ach, herrlich!« sagte sie. »Endlich ziehen sie fort!«

»Diese Schmeißfliege!« rief Mischa. »Stiehlt sich davon, kaum daß ich ihm einen Cent gegeben hab, jetzt, wo wir den Ärger mit den Stranddieben haben!«

Mischa ließ Esther die Weiße und Cohen allein; er rannte über den Rasen, stellte sich vor Maxens Haus auf und brüllte zur offenen Tür hinein.

»Ich dachte, er wüßte's«, sagte Cohen. »Ich wollte ihm keinen Schreck einjagen.«

»Früher oder später hätte er's doch gemerkt«, sagte Esther die Weiße.

Cohen setzte sich auf die Treppenstufen; Esther die Weiße lächelte kurz und blickte weg. »Esther!« sagte Cohen. Aber sie gab keine Antwort; sie wünschte, sie hätte Phillip gesagt, was sie für Esther die Schwarze tun wollte. »Esther«, sagte Cohen, »hast du dich entschieden?«

Esther die Weiße hatte das Gehänge eingesteckt, als Mischa auf die Veranda kam; jetzt holte sie es hervor und hielt den Stein ins Sonnenlicht. Sie fühlte sich jung wie ein kleines Mädchen, viel jünger als damals, als sie das Gehänge von den Dielen aufgehoben hatte.

»Esther, wir haben nicht ewig Zeit!« seufzte Cohen.

Als Esther die Schwarze aus der Stadt zurückkam, ging sie ihren Angehörigen aus dem Weg; sie setzte sich in einen Liegestuhl an der Seemauer, aber bald wurde es so heiß, daß sie es in der Sonne nicht mehr aushielt. Alle anderen Häuser hatten die Fischer besetzt, also ging Esther die Schwarze zum Haus ihrer Großeltern.

»Da kommt sie!« sagte Esther die Weiße, als sie ihre Enkelin sah. »Bleib da!« sagte sie zu Cohen. Sie spürte ein Ziehen unter dem linken Auge. »Bitte!« sagte sie zu Cohen.

Cohen schüttelte den Kopf. »Du bleibst mir die Antwort schuldig.«

»Bleib da!« sagte Esther die Weiße.

»Du wirst Mischa sagen müssen, daß es zwischen euch

aus ist«, sagte Cohen. »Er ist nicht unvernünftig – er wird's verstehen. Natürlich würde ich am liebsten auf dem Hofe bleiben – aber wenn es für dich zu unangenehm ist, Mischa noch zu sehen, nachdem ihr euch getrennt habt, nun, dann müssen wir uns eben etwas anderes suchen. Vielleicht weiter östlich auf der Insel«, sagte Cohen. »Ich bin noch nicht zu alt, um eine neue Stelle zu finden.«

»Da ist sie«, sagte Esther die Weiße. »Ruf sie her! Ich hab den Jade.«

»Nein«, sagte Cohen. »Du rufst.«

Esther die Schwarze erkannte ihre Großmutter auf der Veranda, sie erkannte Cohen auf der Treppe. Holen sich beide den Sonnenstich, dachte sie. Noch zwei Beerdigungen!

Esther die Weiße winkte. »Esther!« rief sie.

Esther die Schwarze blieb stehen. Eine Fliege brummte ihr über die Wange. Die Luft schien zu dröhnen vor Schwere. Über dem Dauerton der Hitze schrien Grillen und Fliegen; der Hof wimmelte von Flügeln.

»Esther!« rief ihre Großmutter noch einmal lauter. »Komm doch mal her! Hierher!«

Esther die Schwarze überlegte, ob sie wegrennen sollte; sie hatte keine Ahnung, was ihre Großmutter womöglich von ihr wollte. Ob sie fragen wollte, wo sie gewesen, wohin sie verschwunden sei? Ob sie eine Erklärung für den am Hafen stehengelassenen Cadillac verlangen wollte, jetzt, wo der Schrecken über Phillips Tod vorbei war? Aber Cohen lächelte ihr zu, und Esther die Schwarze war durstig und verschwitzt; sie ging zu ihnen und lehnte sich an das Geländer. Eigentlich konnten sie ihr jetzt mit nichts mehr drohen; sie konnten Phillip nirgends mehr hinbringen. Cohen blickte Esther die Weiße an. »Nun?« sagte er. »Esther, redest du bald?«

»Esther?« sagte Esther die Schwarze, überrascht, daß Cohen ihre Großmutter beim Vornamen anredete, im

Zweifel, ob der Versprecher darauf zurückzuführen sei, daß der Landschaftsgärtner unbeschirmt in der Mittagssonne saß.

Esther die Weiße streckte ihr eine Hand hin. »Nimm das!« sagte sie.

Esther die Schwarze schaute stumpf drein; sie sah nur die geäderte Hand einer alten Frau. »Nimm was?« fragte sie.

Esther die Weiße packte die Hand ihrer Enkelin; sie ließ den Jade los, und das Gehänge rollte wie ein Ei in die Finger des Mädchens. Der Schweiß von den Fingern Esthers der Weißen bedeckte den Stein mit einer dünnen Membran, und der Jade ruhte Esther der Schwarzen in der Handfläche wie etwas Lebendiges.

Esther die Schwarze schaute auf. »Was ist das?« sagte sie, im Zweifel, ob die extreme Hitze Truggebilde erzeugen konnte – um elf Uhr stand das Thermometer auf sechsunddreißig Grad. Sie brauchte ein Glas Wasser, eine Pepsi oder eine Orangeade. Vielleicht halluzinierte sie – es hätte sie nicht gewundert.

»Nur weiter!« drängte Cohen.

»Pssst!« sagte Esther die Weiße. Sie berührte Cohen leicht an der Hand.

Esther die Schwarze starrte die Frau an, die in den Jade geschnitten war. Die hohen Backenknochen, die niedergeschlagenen Augen. Ein Hitzestrom floß zwischen Esther der Schwarzen und jenem Frauengesicht.

Esther die Weiße räusperte sich. Aus dem Augenwinkel sah sie Mischa, wie er in der Hitze draußen seinen Bruder anbrüllte. »Neulich«, begann sie, »vor seinem Tod hat dein Vater mich daran erinnert, daß ich nie etwas gegeben habe. Ich wollte dir etwas schenken. Phillip hat es angeregt, und es war ein guter Gedanke.«

Esther die Schwarze blieb stumm. Sie hatte nicht gedacht, daß ihr Vater jemals mit Esther der Weißen gesprochen habe. Cohen stubste sie an die Schulter. »Nun?« sagte er stolz. »Was sagst du dazu?«

»Was ist, wenn ich dies den Fischern geben möchte?« fragte Esther die Schwarze.

Esther die Weiße zuckte die Achseln. »Tu, was du willst! Das Gehänge gehört dir. Aber die Fischer kommen gut ohne deine Hilfe zurecht.«

Esther die Schwarze kniff die Augen zusammen. In ihrem Kopf raste die Hitze, der Text zu *Nova Scotia Avenue* spielte, der Geißblattgeruch türmte sich auf. »Ich kann damit tun, was ich will?« fragte sie.

»Es ist deins«, antwortete Esther die Weiße. »Was du willst!«

»Warum?« fragte Esther die Schwarze. »Du hast mir noch nie etwas geschenkt.« Sie überlegte, ob das Gehänge vielleicht Phillip gehört habe; vielleicht hatte er es ihr vermacht, und Esther die Weiße heimste den Dank ein.

»Ich habe nichts mehr zu sagen«, flüsterte Esther die Weiße. »Es ist nur ein Geschenk.«

»Und was verlangst du von mir?« Esther die Schwarze verengte die Augen. »Als Gegenleistung?«

»Nu, nu!« sagte Cohen und blickte von einer Esther zur andern.

Esther der Schwarzen schwirrte der Kopf; die Düfte und Töne auf dem Hofe waren zu stark, wie eine Brandung in ihrem Schädel. »Habt ihr etwas zu trinken da?« fragte sie. »Eine Pepsi?«

Cohen tätschelte sich den Bauch. »Heiße Getränke sind besser bei Hitze«, sagte er. »Sie wühlen das System nicht so auf. Trink eine Tasse Tee!«

»Schön, irgendwas!« Der Stein in ihrer Hand war wie ein Stück geschnittenes Eis; Esther die Schwarze hielt ihn sich an die Stirn.

»Bleibt da, ihr beiden, ich setz das Wasser auf. Esther, was hast du denn für Tee?« fragte Cohen.

»Jasmin, Orangenblüten, Pfefferminz«, antwortete Esther die Weiße.

»Pfefferminz!« nickte Cohen. »Herrlich!«

Esther die Schwarze hatte die Augen weit offen; ihre Großmutter lächelte Cohen an. »Wie kommt's«, fragte Esther den Landschaftsgärtner, »daß du mit meiner Großmutter plötzlich per Vornamen redest?«

»Wieso plötzlich?« sagte Cohen. »Kommt dir vielleicht bloß so vor?«

Esther die Schwarze schloß die Augen. Sie fragte sich, wie viele Menschen in letzter Zeit wohl verdurstet sein mochten und ob die Statistik bei der Stadtverwaltung in St. Fredrics zu bekommen wäre. Trotzdem hoffte sie, daß Cohen sie mit Esther der Weißen nicht allein lassen würde, auch wenn sie verdursten müßte.

Esther die Weiße schaute zum Gartentor hinüber. »Es stimmt«, sagte sie. »Sie ziehen fort nach Miami.«

Ein großer blauweißer Lastwagen manövrierte durchs Tor herein. Cohen schlug sich aufs Knie. »Ein Glück!« sagte er.

»Weg mit dem Gerümpel!« stimmte Esther die Weiße zu.

»Wer verläßt das sinkende Schiff? Die Ratten«, sagte Cohen als Mischa hinter Max und Lisa dreinging, brüllend und die Faust schüttelnd.

»Wenn du meinst, daß dies ein sinkendes Schiff ist!« fügte Esther die Weiße hinzu.

Esther die Schwarze sah ihre Großmutter an. Sie sah Cohen an. Sie kam sich wie eine Ausländerin vor, wie eine Taubstumme, eine Fremde. Sie leckte sich die trokkenen Lippen. »Ihr beiden« – sie sprach zu Cohen – »was ist zwischen euch?«

Cohen war stolz auf sie; er klopfte Esther der Schwarzen auf die Schulter. Wenn er's recht bedachte, mußte er sagen, das Mädchen war unter seinem Einfluß großgeworden – und sie war alles andre als dumm. »Deine Großmutter und ich, wir haben ein paar Dinge zusammen geregelt.«

»Ein paar Dinge?« fragte Esther die Schwarze. »Was für Dinge?«

Cohen schwenkte die Hand. »Na, Dinge, von denen du noch nichts weißt. Für die du noch zu jung bist.«

»Hören wir mal zu!« sagte Esther die Weiße zu Cohen. »Ich möchte sicher sein, daß Max auch wirklich wegzieht. Ich habe ihm nie recht getraut, kein bißchen!«

Die Möbelträger hatten angefangen, den Lastwagen zu beladen. Mischa erklärte bei jedem Möbelstück, daß es ihm gehöre.

»Rühr mir den Sessel nicht an!« Mischa hielt an dem Goldbrokat-Polster fest.

»Hälfte von allem ist meins!« schrie Max.

Auf der Veranda atmete Esther die Weiße tief ein; sie hatte Lisa und Max immer als Störenfriede betrachtet; ein gutes Vorzeichen, daß sie nun endlich verschwanden.

»Schau dir das an!« flüsterte Cohen Esther der Weißen zu und streichelte den Ärmel ihrer Bluse. »Die halbieren noch diesen Sessel.«

Esther die Schwarze hatte nicht mehr die Kraft zu staunen; sie setzte sich auf die Verandatreppe, als ob es ganz natürlich wäre, zuzusehen, wie Cohen ihre Großmutter streichelte, als ob es alle paar Tage vorkäme, daß man ihr einen großen Anhänger aus Jade und Gold schenkte. Aber hin und wieder, wenn Esther die Weiße auflachte oder wenn Cohen plötzlich geräuschvoll ein Streichholz am Stiefelabsatz anriß, drehte Esther die Schwarze den Kopf her, ängstlich wie ein Vogel und auf alles gefaßt.

»Sie sollen nicht so viel zanken«, sagte Esther die Weiße nach einer Weile, als der Möbelwagen fast voll beladen war und die Brüder sich immer noch anschrien und bezichtigten. »Es ist zu heiß, und sie sind zu alt.«

Noch während sie sprach, drehte Mischa sich um und starrte über den Rasen herüber, als ob er sie irgendwie gehört haben könnte. Er legte sich eine Hand auf die Brust. »S' Herz!« sagte er.

»Was hat er gesagt? Was macht er?« rief Cohen, während Esther die Weiße rasch aufstand.

»Es ist das Herz«, sagte Esther die Weiße.

Mischas Haltung war bizarr verkrümmt, aber Max schien es nicht zu bemerken – er gab gerade den Möbelträgern Anweisungen, die Samtcouch vorsichtiger aufzusetzen. Esther die Weiße rannte in der Mittagshitze über den Rasen.

»Au, Scheiße!« sagte Cohen. »Scheiße!«

Esther die Schwarze war überzeugt, daß alles um sie her sich in der Hitze auflöste; alles bis auf den kühlen Stein, den sie in der Hand hielt. Die Möbelträger trugen Mischa ins Haupthaus zurück; als sie auf der Treppe an Esther der Schwarzen vorüberkamen, bemerkte sie, daß ihr Großvater von einem Schwarm träger, brummender Fliegen umgeben war.

»Wir müssen einen Arzt rufen«, sagte Esther die Weiße, als sie hinter Mischa und den Trägern ins Haus zurückkam.

Cohen und Esther die Schwarze hörten das Echo, als die Haustür zuschlug. Es war unmöglich, auch wenn sie sich die sonnengequälten Augen abschirmten, in den dunklen Flur hineinzusehen. Max und Lisa standen unten an der Treppe. Max schüttelte den Kopf. »Katastrophen!« sagte er. »Eine nach der andern! Wenn er stirbt, bin ich schuld.«

»Bittschön«, sagte Cohen, »so schnell stirbt er nicht.«

Esther die Schwarze steckte das Jadegehänge in die Vordertasche ihrer Jeans; sie ging ins Haus ihrer Großeltern. Im Flur beschrieb Esther die Weiße am Telefon die Symptome, und im Empfangszimmer lag Mischa auf einem dunkelgrünen Teppich, umstanden von den Möbelträgern. Esther die Schwarze ging durch das dunkle, kühle Haus; der Kopf war ihr leicht, und ihre Füßc schienen sich von den Dielen abzuheben. In der Küche lehnte sie sich an den offenen Kühlschrank und trank Limonade aus einer grünen Flasche. Durch ein offenes Fenster konnte sie das Gespräch auf der Veranda hören. Rose war hinzugekommen und begann die anderen auszufragen, als ob sie von einem Detektivbüro geschickt wäre. Fliegen brummten über einer Teetasse, in der eine Zitronenscheibe trocknete.

Draußen hängten die Fischer ihre Netze zum Trocknen in die Nachmittagssonne, Kreise von Möwen saßen auf dem Rasen, und es war Sommer, wenn auch der August schon hinging und die Ertrinkenstage vorüber waren. Weil nichts je wieder so sein würde, blieb Esther die Schwarze allein in der Küche. Sie setzte sich an den hölzernen Tisch und trank Limonade, sie trank, als sie schon längst keinen Durst mehr hatte. Und immer noch, als es in der Küche dunkel wurde und über dem Hafen der Mond aufging, hielt Esther die Schwarze das Jadegehänge in der Hand, wissend, daß nichts je wieder so sein würde. Sie wünschte, sie könnte ein Weilchen noch bleiben.

3 Mischa erholte sich wieder. An sein abtrünniges Herz erinnerten nur noch eine leichte Lähmung der linken Körperseite und ein Verlangen nach warmem Wetter. Max übernahm für Mischas Anfall die volle Verantwortung, und er blieb da, als Lisa mit dem Möbelwagen nach Miami abfuhr. Er setzte sich ans Fußende von Mischas Bett, erzählte Zirkusgeschichten und warnte vor dem Zigarrengenuß; und nach einer Weile hatte er Mischa davon überzeugt, daß der aquamarinblaue Himmel von Miami das beste Mittel gegen Herzbeschwerden sei.

Mischa nahm an, daß Esther die Weiße seinem gebrechlichen Herzen nach Miami folgen werde; sie aber hatte nie daran gedacht, anderswo als auf dem Hofe zu leben.

»Hör zu, Esther«, sagte Mischa, und er sprach leise, weil Max auf der Daunendecke am Bettrand saß, »ich bin ein kranker Mann und brauche Sonne.«

Esther die Weiße überlegte, ob sie Mischa von ihrer eigenen Krankheit etwas sagen sollte; grad in diesem Augenblick kroch der Schmerz ihre Seite hinauf wie eine Schlange. »Florida?« sagte sie. »Ich habe noch nie daran gedacht, nach Florida zu gehen.«

»Dann überleg dir's!« sagte Mischa. »Überleg dir's nur mal! Wir sind doch schon so lange zusammen.«

Esther die Weiße lächelte. Nicht bloß lange, immer waren sie zusammengewesen. Und was hielt sie denn auf dem Hofe? Eine Enkelin, die sich gegen sie sperrte, ein alter Landschaftsgärtner, der Jugendtorheiten von ihr verlangte, und ein Sohn, der an der Seemauer begraben lag! »Miami?« Esther die Weiße zuckte die Achseln.

»Hör auf meinen Rat!« sagte Max. Er schlug die Beine übereinander und stieß Zigarrenrauch aus. »Du bist besser dran ohne sie. Ich kann mich um dich kümmern.«

Esther die Weiße ging ans Fenster. Die Bulldozer waren nun seit fast zwei Tagen an der Arbeit; ab und zu zitterte das Haus, als ob kleine Erdbeben den Sand bewegten.

»Ich könnte mitkommen«, sagte Esther die Weiße, als die Bulldozer die Blauhäher aus den Mimosen auf dem Ostgelände verscheuchten. »Ich komme mit«, sagte sie schließlich.

Während Mischa, Max und Esther die Weiße sich zur Abreise nach Miami bereitmachten, wohnte die ganze Familie zum erstenmal unter einem Dach. Max und Mischa schliefen zusammen in einem Bett, wie zu der Zeit, als sie noch Kinder waren. Rose legte für sich und Esther die Schwarze Kissen und Daunendecken auf den Fußboden im Empfangszimmer. Cohen und Esther die Weiße saßen jeden Abend in der Küche, tranken heißen Tee mit Zitrone und warteten, daß die anderen in ihre Zimmer gingen. Und dann, während Max für Mischa Hemden und Anzüge in Kartons packte, zerwühlte Cohen die Decken auf dem Feldbett, das man in der Speisekammer für ihn aufgestellt hatte. Als Rose die Augen zumachte und sich in ein Laken wickelte, spülte Cohen die Teetassen, und Esther die Weiße trocknete sie mit einem blauweiß karierten Handtuch ab. Und als erst Esther die Schwarze sich im Schlaf herumwälzte, in Träumen von den sanften Ertrunkenenaugen ihres Vaters oder von Pagan Raths Versprechen und Angeboten, da waren Esther die Weiße und Cohen schon die Treppe zum großen Schlafzimmer auf der linken Seite hinaufgestiegen.

Esther die Weiße hatte ihre Koffer schon gepackt. »Ich muß nach Miami«, sagte sie zu Cohen eines Nachts. »Ich bin es Mischa schuldig; wir sind das ganze Leben zusammengewesen.«

Cohen setzte sich aufs Bett. »Es wird dir elend gehn, Esther«, sagte er. »Die Sonne da unten würde dich verrückt machen. Du bist zu lange mit Mischa zusammengewesen; du weißt nicht mehr, was du selber willst.«

Sie hatten schon mehrere Nächte zusammen geschlafen, und Esther hatte sogar die Lampe ausgeknipst, aber sie hatten sich noch nicht geliebt. »Wir sind zu alt«, hatte Esther die Weiße jede Nacht gesagt, wenn sie unter den blauen Laken beieinander lagen und den nächtlichen Rufen der Fischer zuhörten, die in die Hafenbucht hinausruderten. »Wir würden Lärm machen«, sagte sie jetzt zu Cohen und schob seine Hand weg, als er sie anfassen wollte. Sie gedachte am nächsten Morgen mit Mischa und Max nach Florida abzufahren; es hatte keinen Sinn, daß

Cohen sie jetzt anfassen wollte – es war zu spät. Aber als er später in der Nacht noch einmal die Hand nach ihr ausstreckte, da wußte Esther nichts, was sie sich sehnlicher gewünscht hätte, als Cohens Arm um den Leib zu spüren.

»Hör mal«, sagte Cohen schließlich, »laß mich wenigstens wieder ein Licht anknipsen! Daß ich dich sehn kann!«

»Was gibt es da zu sehn?« sagte Esther die Weiße.

»Alles! Dich!«

»Flüstern!« sagte Esther die Weiße.

»Wozu?« Cohen zündete sich eine Zigarette an.

Esther die Weiße blinzelte wie eine Eule, als Cohen die Lampe anknipste. Sie drehte den Kopf zur Wand. »Mischa könnte's hören«, sagte sie. »Ich will nicht, daß er von dieser Affäre etwas weiß.«

»Ist dies vielleicht eine Affäre?«

»Liegst du vielleicht nicht mit mir im Bett?«

»Kein Mensch wird uns hören«, sagte Cohen. »Wir müssen gar nicht so leise sein.«

»Ich bin zu alt. Ich glaub, ich hab vergessen, wie's geht.« Cohens Hand berührte ihr Bein. Esther die Weiße schluckte; er sollte sie nicht anfassen, nur nicht anfassen! Sie dachte, daß allein zu schlafen wie ein suchtbildendes Gift wirkte. »Ich glaub, ich hab's vergessen«, wiederholte sie, aber Cohen hörte nicht zu; sein Puls ging zu laut, als daß er ihr Geflüster hätte hören können, bis sie ihn fragte: »Und wieso glaubst du, daß du's noch kannst?«

Cohen zog die Hand von ihrer Haut zurück und langte zum Nachttisch hinüber, um die Zigarette auszudrücken. »Ob ich noch ficken kann?« fragte er.

Esther die Weiße fühlte sich wie eine Verräterin im Dunkeln; die blauen Laken waren kalt, die Anfänge des Schmerzes verdickten sich wie Eis. Sie gab ihm keine Antwort.

»Hat es dich schockiert, was ich gesagt hab?« fragte Cohen.

»Überhaupt nicht!«

Cohen schüttelte den Kopf. »Zu schade! Sollte es aber.«

Esther die Weiße lachte. Cohen war beleidigt.

»Vielleicht komisch?« sagte er. »Ist nicht komisch, Esther! Was sind wir denn, zwanzig? Du wirst staunen, aber ich sage dir, daß ich ihn immer noch hochkriege.«

»Ah?« sagte Esther die Weiße.

»Nicht mehr so oft natürlich«, sagte Cohen. »Aber vergessen hab ich es nicht. Und ich kann nur sagen, du gehst nicht mit der Zeit. Heutzutage ist das doch anerkannte Tatsache, daß Ficken nicht alles ist. Und so ist es. Besonders bei Frauen.«

Esther die Weiße war verlegen. Sie war seit über zwanzig Jahren verheiratet, sie hatte Liebhaber gehabt – aber geschlafen hatte sie allein, seit sie auf dem Hofe lebten, seit Menschengedenken, und über anerkannte Tatsachen war sie nicht auf dem Laufenden. »So?« sagte sie. »Wer bist denn du, Experte?«

»Ich lese manches«, meinte Cohen achselzuckend.

Esther die Weiße wurde steif; sie sagte Cohen, er solle still sein, denn sie hatte etwas gehört. Unten im Empfangszimmer auf dem Fußboden träumte Esther die Schwarze. In ihrem Traum hatte Pagan Rath einen gelben Volkswagen auf eine Pazifikklippe gefahren; unten lag der Ozean, mit hohen schwarzen Felsen. Im Traum streckte Esther die Schwarze die Arme aus, doch nur mit dem Erfolg, daß sie eine Topfpalme umstieß. Im Empfangszimmer ging ein Terrakottatopf in Scherben. Roses schläfrige Stimme drang die Treppe hinauf.

Oben im Schlafzimmer seufzte Cohen. »Es ändert doch nichts«, sagte er. »Was macht es für einen Unterschied, ob ich nun übers Bett oder über den Küchentisch mit dir rede?«

Esther die Weiße war still; sie wünschte sich, sie könnte weinen, aber die Traurigkeit schien nie bis zu ihren Augen zu steigen – sie blieb ihr im Halse stecken, unverrückbar. »Es tut mir leid«, sagte sie.

Cohen steckte sich noch eine Zigarette an; die Hände zitterten ihm. Trottel! sagte er sich. Was tust du, wenn du nach all den Jahren an sie herankommst? Streiten! Mit ihr streiten, wenn du sie küssen solltest. »Nein«, sagte er zu Esther der Weißen, »braucht dir nicht leid zu tun! Mir wird's leid tun. Es gibt nichts, was mir mehr leid tun wird, als wenn du nach Miami abfährst. Nichts wird mir mehr leid tun, als wenn du dich jetzt wegdrehst«, flüsterte er.

Esther die Weiße konzentrierte sich. Langsam, während Cohen seine Zigarette rauchte, während der Mond höher stieg und die Frösche an der Seemauer zu quaken begannen, erinnerte sie sich an andere Liebhaber. Sie erinnerte sich an Mischa, als er noch jung, als er ihr Liebhaber war – wie er sich vor einem Kuß zu fürchten schien, wie sie oft selbst hatte zugreifen und ihn einführen müssen, wie sie beide sich beim Liebesakt beobachtet fühlten – zuerst von den Pferden hinter den Decken in ihrem Stall in Marseille und später von den Erinnerungen an ihr Heimatdorf, von ihren Eltern, von Max, wie er neben dem Zirkusdirektor stand, die dunklen Augen feucht und anklagend. Sie dachte an den Taxifahrer in London, und es dauerte eine Weile, bis ihr sein Name einfiel, aber an seine Berührung konnte sie sich erinnern. Und jetzt, während sie die blauen Laken um sich festhielt, fragte sie sich, ob sie sich jemals darauf verstanden habe, zu lieben.

Esther ließ sich von Cohen eine Zigarette geben; sie lehnte sich zurück, stützte den Kopf gegen zwei Federkissen und erinnerte sich an Solo, den Tätowierten.

Sie hatten in der kalten, dunklen Pension in Marseille gestanden, und unter dem Hemd hatte er die Farben seiner herrlichen Tätowierungen, ein gemaltes Geheimnis, das sich im Dunkeln regte. So lange schon hatte sie es sich verboten, an Solo zu denken; es dauerte eine ganze Weile, bis sie sich die Krallen des Papageien wieder vorstellen konnte, der über seine Haut flog. Sie hatte ihn nur ein paar Wochen lang gekannt, aber gehaßt hatte sie ihn lebenslänglich. Der Tätowierte war es, den Esther in dem Augenblick verflucht hatte, als Phillip geboren wurde; seinen Namen – Solo – hatte sie geschrien, als sie das erste Mal auf dem Hof in der Erde wühlte, um die Ohrringe und das Jadegehänge auszugraben – den Stein, den sie hätte verkaufen können, den Stein, der Max vor dem Zirkus und Esther die Weiße vor Solo als erstem Liebhaber hätte bewahren können. Phillip hätte sein Kind sein können, Esther die Weiße hätte mit ihm nach Spanien gehn können, wenn sie der Tätowierte nur dazu aufgefordert hätte. Und so erinnerte sich Esther nach vielen Jahren noch immer an die Tätowierungen, als wären sie durch die bloße Berührung auch in ihre Haut eingraviert worden. Als hätte sie sich daran angesteckt.

Bei ihm hatte sie alles fahren lassen und sich einen Augenblick lang vergessen. Bei dem Tätowierten hatte sie vergessen, wie sie in dem verschneiten Dorf gestanden, wie sie übers Eis gegangen war, um ihr Gesicht im Fluß zu sehn, vergessen, wie sie das Jadegehänge in ihre Schürzentasche gesteckt hatte. Vielleicht lag es nur daran, wie er sich in ihr geregt hatte, vielleicht war es, weil es das erste Mal gewesen war oder weil sie, wenn sie die Augen schloß, seine Tätowierungen vor sich sah; aber jedenfalls hatte Esther die Weiße etwas verspürt. Und zwischen den kalten Laken, während die Frösche quakten und die Bulldozer durch den grauen Morgen fuhren, konnte Esther die Weiße sich erinnern. Sie streckte die Hand nach Cohen aus und konnte sich erinnern.

Später am Morgen packten Max und Mischa die letzten Sachen ein. Als Mischa in seine leere Kleiderkammer sah, an dem Morgen, wo er den Hof verlassen sollte, als seine Anzüge, Hemden und Wintermäntel schon sorgfältig in den Transportbehältern der Eisenbahn verstaut waren, ließ er seinen Spazierstock zu Boden fallen; und während Max auf der Veranda nach der Limousine ausschaute, die die Brüder zum Flughafen bringen sollte, zog sich Mischa einen Stuhl in die Kammer und setzte sich unter die eine ausgeknipste Glühbirne. Die Leitungsschnur tanzte ihm vor der Stirn, und er wischte sie beiseite, wie wenn er Fliegen abwehrte. Er war in Sorgen wegen der Fischer, er war in Sorgen wegen Solomon Rath, er konnte sich die heiße Sonne von Miami nicht vorstellen, wie sehr er es auch versuchte. Er zündete sich eine Zigarre an; nach einem Weilchen fiel ihm die Asche auf die Hosenbeine. Die Häuser auf dem Hofe standen leer, die Fischer waren als faktische Bewohner amtlich anerkannt. Was konnte er noch tun? Er war müde; er betrachtete sich schon als so gut wie tot. Tatsächlich hatte Mischa noch eine ganze Weile zu leben; der letzte Herzanfall ließ noch Jahre auf sich warten, und als er dann kam, war es kurz nachdem er in einer Konditorei Blaubeerpfannkuchen gegessen hatte, während ihm zwei alte Damen aus Detroit wohlwollend zusahen, wie seine Zähne sich von den Beeren rot färbten. An diesem Morgen aber wischte Mischa die Leitungsschnur beiseite und seufzte. Als er seinen Bruder rufen hörte, die Limousine sei da, ging Mischa ans offene Fenster und sah hinunter.

»Augenblick!« sagte er. Er hob seinen Stock auf und ging durch den Flur. »Esther!« sagte er, anklopfend, »ich bin's.«

»Mischa ist es«, flüsterte Esther die Weiße. Cohen schlief noch, darum stieg Esther die Weiße aus dem Bett und zog sich schnell an. Sie trat auf den Flur hinaus und schloß hinter sich die Tür. »Mischa«, sagte sie, »es ist doch noch so früh!«

»Du bist noch nicht fertig?« fragte Mischa. Sie standen im Flur wie zwei Fremde. »Als wir aus dem Dorf fortgegangen sind, warst du zuerst fertig; es war deine Idee, weißt du noch? Ich selber hatte nie geglaubt, daß wir durch das Eis kommen würden.«

Esther die Weiße nahm Mischas Arm und half ihm die Treppe hinunter. Die Diele stand voller Koffer; Esther die Schwarze und Rose warteten feierlich an der Tür. Rose hatte ein Glas in der Hand.

»Na, wir haben das Haus hier«, flüsterte Rose ihrer Tochter zu. »Dafür können wir dankbar sein, daß deine Großeltern uns nicht noch am gleichen Tag auf die Straße gesetzt haben, als dein Vater tot war.« Sie nahm einen Schluck Gin. »Aber der Teufel soll mich holen, wenn ich hier bleibe.« Sie schaute sich nervös auf der Diele und im Empfangszimmer um. »Nicht hier!« sagte sie. »Ich schlag alle Möbel los, alles Silber – das erfahren die nie.« Sie deutete mit dem Kopf zu Mischa und Esther der Weißen hin, die zusammen die Treppe herunterkamen. »Ich schlag alles los, und dann sollst du mal sehn, wie schnell ich hier weg bin. Ich nehm die erste Maschine nach Las Vegas.«

Esther die Schwarze nickte, aber sie hörte nicht ein Wort von dem, was ihre Mutter redete. Sie hatte das Jadegehänge und das Geld, das es bringen würde – es stand ihr frei, den Hof zu verlassen – aber sie mußte nicht mehr fliehen – der Hof fiel auseinander, die Fischer hatten ihn jetzt; das Licht wäre fort, das immer aus dem Schlafzimmer Esthers der Weißen geschienen hatte. Sogar die Seemauer würde wohl in nicht ferner Zeit weggespült werden; und Esther die Schwarze war im Zweifel, ob sie als einzige noch mitansehen würde, wie der Sandstein in große, unebene Blöcke auseinanderfiele.

Unten am Rand der Treppe blieb Esther die Weiße stehen. Ihre Enkelin drückte sich in eine Ecke der Diele, mit dem Rücken gegen die Wand. Esther die Weiße war sicher, daß das Mädchen versorgt war – Mischa würde ihr das Taschengeld aus Miami überweisen, und Esther die Weiße würde auch in Zukunft die monatlichen Rechnungen für Strom und Heizung begleichen. Und das Mädchen hatte das Jadegehänge – sie konnte selbst ihre Entscheidungen treffen. Sie war alt genug, sie war frei. Dennoch, sie sah allzu jung aus, wie sie da in der Diele stand und sich gegen die Wand lehnte. Esther die Weiße wandte sich zu Mischa; er sah aus wie ein alter Mann, wie ein Fremder. Oben würde sich der Mann, den sie liebte, im Schlafe umdrehen, und wenn er die Hand ausstreckte, griffe er in die Luft.

»Ich fahre nicht mit«, sagte Esther die Weiße.

Esther die Schwarze schaute auf; Rose verschüttete einen Spritzer Gin über ihre Bluse.

»Natürlich kommst du mit«, sagte Mischa.

Esther die Weiße schüttelte den Kopf. »Tut mir leid«, sagte sie. »Ich kann nicht.«

Die Packer von der Bahn kamen, um die Koffer aus der Diele zu holen, und Esther die Weiße ordnete an, daß sie ihre stehen ließen. »Ich will nicht«, sagte sie zu Mischa.

Max schaute zur Tür herein. »Zeit«, sagte er. »Wird Zeit!« »Wir sind lange zusammen gewesen«, sagte Esther die Weiße zu Mischa. »Wir sind immer zusammen gewesen. Aber jetzt will ich hierbleiben, und Max wird dich versorgen.«

»Ich bekomme einen Anbau, gleich da, wo Max wohnt. Es wird dir gefallen«, sagte Mischa und wunderte sich, daß die Frau, mit der er sprach, niemandem ähnlicher sah als dem Mädchen aus seinem Heimatdorf, dem Mädchen, das er geheiratet hatte.

»Max wird dich gut versorgen«, wiederholte Esther die Weiße.

Roses Augen leuchteten auf; sie stellte ihr Glas auf den

Telefontisch. »Max weiß doch gar nicht, wie man einen Kranken versorgt«, sagte sie. »Krankenpflege ist eine Kunst.« Sie griff nach ihrem Handtäschchen, das neben dem Glas Gin auf dem Telefontisch lag; sie verstellte den Schulterriemen und lächelte. »Du brauchst dir gar keine Sorgen zu machen«, sagte sie zu Mischa. »Ich werde dich pflegen.«

»Aber nein!« sagte Mischa. »Das kann ich doch nicht von dir verlangen.«

»Ach was!« sagte Rose. Sie wandte sich zu Esther der Schwarzen. »Schätzchen, du kannst meine Kleider einpacken und sie mir nachschicken. Bis sie da sind, besorg ich mir ein paar Sachen in Miami. Leichte Blusen und Bermuda-Shorts – für die Hitze da unten hab ich ja sowieso keine Garderobe.« Sie lächelte.

»Aber Mutter!« sagte Esther die Schwarze. »Was wird mit Nevada?«

»Ach, Esther!« sagte Rose, »ein heißes Klima ist doch wie das andere.«

»Laß sie mitkommen!« sagte Esther die Weiße zu Mischa. »Dann bist du nicht allein. Und, sprechen wir's mal aus« – sie senkte die Stimme – »in einem Zimmer geschlafen haben wir doch seit Jahren nicht mehr.«

Mischa schluckte; alle seine Koffer waren schon fort. »Du bist dir sicher?« sagte er zu Esther. Und als sie nickte, schüttelte er den Kopf. »Ich muß gehn«, sagte Mischa. »Max wartet auf mich.«

»Natürlich«, stimmte Esther die Weiße zu und ging mit ihm bis zur Tür. Rose lief hinaus zu der Limousine, die Max für die Fahrt zum Flughafen bestellt hatte. »Miami muß hübsch sein um diese Jahreszeit«, sagte Esther die Weiße. »Heiß wird es sein.« Mischa nickte, und als er sich umdrehte, um Ade zu sagen, küßte Esther die Weiße ihn auf den Mund und klopfte ihm auf die Schulter. Sie schaute zu, wie Max und Rose ihm in die Limousine hineinhalfen; sie blieb an der Tür stehen, bis die Limousine durchs Eisentor des Hofes verschwunden war.

Esther die Schwarze hatte sich nicht von der Stelle gerührt. Das Herz tat ihr weh; sie träumte jetzt jede Nacht von Versuchen, Menschen zu retten, die nicht gerettet werden wollten.

»So!«, sagte Esther die Weiße, nachdem sie die Haustür geschlossen hatte, »was machst du denn jetzt?«

»Könnte ich bitte allein gelassen werden?« sagte Esther die Schwarze kühl. »Ich möchte telefonieren.«

Esther die Weiße hätte ihrer Enkelin gern gesagt, sie solle die Schultern nicht hängen lassen; sie hätte ihr gern gesagt, sei nicht blöd, verkauf das Jadegehänge, und du hast genug Geld, um zu tun, was du willst. Sie hätte ihr gern gesagt, daß, wenn schon eine alte Frau sich im Morgengrauen zwischen blauen Laken verehren lassen konnte, ein junges Mädchen wie Esther die Schwarze erst recht alles tun konnte, was ihr beliebte.

Esther die Schwarze wählte Pagan Raths Nummer. Sie wußte nicht, was sie jetzt anfangen sollte, aber sie wußte, daß sie Pagan nicht liebte – sie konnte nicht mit ihm nach Kalifornien fliegen.

»Wir könnten uns helfen«, rief Esther die Weiße von der Treppe her, aber als sie den Zwischenabsatz erreichte, konnte sie nicht weitersprechen. Sie mußte stehenbleiben. Sie hatte eine Hand am Geländer, ihre Enkeltochter schaute ungeduldig aus der Diele zu ihr auf, und Esther die Weiße drückte sich die Faust in die Rippen.

»Wenn es dir nichts ausmacht!« rief Esther die Schwarze und hielt die Hand über die Sprechmuschel.

»Überhaupt nichts«, sagte Esther die Weiße. »Jeder Mensch hat ein Anrecht aufs Alleinsein!« Sie zwang ihre Füße die Stufen hinauf; jedesmal wenn sie die Beine bewegte, schoß ihr der Schmerz durch den Unterleib. Als sie zu ihrem Zimmer kam, wünschte sie sich, Cohen wäre irgendwie verschwunden. Aber er lag noch im Bett, rauchte und ließ die Asche auf die Laken fallen. »Du bist nicht mitgefahren«, sagte er. »Ich hab's doch gewußt.«

»Natürlich bin ich nicht mitgefahren«, sagte Esther die Weiße. »Was dachtest du denn?«

Cohen langte nach ihr aus dem Bett, aber sie achtete nicht auf ihn. Sie ging zum Nachttisch und suchte nach ihrem Tablettenfläschchen. Vielleicht sind sie nicht mehr da, dachte sie. Vielleicht waren die Blauhäher durchs offene Fenster hereingekommen und hatten sich das Demerol herausgesucht. Sie schmiß die Fläschchen mit Aspirin und Darvon auf den Teppich.

»Esther?« sagte Cohen.

Das ist die Strafe, dachte Esther die Weiße. Das ist die Strafe, weil ich nicht nach Miami will, weil ich an mich denke. Jetzt bin ich dran, jetzt gibt's Schmerzen.

Cohen setzte sich auf. »Was ist denn das?« sagte er.

Esther die Weiße fand das Demerol; sie legte sich die Pille auf die Zunge und schluckte. Sie setzte sich auf den Bettrand und wiegte sich hin und her. Cohen rückte näher und faßte sie an die Schulter. Nur noch ein paar Minuten, dachte Esther die Weiße. Bald hat das Demerol die Oberhand, bis dahin kann ich warten. Als das Medikament den Schmerz zu lösen begann, hielt Cohen sie im Arm; Esther die Weiße legte sich zurück und stellte sich vor, sie läge unter den Bettdecken ihrer Kindheit, aus schwerer rotweißer Baumwolle, dicht gestopft mit Gänsefedern.

»Ich möchte, daß du noch mal zu diesem Arzt gehst«, sagte Cohen. »Ich meine, du solltest ins Krankenhaus gehn, obwohl ich weiß, du glaubst an nichts, was modern ist.«

Esther die Weiße zog sich aus dem Eis hoch, damit sie ihm antworten konnte. »Modern?« sagte sie. »Was soll daran modern sein, zu sterben? Jedes Kind weiß doch, aus dem Krankenhaus kommst du nicht wieder raus.«

Cohen gab nicht nach. Esther wollte, daß er den Mund hielte, sie wollte, daß er sie in die Arme nahm und sie einschlafen ließ zwischen den blauen Laken und den schweren Decken, deren Gänse einmal über den gefrorenen Fluß ihrer Kindheit gelaufen waren. »Bloß ambulant«, sagte Cohen gerade, als die Gänse ihre dicken, weißen Federn aufs Eis abwarfen. »Du brauchst überhaupt nicht im Krankenhaus zu schlafen. Ich warte auf dem Parkplatz; schlafen wirst du jede Nacht mit mir. Du gehst hin bloß zur Behandlung.«

Esther die Weiße war am Einschlafen; sie schüttelte verneinend den Kopf.

»Hör mal«, sagte Cohen, »entschließ dich doch nicht, zu sterben!« Die Sonne schien durchs offene Fenster herein, wie von Schneewehen reflektiert. »Und warum«, sagte er, »willst du nicht wenigstens abwarten, was Esther die Schwarze anfängt, wenn sie das Gehänge verkauft hat?«

Esther die Weiße dachte an das Gesicht jener namenlosen Frau, das in den Stein geschnitten war, die Backenknochen aus geschliffenem Jade, die anonymen Augen, die achtlos daraus hervorblickten. Und während sie daran dachte, legte Esther die Schwarze unten in der Diele den Hörer auf, nachdem sie mit Pagan Rath gesprochen, nachdem sie ihm abgesagt hatte; sie ging ins Empfangszimmer, setzte sich in einen Polstersessel unter einer Sechzigwattbirne und schaute dasselbe geschnittene Gesicht an.

»Esther die Schwarze?« sagte Esther die Weiße. »Sie kümmert sich weder um mich noch um das Gehänge. Sie kennt mich gar nicht.«

»Wie soll sie auch?« sagte Cohen. »Willst du denn, daß du stirbst und für sie immer noch eine Fremde bist?«

»Hast recht«, sagte Esther leise. »Wie üblich.« Sie überlegte einen Augenblick. »Ich möchte dafür sorgen, daß sie mit dem Jadegehänge macht, was sie will. Ich möchte ihr erzählen, wie ich dazu gekommen bin. Sie soll etwas erfahren; sie soll etwas über mich erfahren. Cohen!« – Esther die Weiße erhob die Stimme – »sag ihr, ich möchte mit ihr sprechen. Ich muß.«

»Nur wenn du mir eines versprichst«, sagte Cohen. Er gedachte nicht, sie gleich wieder zu verlieren.

Esther die Weiße hörte die Wölfe heulen; sie heulten, während sie unter den dicken Federbetten steckte, während das Feuer in der Küche zu Asche verglühte.

»Versprich mir«, sagte Cohen, »daß du ins Krankenhaus gehst!«

Esther die Weiße schloß die Augen und strich mit den Fingern über die Adern auf Cohens Handgelenk. »Ich überleg mir's«, sagte sie. »Doch, ich tu's.« Draußen wurde der Tag weiß in der letzten Sommerhitze, draußen riefen die Blauhäher zwischen den Mimosen, und die Wölfe, von denen es hieß, daß sie oben in den Bergen lebten, heulten; und Esther die Weiße legte sich in zwei Federkissen zurück und dachte an Cohens Küsse.

4 Sie saßen zusammen im Dunkeln. Fischer auf dem Weg zum Hafen kamen vorüber und nickten. Esther die Schwarze wippte nervös mit den Beinen. Sie hatte Cohen versprochen, mit ihrer Großmutter zu reden, aber jetzt sagten sie beide kein Wort. Esther die Weiße war gerade erst aus dem tiefen Schlaf erwacht, den die Dosis Demerol bewirkt hatte; ihre klaren Augen waren von der Nacht umwölkt, und wenn sie genau hinhörte, konnte sie beinah den Atem der Pferde hören, die auf der anderen Seite der schweren Wolldecke in dem Stall gestanden hatten, den sie mit ihren Brüdern in Frankreich bewohnt hatte.

Sie saßen an der schwarzen Seemauer, hörten zu, wie die Flut langsam hereinzog, wie die Einsiedlerkrebse scharrten und kratzten. Die Stimmen der Fischer, die langsam zu ihrer Nachtarbeit hinausruderten, hallten vom Hafen herüber. Esther der Weißen flatterte ihr Kopftuch federleicht ums Gesicht; sie spürte keinen Schmerz. In dem Nebel, den das Linderungsmittel ihr gewährte, trieb sie von einer Zeit zur anderen, von einer Erinnerung zur nächsten. Doch immer wieder kehrte sie an die Seemauer zurück, wo sie in der feuchten Abendluft mit ihrer Enkelin saß. Sie vergaß nie, daß sie hier saß, um mit Esther der Schwarzen zu reden.

»Ich habe nachts nie schlafen können«, sagte Esther die Weiße.

»Ich weiß«, sagte Esther die Schwarze. »Ich habe nachts immer das Licht bei dir gesehn. Jahrelang.«

»Ach«, sagte Esther die Weiße, »ich dachte nicht, daß es jemand bemerken würde.« Ihre Enkelin blieb stumm. »Jetzt knipse ich nachts das Licht aus. Zum ersten Mal kann ich nachts gut schlafen. Zum Teil wegen Cohen. Zum Teil wegen der Medikamente, die ich nehmen muß, jetzt, wo ich krank bin.«

Esther die Schwarze schaute ihrer Großmutter in die halbgeschlossenen blassen Augen; das blaue Kopftuch fiel der alten Frau über die Stirn. Esther die Schwarze wollte wissen, warum ihre Großmutter sie noch hier in der Dunkelheit festhielt, nachdem sie von ihrer Krankheit schon gesprochen hatte. Sie schien noch etwas anderes sagen zu wollen, und Esther die Schwarze war neugierig. Und besorgt war sie auch – die alte Frau könnte etwas von ihr wollen. Niemand anders war mehr da – vielleicht wollte Esther die Weiße nur bemitleidet werden, weil sie krank war. Oder vielleicht wollte sie die Rückgabe des Jadegehänges, das Esther die Schwarze so schnell wie möglich zu verkaufen gedachte, jetzt, nachdem sie Pagan Rath gesagt hatte, daß sie nicht mit *The Quick and the Mad* nach Los Angeles fliegen würde. Pagan Rath hatte ihr versichert, daß ihr Name am Empfangsschalter im

Normandy-Hotel auf der Gästeliste stehen würde, damit sie zu ihm kommen könnte, wenn sie endlich begriffen hätte, daß sie ihn liebte. Und genau zu diesem Ergebnis, hatte Pagan gedrängt, würde sie schließlich kommen.

»Ich hab ein Lied für dich gemacht«, hatte er Esther der Schwarzen gesagt, als sie ihn anrief.

»Wie geht es?« hatte sie gefragt.

»Komm nach Los Angeles, und du wirst es hören«, sagte Pagan.

»Nein«, sagte Esther.

»Na, dann hörst du's eben jeden Tag im Radio, wenn wir's erst aufgenommen haben, und jedesmal wirst du an mich denken.«

»Pagan«, sagte Esther, »ich höre nie Radio.«

Er seufzte. »Esther die Schwarze, an dem Tag, wenn du wiederkommst, wart ich auf dich mit den versprochenen Flügeln, und wir fliegen wieder durch die Gassen wie früher.«

»Wir sind doch nie durch die Gassen geflogen«, unterbrach ihn Esther. »Flügel hast du mir nie versprochen.«

»Ach, Esther!« sagte Pagan Rath, »ist doch nur ein Lied. Ist Poesie. Was willst du denn noch?«

»Ich geb dir Nachricht, wo ich bin«, sagte Esther die Schwarze.

»Hast du die Telefonnummer von meinem Hotel in Los Angeles, für den Fall, daß du dir's anders überlegst?« sagte Pagan kummervoll.

»Ja«, sagte Esther. »Für den Fall, daß.« Sie lächelte.

The Quick and the Mad flogen nun durch die Nacht nach Los Angeles. Jedesmal wenn eine Düsenmaschine über den Hafen flog, schaute Esther die Schwarze hoch. Während sie mit ihrer Großmutter im Dunkeln saß, trank Pagan Rath im Erster-Klasse-Abteil einer American Airlines 727 ein großes Glas Dewar's. Esther die Schwarze stellte sich vor, sie säße selbst in der Erster-Klasse-Kabine, mit einem Tequila Sunrise vor sich, die Kopfhörer in die Ohren geklemmt, während Pagan Rath sie aus seinen sanften, wässrigen Augen ansah. Sie lachte laut auf und atmete die Nachtluft ein.

»Sag mal, sag mal«, fragte Esther die Weiße nun, mit leiser, undeutlicher Stimme, »wie alt bist du eigentlich?« Sie dachte an ihre Wohnung in Notting Hill. »Wie alt?« sagte sie.

Esther die Schwarze seufzte. »Das weißt du doch, achtzehn.«

»Mehr nicht«, sinnierte Esther die Weiße. »Nicht grad viel!«

In der Mitte des Rasens hatte sich eine Gruppe Fischer versammelt. Sie hoben ihre Netze auf, hielten sie hoch und gingen zum Hafen hinab.

»Die halten den Hof am Leben«, sagte Esther die Weiße und nickte. Sie strich mit den Fingern über einen Block unebenen Sandsteins. »Der Grund, warum ich jetzt nachts gut schlafe, ist vielleicht, daß ich ihre Stimmen höre.« Sie wandte sich wieder zu Esther der Schwarzen hin. »Ich habe dich eben gefragt, wie alt du bist, weil mein Gedächtnis mir Streiche spielt; ich komme durcheinander, und ich will nicht durcheinander sein.«

Salzluft schlug sich Esther der Schwarzen an den Wimpern nieder; sie erinnerte sich, wie Esther die Weiße sie angesehn hatte, als sie ein Kind war; wie sie durch sie hindurchgesehn hatte mit eisigen Blicken.

»Warum interessiert es dich plötzlich so?« wollte Esther die Schwarze wissen. »Denkst du, bloß weil du krank bist, hat sich alles geändert? Du hast Krebs, darum muß ich alles aus meinem Gedächtnis streichen?« Sie erinnerte sich, wie Esther die Weiße auf der Veranda gestanden hatte, einmal, während der Ertrinkenstage vor vielen Jahren. Esther die Schwarze wollte wissen, wo Cohen war; sie war zehn und hatte niemanden, der mit ihr redete. Es war so, als hätte Esther die Weiße sie nicht gehört; sie gab keine Antwort, sie schaute auf den weiten, kühlen Rasen hinaus und achtete nicht auf ihre Enkelin. »Warum hast du damals nicht mit mir geredet?« sagte Esther die Schwarze.

Sie saßen beisammen wie von Stein, zwei Frauen, in die Seemauer gemeißelt. Esther die Schwarze erinnerte sich, wie sie auf der dunklen Erde gekniet hatte, als Rose Sonnenblumenkerne aussäte. Esther die Weiße ging vorüber, ohne ein Wort, ohne einen Blick. Esther die Schwarze schaute, wie das bleiche Haar ihrer Großmutter im Winde flatterte.

»Schau sie nicht an!« hatte Rose sie ermahnt.

Esther die Schwarze sah zu, wie die Erde umgewendet wurde. »Warum nicht?«

»Schau sie nicht an und belästige sie nicht, deine Großmutter!«

Esther die Schwarze sah zu, wie ihre Mutter mit der Hand eine Reihe Samenkörner in den dunklen, rieselnden Boden streute. Und als sie weitergingen, folgten ihnen die Blauhäher, als wären sie Geier.

»Was denkst du dir?« Esther die Schwarze zündete sich eine Zigarette an, und das Streichholz zischte. »Du machst mir einmal ein Geschenk, und alles andere zählt nicht? Alle andern Erinnerungen an dich sind gelöscht?«

Esther die Weiße sah ihre Enkelin an; ihr Gesicht war glatt wie behauener Stein.

»Ich weiß nicht, warum wir hier sitzen. Du hast mit meinem Leben nichts zu tun. Ich weiß gar nicht mehr, wer du bist«, log Esther die Schwarze.

Esther die Weiße spürte Federn im Hals. Vielleicht kam es nur von dem Medikament, irgendeine Nebenwirkung – aber ihr war, als hätte sie eine Taube, einen Sperber oder Habicht verschluckt.

»Esther!« sagte sie zu ihrer Enkelin.

Aber Esther die Schwarze zuckte die Achseln. »In meinem Leben bist du niemand.«

Die Federn sträubten sich Esther der Weißen im Halse auf, bedeckten die Zunge mit weichem Flaum. »Dann werde ich jemand sein«, sagte Esther die Weiße.

»Nein«, beharrte Esther die Schwarze, und horchte auf die Rufe der Fischer im Hafen. »Gehen wir wieder ins Haus!« sagte Esther die Schwarze. Sie wollte ihre Großmutter nicht kennenlernen. Sie hatte Furcht.

Aber es war zu spät, als daß Esther die Schwarze sich noch hätte abwenden können; Esther die Weiße hatte schon angefangen. Sie hatte es ausgestanden mit Cohen und mit Phillip, und jetzt fing sie an mit Esther der Schwarzen. Esther die Weiße rührte sich keinen Zoll von der Stelle; es war, als ob der Stein geborsten wäre, und drinnen war ein Vogel, dessen Federn nach oben drängten. Steinsplitter steckten in ihren Organen und in ihrer Haut; über alle Rippen hin lief eine dünne metallische Schmerzlinie. Und als der Stein splitterte, flog der Schmerz auf. Sie versuchte sich an der Seemauer aufrecht zu halten, sie hörte zu, als ihre Enkelin darauf bestand, daß sie wieder ins Haus gehen sollten, aber Esther die Weiße hatte angefangen zu weinen.

Zuerst war es nur, als ob ihr etwas im Halse steckte, oder etwas wie Benommenheit von der scharfen Hafenluft. Esther die Weiße war verwirrt, unentschlossen, in welcher Sprache sie reden sollte. Sie versuchte es mit Deutsch, aber die Wörter entzogen sich. Sie versuchte es mit Französisch, dann Englisch, aber alle Laute liefen ineinander, und das einzige, was sie hervorbrachte, waren leise Heultöne, überhaupt keine Wörter. Esther die Weiße merkte nicht, daß sie weinte, bis ihre Enkelin ihr mit einer Hand die Nässe aus dem Gesicht wischte. Esther die Weiße leckte sich die Lippen; es schmeckte salziger als Meerwasser.

»Großmutter, hör auf damit!« flüsterte Esther die Schwarze. »Du mußt das doch nicht tun.«

Das Mädchen kniete vor ihr im Sand; Esther die Weiße lächelte ihr unsicher zu, aber es war zu spät, es hatte schon angefangen: Esther die Weiße bereitete ihre Flucht aus dem Elternhaus vor, das Jadegehänge in den Mantel eingenäht. Sie hatte schon einen Holzfäller aus dem Dorf gefragt, auf welchem Wege es möglich wäre, aus dem Dorfe fortzukommen, jetzt, wo der Fluß zugefroren war und die Flöße aus dem Dorf im meterdicken Eis festsaßen.

Langsam barst in ihr die Zeit, und sie reiste in die Richtung, die ihr der Holzfäller gewiesen hatte, über die Grenze, in den vereisten Waggons schlafend, durch Frankreich mit dem Jadestein im Mantel. Maxen ertrug sie, und Mischa schleppte sie hinter sich her, damit er nicht aufgab und ins Eis fiel, damit er nicht zurückfiel in das Dorf ihrer Kindheit. Sie hatte beschlossen, nichts zu empfinden, und vor allem hatte sie beschlossen, ihrerseits niemals ins Eis zu fallen. Die Zeit barst wie ein Spiegel, und Esther die Weiße erinnerte sich, wie ihre Augen sich gewandelt, wie sie ein immer blasseres Blau angenommen hatten, wie ihre Haut immer weißer geworden war, bis sie sich in der Sonne den Kopf bedecken mußte. Sie stellte sich ihre Männer vor, sah auch deren Augen sich wandeln, von Lust zu Staub und nun, bei Cohen, wieder zu Lust. Den eigenen Sohn überging sie. Obwohl nun fremde Zellen sich in ihrem Körper vermehrten und der Schmerz schlimmer wurde, überging sie den eigenen Sohn. Sie träumte von einem Hofe – sie erfand, sie erschuf eine Heimstatt, und während sie sprach, in der Dunkelheit, flog der Boden dieses Hofes auf, Sand wurde durch die Luft geweht, während sie sprach.

»Und noch jetzt«, sagte Esther die Weiße, »ich erzähl dir noch ein Geheimnis. Ich habe mein Leben lang gewartet und in die Nacht gespäht, habe versucht, keine Furcht vor der Dunkelheit zu haben, aber noch jetzt hab ich Furcht, weil ich denke, ich könnte sterben, ohne daß jemand mich kennt.«

Sie sprachen fast einstimmig. Esther die Schwarze versuchte ihre Großmutter zu trösten; Esther die Weiße vergaß manchmal die Worte und machte nur die leisen Heultöne.

»Hör mir zu!« sagte Esther die Schwarze in dem Bestreben, ihre Großmutter zu beruhigen und sie verstummen zu machen. »Ich möchte jetzt, daß du still bist. Sei du still und laß mich reden! Ich werde dir jetzt den Hof beschreiben.«

Jetzt, wo Esther die Schwarze begriffen hatte, wieviel der Hof ihrer Großmutter bedeutete, wußte sie auch, was sie zu sagen hatte. Esther die Schwarze zählte die Fliederbüsche auf und die Glyzinien, die Tulpen und die purpurnen Scharonrosen, als ob die Blumennamen ein Schlaflied ergäben. Sie spürte, wie neben ihr das Beben ihrer Großmutter nachließ, und das Heulen wurde leiser und leiser. Esther die Weiße wiegte sich auf der Seemauer; Fäden aus ihrem Rock verfingen sich am Stein. Esther die Schwarze zündete ein Streichholz an und schaute ihr ins Gesicht, aber Esther die Weiße schob ihren Arm beiseite. »Laß das!« Esther die Schwarze löschte das Streichholz. »Ich bin klar bei Verstand«, sagte Esther die Weiße. »Es ist nur das Demerol, das mich vergeßlich macht.«

Esther die Schwarze zog die Beine auf die Seemauer und legte die Arme um die Knie. »Schön«, sagte sie, »also erzähl!«

Esther die Weiße lachte, aber kein Laut kam aus ihrer Kehle. »Ich dachte, du wolltest nichts wissen?«

Esther die Schwarze gab keine Antwort, aber sie wartete, und nach einer Weile fing ihre Großmutter noch einmal an. Diesmal aber sprach sie nur englisch, und sie sprach langsamer und folgte dem zeitlichen Hergang, so daß deutlich wurde, daß ihr Besuch in Dr. Schwartzens Praxis vierzig Jahre später gewesen war als die Zeit in den Armen des Tätowierten. Und als die Nacht vorüber war und die Frösche nicht mehr quakten, als die Fischer anfingen, ihre Boote auf den Strand zu schieben, fing Esther die Schwarze an ihre Großmutter zu kennen. Esther die Weiße war benommen, von der Schlaflosigkeit, von ihrem Medikament. Immer noch sprach sie von ihrem Leben. Sie sprach in Worten, die dünn waren wie Porzellan, dick wie eine steinerne Vase mit einem Fries ringsum. Rings um den getrunkenen Wein und den aufbewahrten Honig war das Gedächtnis gegraben.

Bald hörten sie, wie die Wellen stärker wurden, und sahen, wie der Morgen über dem Hafen heraufzog. Esther die Weiße knüpfte ihr Kopftuch auf und ließ ihr Haar in der Brise wehen; Esther die Schwarze lächelte und rauchte die letzte Zigarette aus ihrer Packung. Aus einiger Entfernung wäre es fast unmöglich gewesen, in den Schatten, im blassen Morgennebel, die beiden Frauen auseinanderzuhalten.

Bitte beachten Sie
die folgenden Seiten:

Alice
Hoffman

Auf dem Rücken

Ullstein Buch 39054

Klett-Cotta im
Ullstein Taschenbuch

Eine abenteuerliche Nacht- und Neonromanze, der Roman einer namenlosen Siebzehnjährigen aus dem Milieu New Yorker Jugendbanden. Es geht um Ethik ohne Moral, Riten ohne Tradition, Kult ohne Götter, Krieg ohne Politik, Rausch ohne Entrückung. Und es geht um Liebe, die mehr ist als bloßer Sex, die Besessenheit ist, eine Art Verhextsein durch ein Zeichen in den Augen oder auf dem Rücken. Die amerikanische Kritik rühmte die Sensibilität in der Schnoddrigkeit, den Mut zur ehrlichen Wirkungsdarstellung in der mitreißenden Geschichte der 1955 geborenen Autorin aus New York. Und die Frankfurter Allgemeine Zeitung schrieb: »Das Buch enthält sich der sensationellen Details aus dem Bereich der Jugendkriminalität und gibt statt dessen, in der fiktiven Handlung, eine sorgfältige Beschreibung von Struktur und Bewußtsein einer Straßenbande und ihrer Veränderung durch neue Kräfte der Subkultur.«

Joy Chant

Roter Mond und Schwarzer Berg

Ullstein Buch 39034

Klett-Cotta im Ullstein Taschenbuch

Die drei jugendlichen Helden in Joy Chants märchenhaft-phantastischem Erstlingsroman geraten bei einem Wochenendausflug durch überirdische Kräfte unversehens in das »Land des Sternenlichts«. Sie haben in dieser Phantasiewelt, die, vom berühmten Tolkien inspiriert, durch Könige und Zauberer, Hexen, Prinzessinnen, Krieger und wilde Tiere bevölkert wird, aufregende Abenteuer zu bestehen.

Susan Hill

Wieviel Schritte gibst du mir?

Ullstein Buch 39075

Mr. Hooper will seinen elfjährigen Sohn Edmund nicht allein aufwachsen lassen. Und so nutzt er die Gelegenheit, die sich bietet, als sich die verwitwete Mrs. Kingshaw mit ihrem ebenfalls elfjährigen Sohn Charles als Haushälterin bei ihm bewirbt. Aber Edmund sieht die Sache völlig anders: für ihn sind die neuen Hausbewohner Eindringlinge, und in Charles sieht er einen Feind, den er zu vertreiben hat. »Ich kenne sonst keinen Roman, der die kindliche Grausamkeit gegenüber Altersgenossen so unverblümt darstellt. In raschem Erzähltempo, präzise, mit zuweilen holzschnittartiger Geradheit entwickelt Susan Hill dieses kinderpsychologische Lehrstück, das aber nirgends didaktisch-plakativ erscheint, sondern immer Roman bleibt.«
Wolfgang Hädecke,
Stuttgarter Zeitung

Susan Hill, 1942 in Scarborough geboren, wurde für dieses Buch mit dem »Somerset Maugham Award« ausgezeichnet.

Klett-Cotta im
Ullstein Taschenbuch

Walter Kappacher

Die irdische Liebe

Erzählungen

Ullstein Buch 39056

Klett-Cotta im
Ullstein Taschenbuch

Wer je auch nur ein paar Seiten von Walter Kappacher gelesen hat, wird die Eigenart dieser Stimme nicht vergessen. »So etwas von Zurückhaltung ist mir noch nicht begegnet«, schrieb Martin Walser. »Ich muß ergänzen: von brutaler Zurückhaltung... Er läßt uns überhaupt nicht erkennen, daß er damit Verletzlichkeit schützen möchte.«
In diesem Band hat der 1938 in Salzburg geborene Autor die besten Erzählungen aus zehn Jahren gesammelt, exemplarische Geschichten im Sinne des Cervantes, beispielhaft durch die Wahrhaftigkeit, aus der allein die Lust wie der Nutzen des Geschichtenlesens entspringt.
»Trauer und Resignation ist Kappachers Sache nicht... Hinter den manchmal grotesk lustigen, manchmal beklemmenden Visionen wird stets Kappachers Motiv deutlich: zu zeigen, wohin es mit uns auf keinen Fall kommen darf.«
(Frankfurter Allgemeine Zeitung)

Ingomar
von Kieseritzky

Trägheit
oder Szenen aus der Vita Activa

Roman

Ullstein Buch 39040

Klett-Cotta im
Ullstein Taschenbuch

»Trägheit« ist die Geschichte einer Einbildungskraft, oder besser vielleicht: die Geschichte der Einbildungskraft überhaupt, denn Kieseritzky führt vor, wie die Verbergung, wie das Verstecken, wie die Verlarvung, wie das Larvierte an sich schon die Krankheit ist. Valev, der Held der Geschichte, hat ein System entwickelt, aus dem Kieseritzky gleich schon das Valevsche System macht, als gäbe es dieses in Wirklichkeit und wäre tatsächlich von jedermann einsehbar und die aus diesem System entwickelten praktischen Therapien anwendbar. Darin liegt natürlich der Witz: Kieseritzky peilt die Gewißheit an, es geht immer um das Absolute, und dann zeigt es sich, wie hinfällig, wie ambivalent, wie paradox die Welt ist...

Peter Marginter: Das Rettungslos

220 Seiten, engl. brosch., ISBN 3-608-95144-X

Daß ein Mann seine Frau umbringen will, oder umgekehrt, daß eine Frau ihren Mann ermorden möchte, das ist kein Novum als Thema für einen Roman. Interessant wird es jedoch, wenn beide gleichzeitig auf diesen Gedanken kommen und ihn mit größtmöglichem Raffinement in die Tat umzusetzen versuchen.

Ein Roman, der die Perspektivelosigkeit menschlicher Beziehungen in einem spannungsreichen Verwirrspiel Gestalt werden läßt.

Ted Mooney: Freikarte zu andern Welten

Aus dem Amerikanischen übersetzt von Joachim Kalka
294 Seiten, engl. brosch., ISBN 3-608-95097-4

Vor der Hintergrundhandlung, die unaufhaltsam auf einen dritten Weltkrieg zusteuert, erleben Melissa und Jeffrey, die beiden Hauptfiguren dieses New-Wave-Romans, wie sich der Traum unserer Generation nach Bewußtseinserweiterung erfüllt – und erkennen gleichzeitig, daß der Ersatz der natürlichen Kommunikation durch die elektronischen Medien bereits zu endgültig ist, um noch rückgängig gemacht zu werden. Mooney zeigt keinen anderen Ausweg als die Zerstörung.

Alice Munro: Kleine Aussichten

Ein Roman von Mädchen und Frauen
Aus dem Amerikanischen übersetzt von Hildegard Petry
321 Seiten, engl. brosch., ISBN 3-608-95013-3

»Alice Munro erzählt in all ihren Geschichten von Leuten, die etwas herausbekommen wollen: wie man lieben, wie man leben kann, warum man so und nicht anders handelt, denn ›alles was sie je getan hatte, konnte einmal als Fehler angesehen werden‹. Es sind beunruhigende Erzählungen voller Zweifel und Melancholie, aber auch voll Selbstironie und Witz.«

Klett-Cotta